PUBLICATION DE LA RÉUNION DES OFFI

CONFÉRENCES RÉGIMENTAIRES

SUR

LA TACTIQUE

TELLE QU'ELLE EST DÉFINIE

PAR LE

RÈGLEMENT DU 12 JUIN 1875 SUR LES MANŒUVRES DE L'INFANTERIE

PAR

A. LUZEUX

COLONEL DU 142e RÉGIMENT D'INFANTERIE.

2e Tirage, corrigé

PARIS

LIBRAIRIE MILITAIRE DE J. DUMAINE

LIBRAIRE-ÉDITEUR

L. BAUDOIN & Cie, Successeurs

30, RUE ET PASSAGE DAUPHINE, 30

1882

CONFÉRENCES RÉGIMENTAIRES

SUR

LA TACTIQUE

Paris.— Impr. L. Baudoin et Cᵉ, r. Christine, 2.

PUBLICATION DE LA RÉUNION DES OFFICIERS

CONFÉRENCES RÉGIMENTAIRES

SUR

LA TACTIQUE

TELLE QU'ELLE EST DÉFINIE

PAR LE

RÈGLEMENT DU 12 JUIN 1875 SUR LES MANŒUVRES DE L'INFANTERIE

PAR

A. LUZEUX

COLONEL DU 142e RÉGIMENT D'INFANTERIE.

PARIS

LIBRAIRIE MILITAIRE DE J. DUMAINE

LIBRAIRE-ÉDITEUR

L. BAUDOIN & Cie, Successeurs

30, RUE ET PASSAGE DAUPHINE, 30

—

1882

AVANT-PROPOS

Le règlement du 12 juin 1875 sur les manœuvres de l'infanterie ne s'est pas borné à fixer les règles de l'instruction à donner sur le terrain d'exercices : il s'est aussi occupé de leur application en campagne.

Une formation normale de combat a été indiquée pour le bataillon et pour la brigade; des chapitres ont été spécialement consacrés aux principes de l'offensive et de la défensive considérées chacune au point de vue général, ainsi que de l'attaque et la défense des diverses positions militaires que peut occuper soit une compagnie, soit un bataillon seulement.

Mais ces dernières questions n'ont pas été traitées en ce qui concerne le régiment, la brigade ou la division.

Le but de notre travail a été d'étudier surtout le cas qui se présente le plus fréquemment en campagne, pour le bataillon ; c'est celui où il combat, encadré dans la division à laquelle il appartient.

« *C'est celui qu'on doit mettre le plus souvent sous les yeux de la troupe et des chefs* (1). » (Bt. 91.)

Mais nous avons été amenés ainsi à examiner les règles qui président au combat de la division d'infanterie; or ces

(1) Les extraits du Règlement du 12 juin 1875 sont reproduits en caractères italiques. La partie du Règlement dont ils sont tirés, est indiquée ainsi qu'il suit : (R. S. 1re partie) veut dire 1re partie du Rapport précédant l'école du soldat. De même pour la 2e et la 3e partie du Rapport.

R. Br. veut dire : Rapport précédant l'école de Brigade; — C., veut dire école de compagnie; Bt. école de bataillon; Br. école de brigade.

Les nombres qui suivent ces indications, sont les numéros des paragraphes du Règlement.

règles diffèrent de celles du combat de la compagnie en plusieurs points et ne peuvent être déduites de celles-ci.

D'ailleurs l'action d'éléments importants du combat d'une division d'infanterie, à savoir celle de la cavalerie et surtout celle de l'artillerie, n'est point exposée dans le règlement.

Nous avons donc dû, en définitive, pour combler ces lacunes, faire l'étude complète de la tactique élémentaire de l'infanterie.

Pour notre travail nous avons pris deux guides : le raisonnement et l'expérience.

Le raisonnement est la base de l'art de la guerre.

« L'art de la guerre est un art simple et tout d'exécution ; il n'a rien de vague : tout y est bon sens ; rien n'y est idéologie. » (Napoléon Ier. *Commentaires sur la campagne de* 1799.)

L'expérience que nous avons consultée, est celle des grands généraux dont nous citons l'opinion. Ce sont encore les faits de guerre que nous proposons comme exemples à l'appui des principes.

Nous ne rapportons pas ces faits en détail afin de ne pas rendre notre travail trop volumineux. Ils appartiennent d'ailleurs à nos principales guerres, celle de 1870-1871 surtout, et en nous bornant à les indiquer, nous espérons que les ressources, aujourd'hui assez considérables, de nos bibliothèques militaires permettront à chacun de les lire dans les ouvrages qui en racontent les détails.

Le programme que nous nous sommes tracé nous a obligés à nous placer souvent à un point de vue plus élevé que ne le comporte la tactique proprement dite du bataillon. Mais il n'est plus possible, de nos jours, d'admettre qu'on puisse se contenter d'avoir quelques officiers complétement initiés à leur art, et de soutenir que pour le plus grand nombre, l'étude des prescriptions pures et simples du règlement doit suffire.

Ce qui a frappé nos ennemis pendant la dernière guerre, c'était la nécessité où se trouvait chez nous le commandement d'élaborer de volumineuses instructions pour exécuter le moindre mouvement. Quand on est devant l'ennemi, il n'est plus temps de faire un cours d'art militaire, et cependant ces volumineuses instructions prouvent que ce cours était nécessaire.

Là où elles n'étaient point données, c'était un *débrouillez-vous* général incompatible avec les idées de discipline.

Or, lorsqu'une armée se trouve dans la situation malheureuse à laquelle nous faisons allusion, si l'on fait abus d'instructions écrites, suivant l'expression du maréchal Bugeaud, « celui qui devrait n'avoir qu'à diriger la voiture est celui qui la traîne. » Si l'on n'y donne au contraire aucune instruction, la voiture reste abandonnée à la pente du chemin et va où celle-ci l'entraîne.

Comment un officier qui n'a pas une idée claire et nette de la direction d'un combat engagé sur une grande échelle peut-il fournir à son supérieur, pendant ce combat, un concours intelligent et par suite efficace ?

Les ordres donnés peuvent-ils tout prévoir, pourvoir à tout? Les effets puissants qu'entraîne l'emploi des armes à tir rapide, ne changent-ils pas les situations sur le champ de bataille si subitement que l'initiative seule de l'officier commandant sur les lieux peut empêcher un échec ou permettre de profiter d'un heureux incident pour obtenir un succès?

Que fera l'officier qui aura à prendre une décision dans une telle circonstance ?

Si les études préalables ne l'ont pas mis à même de prendre une décision conforme aux principes de l'art, il la prendra au hasard. Pourquoi supposer que dans ce cas cette décision sera toujours la bonne ?

L'officier fera moins peut-être : il ne prendra aucune décision ; il ne fera rien. Le concours opportun qu'il eût pu prêter et qui aurait procuré le succès, fera défaut, et ce défaut amènera peut-être un échec.

La subordination ne consiste pas à n'avoir aucune volonté propre ; elle exige que cette volonté existe et soit mise au service des vues du commandement.

Comment sera-t-il possible au subordonné, s'il est ignorant, d'entrer dans ces vues ?

Donner des ordres, c'est le rôle du chef ; les exécuter conformément aux vues de ce chef, c'est le devoir du subordonné.

« C'est souvent faute d'être éclairé sur ses devoirs qu'on y manque ; c'est pour cette raison qu'il y a tant de criminels sans le savoir et que tous les gens bornés sont dangereux : que les généraux sachent même que ceux qui, dans l'occasion, de peur de risquer leur réputation, n'aident point leur camarade dans une affaire, sont aussi coupables que s'ils se jetaient dans le parti de l'ennemi. » (Prince de Ligne, *Préjugés militaires*.)

Terminons en faisant observer que notre travail étant destiné à servir de guide aux officiers qui veulent étudier, nous aussi avions un devoir à remplir : c'était de ne pas nous écarter des principes tracés par le règlement.

Non-seulement nous nous sommes attachés à ces principes, mais le plus souvent nous en avons reproduit la lettre ; nous avons même mis ces emprunts en relief par une disposition typographique.

Nous ne présentons donc pas *une nouvelle théorie*, mais seulement *une méthode pour apprendre plus facilement et appliquer plus sûrement la théorie.*

CONFÉRENCES RÉGIMENTAIRES

SUR

LA TACTIQUE

PREMIÈRE CONFÉRENCE

POURQUOI DEVONS-NOUS REVENIR DANS L'ARMÉE FRANÇAISE A
NOS VIEILLES TRADITIONS D'OFFENSIVE?

1. Conséquences funestes pour l'armée française de
l'abandon qu'elle fit, après 1866, de ses traditions d'offensive.

A la guerre, le combat se présente inévitablement avec
l'alternative : offensive ou défensive.

Il fut un temps où pareille question ne se posait pas dans
notre armée : l'offensive était de tradition.

Puis ce temps passa, et surtout pendant la période qui
s'écoula entre 1866 et 1870 on entendait déclarer partout
et bien haut que l'adoption des armes à tir rapide et à longue portée avait décidément donné l'avantage à la défensive.

1

Nous entrâmes en campagne avec cette conviction répandue dans tous les rangs de notre armée, et nous fîmes la malheureuse expérience d'une tactique contraire à notre esprit national et à nos traditions. Rejetés par les événements dans la défensive au point de vue stratégique, nous gardâmes presque toujours également sur le champ de bataille une défensive absolument passive.

De là, il n'y eut qu'un pas à faire pour arriver aux retraites opérées en temps opportun et en bon ordre. Dès lors l'art ne consiste plus à battre, à anéantir l'ennemi, mais bien à se soustraire à la déroute.

2. La guerre de 1870-71 a prouvé qu'une offensive vigoureuse et habile avait toujours raison de la défensive.

En 1866 et en 1870, deux grandes armées furent vaincues après avoir combattu d'après des méthodes contraires à leurs traditions : les Autrichiens, en se jetant dans une offensive aveugle ; les Français, en se maintenant sur la défensive la plus stricte. Les adversaires des uns et des autres étaient les Prussiens, dont la tactique a toujours été la même : l'offensive ou tout au plus la défensive avec retours offensifs.

Les armes à tir rapide et à longue portée n'ont donc pas dans cette question d'offensive ou de défensive l'influence prépondérante qu'on leur a attribuée en faveur de cette dernière. Comme les Prussiens étaient, dans les deux guerres (1866-1870), munis d'armes à tir rapide, et qu'ils remportèrent la victoire aussi bien sur les Français, dont l'armement était plus perfectionné que le leur, que sur les Autrichiens, qui avaient l'ancien armement, on serait plutôt en droit d'en conclure que les armes à tir rapide sont particulièrement propres à l'offensive.

En résumé, l'effet de ces nouvelles armes est incontestablement plus puissant et se manifeste plus rapidement et à une plus grande distance; de plus, l'assaillant peut s'en servir avec autant d'avantage que le défenseur.

Il ne s'agit pas de rechercher si cela exige de l'assaillant plus de science que par le passé ; mais nous sommes obligés de constater que les faits ont démontré que cela était possible.

Nous nous adresserons à ceux auxquels l'expérience de la dernière campagne n'aurait point enlevé cependant toutes les prédilections pour la défensive (et il en existe encore dans nos rangs). Nous leur demanderons d'examiner avec nous les raisons qui, pendant des siècles et avec l'emploi d'armes de guerre bien diverses, ont maintenu la préférence pour l'offensive dans l'esprit de tous les grands généraux.

3. Nécessité de prendre vigoureusement l'offensive pour atteindre avec succès le but final d'une guerre.

« Il ne faut jamais combattre sans un but, » a dit le maréchal Bugeaud.

Or, le but d'une action de guerre est toujours :

1º Soit d'anéantir la partie des forces ennemies qui est en présence des vôtres;

2º Soit de se maintenir sur un point donné, indéfinimen' ou seulement pendant un temps fixé, en résistant aax effort de l'ennemi qui cherche à nous en déloger.

D'un autre côté, le but final de toute guerre est l'anéantissement ou tout au moins l'affaiblissement des forces physiques, morales et matérielles de l'ennemi, à un degré tel que notre adversaire renonce à continuer la lutte et consente à subir les conditions qui lui sont imposées.

Le but final d'une guerre ne peut donc être atteint que

par une succession d'actions de guerre ayant chacune pour résultat l'anéantissement d'une partie des forces ennemies, et il n'y a que les actions de guerre présentant ce résultat qui concourent au but final de la guerre et par conséquent qui aient un *caractère décisif.*

Or ces actions ne peuvent être que la suite soit d'une *offensive d'emblée,* soit d'une offensive préparée par une résistance heureuse aux premiers efforts de l'ennemi, c'est-à-dire d'une *défensive active.* Pour celui qui n'est pas lié à la garde d'un point donné, il ne peut y avoir de défensive qui ne soit la préparation de l'offensive ; de même que, dans une rencontre l'épée à la main, l'un des adversaires ne peut se borner à parer les coups sans chercher à riposter avec l'avantage que donne une parade vigoureusement exécutée.

Lorsque, inversement, des troupes ont pour mission de se maintenir soit indéfiniment, soit pendant un temps fixé, sur un point dont la possession est nécessaire à l'armée, cette action a un caractère passif *et purement défensif.* De plus, elle n'est aucunement décisive, quoiqu'elle puisse être avantageuse et même indispensable pour le succès de nos armes.

Elle servira, par exemple, à préserver de la destruction par l'ennemi des ressources matérielles que nous possédons sur certains points fortifiés ; mais, par suite de sa nature passive, cette action ne peut amener l'anéantissement des ressources de l'ennemi, qui évidemment emploiera ses forces surtout à détruire les nôtres sur les autres points de notre territoire non fortifiés; cette défensive ne pourra donc amener la fin de la guerre.

Dans cette deuxième catégorie d'actions de guerre, nous rangerons la défense des places fortes et celle des postes retranchés qu'établit une armée en campagne, et même nous y rattacherons la défense temporaire qu'on doit exiger des avant-postes.

Il est donc important, lorsqu'on entre en lutte avec l'ennemi, d'avoir présent à l'esprit celui des deux buts qu'on poursuit; les moyens à employer seront très-différents, et se tromper dans leur choix, c'est s'exposer à lutter sans résultat avantageux, c'est-à-dire sans succès.

Enfin, si nous prenons les choses au point de vue moral (et les maîtres de l'art disent qu'il n'est pas le moins important), « c'est un fait que l'offensive, indépendamment des « avantages tactiques, excite l'ardeur et le courage des sol- « dats. » (BUGEAUD, *Maximes*.)

Nous sommes donc en droit de dire que, seule, l'offensive procure des résultats décisifs et définitifs.

4. Que doit-on penser des combats traînants survenus dans les dernières guerres?

Quelques théoriciens admettent que des forces militaires non liées à la défense d'un point peuvent avoir à livrer des combats n'ayant aucun caractère décisif. C'est ce qu'ils appellent les *combats traînants*; ils y rattachent l'opération militaire qu'on désigne souvent sous la rubrique : faire des démonstrations offensives.

Nous pensons qu'il ne faut point confondre les démonstrations offensives avec les combats traînants.

Une démonstration offensive n'atteint son but qu'en s'inspirant des règles de l'offensive. Le résultat qu'elle poursuit est l'anéantissement des forces de l'ennemi sur certains points, soit qu'on veuille attirer les efforts de son adversaire sur ces points, soit qu'il paraisse avantageux d'être maître de ceux-ci, au moins pendant un certain temps, pour voir plus clair dans le jeu du général en chef opposé.

Quant aux combats traînants, ce sont des combats défen-

sifs, qui doivent donc être menés suivant les règles de la défensive active.

Mais, dans les historiques de campagne, on a classé sous
cette dénomination bien des combats engagés sans plan et où
l'un des adversaires a gardé une attitude passive, lorsqu'au
contraire il avait de grandes chances de succès en prenant
l'offensive avec intelligence et prudence. Mieux encore : on
a attribué à ce genre de combat, surtout dans ces derniers
temps, une grande importance et une part notable dans les
succès obtenus par les armées prussiennes en 1866 et 1870.

A notre avis, ces combats ont leur origine, au point de
vue théorique, dans un manque de clarté dans les idées relatives à la défensive, et au point de vue pratique ainsi
qu'au point de vue historique, dans le besoin de justifier,
après faits accomplis, le manque de direction pendant le
combat.

En d'autres termes, les combats traînants ne doivent point
exister, si la direction des troupes est à la hauteur des circonstances ; ils peuvent faire parfois honneur à la valeur et à
la constance des soldats ; mais ils démontrent toujours l'insuffisance de leur chef. Nous reviendrons du reste sur ce
sujet dans une des conférences suivantes.

A la guerre celui qui frappe le plus fort est vainqueur ;
or pour frapper fort il faut de la décision ; il faut avoir les
idées toujours nettes sur les avantages et les inconvénients
de l'offensive et de la défensive.

L'instruction relative à nos grandes manœuvres dit
textuellement : « Une défense entièrement passive amènera
« infailliblement la perte de la troupe qui emploie exclusi-
« vement ce mode de combat ; il faut donc se hâter, aussitôt
« que les forces et les circonstances le permettent, de pas-
« ser à l'offensive. Si l'on ne peut prendre complétement l'of-
« fensive, il faut au moins exécuter des contre-attaques. »

5. Notre règlement sur les manœuvres enseigne surtout comment dans les circonstances actuelles on doit combattre offensivement.

En présence des effets puissants du nouvel armement, quels moyens peut-on employer pour pratiquer avec succès la tactique offensive ?

Notre règlement sur les manœuvres s'est tout spécialement attaché à nous les enseigner. — Étudions-les donc et nous reprendrons confiance dans nos vieilles traditions militaires.

IIᵉ CONFÉRENCE

DU COMBAT OFFENSIF. — PHASES PRÉLIMINAIRES DE CE COMBAT

6. Le type du combat à étudier est celui de la division d'infanterie.

Le type du combat à étudier par les officiers de tous les grades est, avons-nous dit dans l'avant-propos, celui de la division d'infanterie. En effet, que la division combatte isolément ou qu'elle fasse partie d'une armée très-nombreuse, les règles qui présideront à son action restent les mêmes dans leurs traits essentiels.

La division d'infanterie est l'unité du moindre effectif dans laquelle les trois armes se trouvent groupées d'une manière permanente en campagne, qui a la consistance nécessaire pour suffire à toutes les phases d'un combat, qui enfin constitue une force assez importante pour que le résultat heureux ou malheureux de son action pendant la bataille exerce une influence souvent décisive sur l'issue de la journée.

La division est donc bien définie par notre règlement : « l'unité de bataille. »

Partant donc de ce principe, dans nos études subséquentes, nous n'aurons pas, en général, à nous préoccuper de l'effectif des combattants ; du moment où ils constituent au moins une division, les règles tactiques principales sont les mêmes dans tous les cas.

7. Pourquoi les armées se rangent-elles sur plusieurs lignes pour le combat?

C'est, disons-nous, en se plaçant surtout au point de vue de l'offensive, que le règlement sur les manœuvres a déterminé les divers éléments de la formation normale de combat tant pour le bataillon que pour la brigade et la division ; nous ferons de même en exposant la théorie générale du combat.

De toute antiquité, il a été d'usage dans les armées de ne point engager toutes ses forces à la fois, de former deux ou plusieurs lignes de bataille et de garder la dernière comme une réserve pour frapper le coup suprême, le coup décisif, et pour parer aux éventualités, c'est-à-dire aux manœuvres par lesquelles l'adversaire peut inopinément menacer et attaquer telle ou telle partie plus faible de notre ordre de combat.

Aussi, à mesure que les armées sont devenues plus manœuvrières, le nombre des lignes entre lesquelles on a réparti leurs forces, a-t-il augmenté.

L'emploi général des armes à feu n'a contribué qu'à développer cet usage. Comme précédemment, il a fallu procéder pendant le combat par succession d'efforts ; mais une autre nécessité s'est montrée.

Il a été indispensable de n'exposer en première ligne, aux projectiles ennemis, que le nombre d'hommes pouvant faire usage de leurs armes à feu, et les distances observées jusque-là entre les lignes ont dû être augmentées considérablement, afin de soustraire autant que possible à ces mêmes projectiles les troupes qui n'étaient point immédiatement engagées.

Avec les armes à feu actuelles, l'échelonnement des forces est poussé à ce point que la première ligne, celle qui est le plus rapprochée de l'ennemi, se compose elle-même de quatre ou cinq échelons.

Cette disposition n'a cependant pas pu dispenser d'amener pour le moment décisif la totalité des forces disponibles à bonne portée de l'ennemi. Arrivées là, elles seraient en très-peu de temps anéanties si, usant de son côté de la puissance du feu, l'assaillant n'était parvenu préalablement à annihiler de loin cette puissance chez l'ennemi, ou du moins à l'amoindrir suffisamment en *préparant* l'attaque.

8. L'attaque doit être précédée d'une reconnaissance des forces ennemies et d'une préparation suffisante.

Plus que jamais *l'attaque doit toujours être précédée d'une préparation suffisante.* R. S. (2ᵉ partie).

Cette préparation doit être précédée elle-même d'une reconnaissance des forces ennemies et des positions qu'elles occupent; sinon, elles pourraient n'être pas prolongée assez pour être suffisante.

En résumé, de nos jours les diverses phases préliminaires de l'attaque ont acquis une importance extrême; la méconnaître serait se préparer un échec certain.

Supposons donc des forces se dirigeant vers l'endroit où

1.

ont été signalées les troupes ennemies. Elles observent, pendant leur marche, les règles du service de sûreté.

9. En cas de rencontre de l'avant-garde avec l'ennemi, qui doit décider s'il faut combattre ?

L'avant-garde se heurte contre les forces ennemies ; il s'agit pour son chef de prendre une décision.

Faut-il combattre, oui ou non ?

En principe, il appartient au commandant en chef de répondre à cette question ; mais, en fait, cela lui sera souvent matériellement impossible, car il ne sera pas présent. L'indécision produit cependant toujours de fâcheux résultats ; il faudra donc laisser sur ce sujet une certaine initiative au commandant de la division qui marche en tête de la colonne.

Les connaissances et l'expérience qu'on est en droit de supposer chez cet officier général sont des garanties d'une décision opportune. Il n'est pas admissible du reste que le commandant en chef ne l'ait point tenu au courant de la situation stratégique, surtout au moment où il lui confie la direction de la tête de la colonne. Enfin cet officier a à sa disposition des forces suffisantes pour engager et soutenir un combat sérieux et même décisif.

Qu'on lui donne donc le droit de prendre une décision à ce sujet. Libre à lui d'user de la faculté qui lui est laissée ou de rester sur la défensive en attendant la décision de son supérieur.

Dans tous les cas, s'il a accepté le combat, il encourt la responsabilité de sa décision. Cette décision est grave, car elle entraînera un résultat décisif, toutes les fois que l'un des deux adversaires le voudra.

Elle ne doit donc être prise qu'après mûr examen tant de

la situation au point de vue stratégique que des dispositions tactiques prises par l'ennemi supposé établi sur sa position.

10. Reconnaissance préliminaire faite par le général commandant la division tête de colonne.

Le premier soin du général de division est donc d'opérer la reconnaissance de l'ennemi et des positions que celui-ci occupe.

Il cherche à connaître, autant que lui permet la vue et aussi l'issue de la rencontre des deux avant-gardes, l'étendue du front de l'ennemi et la répartition de ses troupes sur ce front et dans les divers échelons en arrière. Il observe aussi les travaux de fortification qu'on a pu exécuter (1).

Puis, la carte à la main, il examine *le terrain sur lequel il doit agir ; il l'étudie, au point de vue de la marche vers la position ennemie et de la direction à donner à son attaque. Une ligne de défense a toujours des points faibles, tels que les saillants et les ailes ; c'est sur ces points qu'il faut s'avancer de préférence.* (C. 340.)

Il existe aussi généralement sur toute position un point dont l'occupation assure ou facilite la possession de la ligne entière, soit parce qu'il domine le terrain à défendre, soit parce qu'il commande la ligne de retraite que le défenseur doit suivre. (C. 332.)

Ce point est ce qu'on appelle la *clef de la position.*

Il doit être recherché avec soin par l'assaillant, car il doit être l'objectif de l'effort définitif ; mais l'assaillant ne perd

---

(1) Voir, dans le récit des diverses batailles livrées pendant les deux premiers mois de la dernière guerre, cette règle toujours exactement observée par les généraux allemands commandant les têtes de colonne et souvent par les généraux en chef eux-mêmes, lorsque le combat était prévu et que, par conséquent, ils se trouvaient à l'avant-garde.

*pas de vue que souvent il sera avantageux de s'emparer
d'abord d'un autre point dont l'occupation préparera et faci-
litera celle de cet objectif; il examine quelle peut être la ligne
de retraite de l'ennemi et quelle route lui-même devra suivre,
dans le cas où il serait forcé de se retirer.* (C. 332.)

La clef de la position ne doit jamais être abordée que par
son côté le plus faible.

Les clefs de position n'existent pas sur les champs de bataille où des forces nombreuses sont en présence, ou plutôt
il en existe plusieurs en nombre correspondant à celui des
régions principales entre lesquelles on pourra diviser le
champ de bataille.

En effet, une clef de position tire son importance de son
influence immédiate sur le terrain environnant, influence
qu'elle doit à l'action des armes à feu. Si le champ de bataille a une étendue ou une configuration telle que, d'un
seul point, on ne puisse avec les armes à feu agir efficacement sur toutes ses parties, ce champ de bataille n'a pas de
clef de position, ou plutôt il en a plus d'une.

La nécessité de s'emparer de la clef d'une position n'implique aucunement celle d'attaquer cette clef de suite ou directement. Il arrive parfois que tel autre point enlevé, la
clef de la position tombe d'elle-même sans de grands efforts.

11. Utilité des patrouilles d'officiers pendant cette
phase de l action.

Le général de division ne pourra guère faire un meilleur
emploi des *patrouilles d'officiers* que pendant la reconnaissance de l'ennemi et de la position qu'occupe ce dernier.
Comme le général ne peut voir tout par lui-même, et que
des rapports faits par des personnes inexpérimentées ou
ignorantes sont toujours inutiles et souvent nuisibles, il

ne faut demander ces rapports qu'à des officiers. Il est bien
entendu que ces officiers seront montés, et même bien montés,
pour pouvoir aller voir de près et se dérober ensuite rapidement aux éclaireurs ennemis.

Ces officiers pourront être pris dans la cavalerie de l'avant-
garde; ils seront suivis de 3 ou 4 cavaliers, bien montés également et chargés de faire le guet dans toutes les directions,
pendant que l'officier observera plus spécialement l'ennemi
et le terrain.

Il s'agira pour ces officiers de savoir quels sont les points
occupés et en quelle force, s'il est possible ; d'apprécier l'importance des travaux de défense; de chercher à deviner le
but des mouvements de troupe qu'ils aperçoivent ; enfin, de
donner des renseignements sur la configuration du terrain,
des lieux habités, etc., renseignements toujours utiles, car
les cartes ne peuvent les donner tous.

Ce service de rapports doit même fonctionner lorsqu'il n'y
a rien à signaler, afin que le supérieur qui les reçoit, soit
certain qu'effectivement, ici ou là, il ne se passe rien d'important. Il sera donc utile de prescrire aux patrouilles d'officiers d'envoyer, en dehors de tout fait extraordinaire, dans
les circonstances dont nous parlons, des bulletins à des intervalles réguliers, par exemple, de demi-heure en demi-
heure.

12. Nécessité de se tracer un plan avant d'engager le combat.

Ce qu'il importe avant tout, pour le commandant en
chef (ou le général de division qui le remplace), de se procurer par la reconnaissance qu'il a opérée, ce sont des idées
très-nettes sur le but à atteindre par le combat qu'il se propose d'engager, et lorsque le commandant en chef des trou-

pes qui doivent combattre fait lui-même la reconnaissance,
de se fixer sur les moyens à employer pour vaincre. Il ne
faut pas que l'emploi de tels moyens reste dans le doute et
dépende des circonstances; il faut avoir pris d'avance la
ferme résolution d'employer tel moyen et d'utiliser les troupes et le terrain suivant la ligne de conduite qu'on s'est
tracée.

Il semble puéril de rappeler une telle nécessité, et cependant relisons les *Instructions pratiques* du maréchal Bugeaud.

« Il ne faut jamais combattre sans un but. Nous avons
« tous vu engager des combats, souvent très-sérieux, sans
« aucun but.

« Mais il ne faut jamais combattre sans un plan. Nous
« avons aussi vu engager à l'aventure, et successivement,
« un très-grand nombre de tirailleurs, sans aucune intention
« déterminée et seulement parce que l'ennemi en présentait.
« Nous avons encore vu attaquer bataillon par bataillon, et
« sans plan, et partant sans harmonie. »

En rappelant ces faits, le maréchal Bugeaud ne se livrait
pas à une critique excessive.

Considérons avec lui que le général qui engage ainsi le
combat est homme et, mieux encore, soldat. La vue de l'ennemi, le bruit du canon qui annonce le commencement de
la lutte, certains indices qui permettent même de compter
sur le succès, tout cela excite le général à précipiter l'action.
Au critique de sang-froid et assis dans son cabinet, il sera
permis de s'en étonner. Mais dans cet état d'excitation, comment combattra-t-on ? Quel résultat poursuivra-t-on ? Voilà
ce que parfois on oublie de dire; ce qui semble même inutile d'être dit, et cependant quel a été à toute époque le
résultat de tels combats ?

ommencés sans plan, ils se sont terminés sans utilité. Ils

ont été de stériles effusions de sang. Bien heureux celui qui, après les avoir provoqués, ne subit pas de pires conséquences.

Un combat dont l'utilité est contestable, doit être toujours différé, refusé. Comment? — L'observation aes règles du service de sûreté en marche en fournit les moyens. Mais s'il est nécessaire de combattre, il faut le faire avec la dernière énergie et l'emploi des dernières ressources. Car, Napoléon l'a dit, les réserves sont faites pour décider la bataille.

13. Quel point de la ligne ennemie faut-il attaquer?

Que faut-il pour être vainqueur?

Napoléon nous l'a dit également. Être au moment opportun et sur un point donné (matériellement ou moralement) plus fort que son adversaire.

Attaquer à la fois toute l'étendue du front de bataille appartient à la tactique primitive.

Quel sera le moment opportun?

Ce sera celui où l'assaillant, après avoir porté la plus grande partie de ses forces vers le point désigné, s'y trouvera le plus fort.

Diriger le combat d'après ces principes, c'est combattre *méthodiquement*.

Commencer sur tout le front de bataille un de ces combats traînants dont on a tant parlé, engager bataillon par bataillon jusqu'à épuisement des forces et en comptant ne l'emporter que parce qu'on espère conserver le dernier un bataillon intact à sa disposition, c'est s'exposer à succomber sous les coups de celui qui sait combattre méthodiquement.

Il se pourra que, faute d'avoir su correctement diriger les préliminaires du combat, on arrive peu à peu, et malgré soi, à combattre de la façon primitive que nous venons de critiquer ; mais s'engager dans cette voie d'emblée et de parti pris, c'est tout au moins s'abandonner au hasard et compter beaucoup trop sur le dieu des batailles.

Évidemment le *combat méthodique* exige plus de science de la part du commandant. Nous ne supposons pas dans cette étude qu'un des partis a une supériorité numérique considérable sur son adversaire; car, être plus fort que celui-ci sur un point donné lui serait alors facile, et l'art n'a rien à faire pour procurer la victoire au plus fort dans ces conditions.

Mais si les forces sont à peu près égales de part et d'autre et que l'assaillant se propose d'avoir néanmoins la supériorité numérique sur un point, il faut évidemment que, sur les autres points moins fortement gardés, il se borne provisoirement à la défensive.

Nous supposons également que, bon gré mal gré, l'adversaire se trouve, pour des raisons majeures, motivées peut-être par une manœuvre stratégique, obligé de rester sur la défensive ; libre à lui, d'ailleurs, de ne point se borner à la défensive passive et d'user des contre-attaques et des retours offensifs. Les autres hypothèses seront examinées ensuite.

14. Principes pouvant guider à cet égard.

Un point de la ligne de bataille de l'ennemi doit donc devenir l'objectif de nos suprêmes efforts : admettons un instant que ce soit un point de l'intérieur de cette ligne.

Il s'agira alors de percer cette ligne, de la couper en deux tronçons. Cette méthode a procuré d'éclatantes victoires à Napoléon, mais elle ne peut plus être employée de nos jours. Des armes à tir rapide et surtout à longue portée ne le permettent plus. La troupe qui chercherait à s'enfoncer ainsi comme un coin au milieu de la ligne ennemie serait soumise de droite et de gauche aux effets puissants des feux croisés à longue portée de son adversaire et spécialement de son artillerie, qui, sans se déplacer et en changeant simplement la direction de son tir, concentrerait à grande distance toute son action sur les assaillants.

Les mêmes raisons interdisent également à l'ennemi sur la défensive de choisir des positions présentant un saillant trop prononcé vers nos troupes, car il nous permettrait de faire converger tous nos feux sur ses forces accumulées au saillant (1).

La ligne de bataille de celui qui garde la défensive s'étendra donc en principe en ligne droite, et puisque l'attaque contre un point de l'intérieur de cette ligne présente tant de dangers, c'est contre les ailes que l'assaillant devra agir.

Il lui faudra, par exemple, déborder l'une d'elles et, formant avec sa propre ligne un crochet offensif, placer l'extrémité de la ligne ennemie dans un angle rentrant dont l'intérieur pourra être soumis à de nombreux feux croisés. Nous serons ainsi à cette aile matériellement supérieurs à l'ennemi.

Aussi, celui-ci n'omettra-t-il rien pour se soustraire aux conséquences d'une pareille manœuvre. Lorsqu'il ne pourra pas appuyer une extrémité de sa ligne à quelque obstacle naturel, il y renforcera ses troupes et y placera le corps destiné à répondre à l'attaque de l'ennemi par une contre-attaque (2).

Il résulte de ces tendances opposées de part et d'autre

---

(1) Ce sont les raisons qui ont empêché nos troupes de se maintenir sur le plateau d'Illy pendant la bataille de Sedan.

(2) Le 18 août 1870, notre aile gauche était fortement appuyée aux forts de Metz: aussi l'ennemi attaqua-t-il avec deux corps d'armée le corps Canrobert, qui formait la droite de notre ligne. Notre réserve générale (garde impériale) eût été bien placée derrière le corps Canrobert; on l'y envoya, mais trop tard et en partie seulement.

qu'une action commencée par une attaque contre une aile peut, à la suite d'un changement de front opéré par le défenseur pour s'y soustraire, amener de nouveau un combat entre deux lignes de bataille parallèles.

Quant à l'attaque dirigée à la fois contre les deux ailes de la ligne ennemie, elle n'est possible qu'avec des forces numériquement très-supérieures ou si, bien que les forces soient égales de part et d'autre, un des partis est très-supérieur à l'autre sous le rapport de l'organisation, de l'armement et de la solidité des troupes.

L'art peut alors rendre une telle attaque aussi décisive que possible si on y applique aux deux ailes les règles prescrites pour opérer contre l'une d'elles ; mais l'art seul n'aura pas vaincu : la supériorité numérique ou morale l'aura surtout emporté (1).

Quand une attaque est dirigée contre une aile de la ligne de bataille ennemie et que les forces sont égales de part et d'autre, l'assaillant se trouve donc contraint de rester sur la défensive partout ailleurs qu'en face du point où il veut frapper le coup décisif.

Donc, dans un combat méthodique, la ligne de bataille de l'assaillant doit être scindée en deux parties ayant un rôle distinct : la partie ou *aile offensive* et la partie ou *aile défensive*.

Si cependant l'assaillant se bornait à garder une attitude absolument passive à son aile défensive, l'ennemi dégarnirait sa ligne de bataille en face de cette dernière pour renforcer celle de ses ailes qui se trouve menacée et rétablir l'équilibre. Or c'est ce qu'il faut empêcher.

---

(1) Voir le paragraphe 93, relativement à l'application de la théorie développée ici à l'examen des batailles livrées en août et septembre 1870, contre les Allemands.

15. Quelle est l'étendue de la ligne ennemie contre laquelle il faut porter les coups décisifs?

Lorsque nous disions plus haut qu'il fallait être le plus fort sur un *point donné*, il s'agissait évidemment d'une étendue de terrain qui sera d'autant plus considérable que l'effectif des combattants de part et d'autre sera plus élevé.

Dans le combat de corps d'armée contre corps d'armée, elle aura toujours plus d'un kilomètre de front.

Cherchons à fixer avec plus de précision la zone minimum dans laquelle il importe de donner à l'attaque le maximum d'énergie.

Supposons qu'en avant de l'aile ennemie qui va devenir l'objectif de l'attaque, aucun couvert n'existe jusqu'à 2.000 mètres de distance. Lorsque l'attaque montrera ses forces à 2.000 mètres en face de son objectif, la défense, avertie du danger qui la menace, aura encore le temps d'appeler au secours des points menacés toute troupe disponible qui ne s'en trouvera pas éloignée de plus de 2.000 à 2.500 mètres.

Celles qui se trouvent à une distance plus grande, bien que disponibles, courent risque, si elles sont appelées, de n'arriver qu'après que l'assaillant aura pris pied sur la position et par conséquent d'être réduites à leur tour au rôle d'assaillant dans des conditions fort désavantageuses.

Ces troupes ne sont pas à craindre pour l'attaque, qui n'aura donc à combattre aussi vigoureusement que possible que sur une étendue de 2.500 mètres (dans l'hypothèse admise) à partir de l'objectif choisi par elle.

Sur cette étendue il faudra que l'effort exercé par l'attaque soit tel qu'aucune des forces ennemies qui se trouvent en face d'elle, ne puisse être détournée de la défense du poste qui lui était assigné jusque-là.

Or, nous verrons plus loin que le front d'action d'une division est toujours inférieur à 2.500 mètres et comporte normalement 1.500 mètres seulement. Il résulte de là ce fait important que, dans le combat de division isolée contre division isolée, le front entier de chacune d'elles doit en principe être engagé très-sérieusement ; ce qui n'exclut pas la nécessité de prononcer encore davantage l'effort contre l'aile, objectif spécial de l'attaque (1).

Au contraire, sur un champ de bataille étendu, telle division, tel corps d'armée devra supporter tout le choc sans que les autres corps parviennent à lui fournir à temps des renforts. Ce sera au général en chef à acheminer de bonne heure, s'il lui est possible, une fraction de la réserve générale vers la partie de sa ligne qu'il présume menacée (2).

Nous avons donné le chiffre de 2.500 mètres pour l'étendue du front à attaquer, mais en y arrivant par une hypothèse qui variera avec la configuration du terrain et les difficultés qu'aura à surmonter l'assaillant pour donner l'assaut.

Sur chaque champ de bataille, ce sera au coup d'œil du commandant en chef à déterminer le chiffre en question.

16. Règle de conduite de l'avant-garde pendant la reconnaissance préliminaire.

Nous laissions plus haut le général commandant la division tête de colonne, opérant sa reconnaissance préliminaire. Quels sont, pendant ce temps, les devoirs de l'avant-garde?

---

(1) Ce principe est encore plus vrai lorsqu'il s'agit du combat d'un détachement de quelques milliers d'hommes contre un autre de même force.

(2) Nous savons qu'à Metz, le 18 août, la garde impériale arriva trop tard pour soutenir le corps Canrobert accablé sous le nombre.

Le premier est d'opposer une résistance énergique aux attaques de l'ennemi, afin de permettre au reste des troupes de prendre ses dispositions de combat.

Nous savons d'autre part que l'avant-garde ne marche pas réunie; elle est elle-même fractionnée et a son avant-garde particulière ; celle-ci se fait précéder d'un plus petit détachement, et enfin en pointe marchent quelques éclaireurs.

Ce fractionnement donne une première indication sur le rôle de l'avant-garde. Les deux partis s'étant rencontrés, les éclaireurs de l'un repoussent ceux de l'autre ; puis, unis à la tête d'avant-garde, combattent celle de l'ennemi : le vainqueur continue sa marche en avant. Mais nous ne voulons pas dire que depuis les éclaireurs jusqu'au gros de l'armée tout le monde doit successivement venir se mettre en ligne et combattre à côté des premières fractions engagées, sans s'inquiéter d'autres dispositions.

Cela arrive parfois, mais c'est là le mal; car le combat est alors commencé sans plan et rentre dans une catégorie que nous avons déjà critiquée.

Oui! les fractions qui marchent en tête de l'avant-garde ne doivent point s'arrêter devant un détachement ennemi qui visiblement leur est inférieur en nombre ou peu avantageusement posté. Quelques coups de feu tirés sur la tête d'avant-garde ne doivent pas faire suspendre la marche d'un corps d'armée ; car il en résulterait des arrêts continuels et une incertitude constante sur la position et la force de l'ennemi, plu une impression fâcheuse sur le gros de la colonne.

Quand une fraction de l'avant-garde, jusque-là victorieuse, doit-elle suspendre sa marche offensive?

Quand elle se trouvera en face de force qui, par leur nombre et leur position, lui paraîtront ne pouvoir être repoussées sans de longs efforts Elle évitera alors de s'engager à portée efficace des armes, prendra elle-même la position la meilleure ainsi qu'une attitude défensive et, si elle est attaquée à son tour, luttera jusqu'à ce que le reste des troupes ait pris ses dispositions pour le combat décisif.

Si l'ennemi, retranché sur une position, est résolu à livrer une bataille défensive, il ne sera pas difficile à l'avant-garde de discerner le moment où elle devra suspendre sa marche offensive. Si l'ennemi se trouve au contraire en marche en sens inverse dans un but offensif, la situation est moins claire et la lutte entre les deux avant-gardes prend un caractère particulier que nous étudierons lorsqu'il sera question *des rencontres.*

Mais en ce moment nous sommes en marche offensive et l'ennemi est supposé en position et sur la défensive.

Dès que le commandant de l'avant-garde a reconnu qu'il ne doit pas s'engager plus loin, il prend position et tient ferme tant qu'il peut, jusqu'à l'arrivée du commandant de la division tête de colonne.

Si un engagement est prévu, cet officier général se trouvera le plus souvent à l'avant-garde.

C'est lui qui, en première instance, a pouvoir de décider s'il faut livrer le combat ou le refuser.

Dans tous les cas, il ne prend de décision qu'après avoir opéré sa reconnaissance préliminaire. Si l'engagement entre les deux avant-gardes a mis en mouvement et par suite en évidence une partie des troupes adverses, la décision n'en sera que plus facile à prendre. On peut craindre évidemment que cet engagement ne soit parfois intempestif. Dans une étude sur le service de sûreté en marche, nous dirions comment, par un fractionnement rationnel de l'avant-garde, on peut éviter à peu près complétement ce danger ; mais il n'y a pas moins là une éventualité qui donne une grande importance au choix du commandant de l'avant-garde. Ce dernier peut par de mauvaises dispositions devenir l'auteur d'un insuccès.

Quoi qu'il en soit, le général commandant la division tête de colonne peut aussi ne pas prendre de décision (si l'ennemi le lui permet!) et attendre sur la défensive l'arrivée et la décision de son supérieur. Cette résolution ne le garantira pas contre la mauvaise chance ; car l'ennemi peut prendre brusquement et avec avantage l'offensive en voyant l'hésitation de son adversaire. Le succès lui sera plus facile.

Mais ajoutons qu'en aucun cas cette hésitation ne pourra améliorer la situation : tout au plus peut-on ne pas la rendre pire. A la guerre, la promptitude et la hardiesse des décisions ont toujours été des éléments de succès (1).

Laissons de côté le cas où le général de division s'en rapporte pour engager le combat à la décision de son supérieur ; celui-ci à son arrivée ne pourra opérer mieux que ne l'eût fait son divisionnaire bien avisé ; donc point de règles particulières pour ce dernier cas.

Prenons le cas où le divisionnaire a pris une décision. Supposons que des forces considérables se trouvent en face de lui ; la situation au point de vue stratégique n'est, du reste, pas bonne, supposons-le également.

Il semble donc utile d'éviter le combat. Dans ce cas, l'avant-garde devient arrière-garde et provisoirement le général de division dirige la retraite et éventuellement le combat d'après les règles relatives aux combats d'arrière-garde.

C'est pour lui un devoir urgent de prévenir, sans retard, de la situation des choses les commandants de corps d'armée

---

(1) Étudier à ce sujet la conduite du général de Manteuffel, commandant du 1er corps et celle du général von der Goltz, du 7e corps, pendant la journée du 14 août 1870. Elles favorisèrent extrêmement l'exécution du plan général de l'armée allemande, qui consistait à nous empêcher de passer la Moselle pendant cette journée du 14.

ou de division qui le suivent dans la colonne, ainsi que le commandant en chef.

Admettons maintenant que le général de division se trouve dans une situation qu'il juge bonne et se propose d'engager un combat offensif. Il doit encore en prévenir le gros de la colonne ainsi que le commandant en chef.

Les troupes arrivent et se forment en ordre préparatoire de combat, c'est-à-dire qu'elles adoptent la *formation de rassemblement*, ou une formation analogue, de manière qu'il soit plus facile de disposer d'elles.

« Cette formation doit être telle qu'on puisse passer « à l'ordre de combat avec rapidité par l'extension seule « entre les colonnes et par le déboîtement à droite et à « gauche des éléments de chacune d'elles ; ce qui peut se « faire très-facilement pendant la marche en avant. Il en « résulte que les dispositions générales de l'ordre prépara- « toire sont les mêmes (autant que possible) que celles de « l'ordre définitif, avec cette différence que dans l'ordre pré- « paratoire les éléments de la division sont ordinairement « plus rapprochés les uns des autres. » (*Instruction sur les* « *manœuvres en* 1877.)

« Le lieu où la division prendra l'ordre préparatoire de « combat doit être situé autant que possible hors des vues « de l'ennemi et de l'action efficace de son artillerie. » (*Même instruction.*)

Pour prendre l'ordre préparatoire de combat, il faut un certain temps qui généralement permettra au commandant de corps d'armée, si ce n'est au commandant en chef, de venir lui-même se rendre compte de la situation. Mais, que la direction reste encore pendant quelque temps au géné-ral de division, ou qu'elle passe de suite soit au comman-dant de corps d'armée, soit au commandant en chef, du moment où à cette question : Faut-il combattre? il a été répondu : Oui! une nouvelle phase commence. Nous ne pensons pas pouvoir la définir plus exactement que par les mots : *Reconnaissance offensive de l'ennemi* (1).

17. Passage de la reconnaissance préliminaire à la reconnaissance offensive.

En effet, la reconnaissance préliminaire a été faite à la vue (secondée par de bonnes lunettes); mais elle n'a pu porter en général que *sur le terrain*; car l'expérience nous a appris que, pour ce qui est des troupes et des travaux défensifs (emplacements de batteries, tranchées-abris, etc.), l'ennemi n'en laissera voir que le moins possible.

S'inspirant donc surtout de la situation au point de vue stratégique, le général a pris, à la suite de la reconnaissance préliminaire, d'abord la résolution de combattre; puis il a décidé s'il prendrait l'offensive ou garderait la défensive.

Toujours les mêmes raisons stratégiques, puis la configuration du terrain et enfin ce que le général a vu des forces de l'ennemi, ont pu le fixer sur l'aile de la ligne adverse qu'il faudra attaquer avec le plus de vigueur.

Il a donné immédiatement des instructions (écrites s'il commande à un corps d'armée dont tous les divisionnaires n'ont pu se rendre auprès de lui) et a dit notamment contre quels points on opérerait les reconnaissances offensives dont

(1) Le règlement du 12 juin 1875 reconnaît, dans le rapport qui le précède, trois phases pour le combat : 1° l'entamer; 2° le préparer; 3° l'exécuter. Il nous semble plus méthodique de distinguer quatre phases : 1° la reconnaissance préliminaire, qui a surtout en vue le terrain et la décision relative à l'acceptation ou au refus du combat; 2° la reconnaissance offensive, qui a pour but de connaître comment sont disposées les forces ennemies ; 3° la préparation; 4° l'exécution de l'attaque. L'expression d'entamer le combat nous semble un peu trop vague.

nous allons parler. Il ne peut ordonner rien-de plus, car il n'est pas assez fixé encore sur l'ennemi ; ce qu'il ajouterait pourrait donc devenir inutile et par suite nuisible.

Avant de donner des ordres de détail, il faut être renseigné complétement sur l'ordre de bataille de l'ennemi, ses travaux défensifs, etc., et, s'il est possible, sur sa force numérique, qui ne sera estimée cependant à première vue, sans erreur grossière, qu'une fois peut-être sur vingt.

Pour avoir ce complément de renseignements, nous ferons une reconnaissance offensive et, disons-le de suite, ce sera une reconnaissance à *coups de canon*. Elle ne commencera que sur l'ordre du général qui a prescrit le combat ; car jusqu'à un certain point elle engage la lutte (1).

18. Règles de conduite pendant la reconnaissance offensive.

Nous voulons cependant ne l'engager encore que le moins possible ; nous voulons d'abord forcer notre adversaire à se montrer ; nous voulons dérober à sa vue nos forces et nos dispositions tactiques.

Nous renforcerons donc l'artillerie de notre avant-garde et nous canonnerons vigoureusement tous les points auxquels nous présumons que l'ennemi veut appuyer sa défense. Le déploiement de notre artillerie fera supposer à l'ennemi que nos masses d'infanterie ne sont pas éloignées et que les points d'appui de sa défense sont déjà menacés ; il en rapprochera donc ses troupes et démasquera une partie plus

---

(1) Étudier dans le récit de la bataille du 18 août 1870 quelles difficultés les généraux allemands éprouvèrent à bien déterminer le point extrême de notre droite. La vue ne suffit pas et ils durent employer le canon pour bien reconnaître la répartition de nos forces.

ou moins grande de ses batteries : nous serons donc mieux renseignés sur les forces de notre adversaire.

On objectera que l'ennemi ne se laissera pas prendre à cette feinte ; mais nous répondrons qu'il n'y a pas de laps de temps fixé pour la durée de la reconnaissance, soit préliminaire, soit offensive; le minimum de ce laps de temps correspond à celui qui est indispensable pour passer de l'ordre préparatoire de combat à l'ordre définitif, laps de temps que l'adversaire ne peut apprécier si nous manœuvrons en partie à couvert de ses vues.

L'ennemi fera donc bien de ne pas mépriser cette canonnade qui, du reste, n'est pas sans produire un effet matériel qu'il ne pourra atténuer qu'en répondant coup pour coup.

C'est donc l'artillerie qui sera engagée la première, comme l'arme qui peut produire les effets les plus puissants, sans qu'il soit néanmoins très-difficile ou même impossible ensuite de la retirer de la lutte et de la porter ailleurs.

Qui connaît l'action dissolvante que le combat moderne exerce sur les bataillons d'infanterie, pensera qu'il n'est pas opportun de les engager déjà à fond.

Les effets de la reconnaissance à coups de canon ne se produisent pas instantanément. Au fur et à mesure, que le général reconnaît plus clairement le fort et le faible de son ennemi, il expédie ses ordres pour faire passer les troupes à l'ordre définitif de combat. Il continue d'ailleurs à faire usage des patrouilles d'officiers dont nous avons parlé dans la reconnaissance préliminaire ; elles le renseignent sur tout ce qu'il ne pourra voir lui-même (1).

Les chefs des bataillons chargés de couvrir le déploiement

---

(1) Étudier dans le récit de la bataille du 18 août 1870 les services que les patrouilles d'officiers ont rendus à l'aile gauche allemande pour déterminer jusqu'où celle-ci devait se prolonger pour nous cerner dans Metz.

de l'artillerie, devront également faire un rapport immédiat au général de tout ce qu'ils remarqueront d'intéressant chez l'ennemi.

L'importance de ces patrouilles et de ces rapports n'a pas besoin d'être démontrée ; sans eux, la canonnade engagée res_ terait presque sans résultat pour le général.

Nous n'avons pas dit combien l'on déploierait d'artillerie dans la reconnaissance offensive. Pour donner un chiffre, disons qu'une division isolée engagera de suite deux batteries, un corps d'armée pourra n'employer que le tiers ou le quart de ses batteries.

Mais il faut avant tout atteindre son but, et cela veut dire qu'on renforcera l'artillerie engagée jusqu'à ce que ce but soit atteint. Nous aurons soin aussi de ne pas exposer nos batteries en infériorité de nombre en face de celles que démasquera l'ennemi (1).

Nous voyons dans cet emploi de l'artillerie une raison capitale pour placer la plus grande partie de la nôtre en tête des colonnes de marche, surtout si nous prévoyons un combat.

Pendant la canonnade, notre infanterie joue le rôle de soutien de l'artillerie. Un certain nombre de bataillons de la première ligne, au fur et à mesure qu'ils arrivent en présence de l'ennemi, s'établissent en avant des batteries, sur des points particulièrement favorables à la défensive (villages, bois, escarpements, ruisseaux, etc.). Ils s'abstiennent de s'engager dans des fusillades à longue portée dans lesquelles ils brûleraient assez rapidement leurs cartouches, sans grand

---

(1) Étudier le récit de toutes les batailles livrées en 1870 par les Allemands ; l'artillerie tend à devancer les colonnes de marche de l'infanterie, à entrer en action dès les débuts de la bataille et à préparer de meilleure heure les voies à l'infanterie.

Le rôle de l'artillerie de la garde prussienne à Sedan est à remarquer particulièrement.

effet utile ; mais ils opposent au besoin une résistance énergique aux mouvements offensifs de l'ennemi.

Si celui-ci, changeant de plan, passait de la défensive à
l'offensive, il pourrait troubler profondément le déploiement
des colonnes de l'assaillant. Mais ce cas est peu probable : car,
si l'ennemi a préparé quelque part une défensive énergique,
il ne quittera pas volontiers ses positions ; mais enfin cela
est possible, et c'est une raison pour ne pas compter absolument sur la résistance des troupes chargées de couvrir le
déploiement.

Aussi, en vue de cette éventualité, le général ne fera déployer les troupes qu'en dehors de la portée efficace de l'artillerie ennemie et même, s'il se peut, de la vue de son
adversaire.

Les diverses fractions constitutives se porteront sur les
positions qui leur sont assignées dans un ordre qui les con-
servera sous la main de leurs chefs. En dehors de la portée
du canon, ce sera la formation massée.

S'il ne s'agit pas d'une division isolée, s'il s'agit, par
exemple, d'un corps d'armée marchant sur une seule colonne,
dès que la résolution de combattre aura été prise, on formera deux ou plusieurs colonnes pour accélérer le déploiement. Des ordres seront donnés afin que, si les têtes des
colonnes ne peuvent arriver en même temps en face de l'ennemi et commencer à la fois leurs reconnaissances offensives, elles puissent du moins se soutenir, les unes couvrant
et protégeant la marche des autres et celles-ci pouvant à
leur tour appuyer les premières, en cas de retour cffensif de
l'ennemi.

Toutefois, puisqu'il survient là un moment critique, la
promptitude du déploiement est un point capital.

Quand la reconnaissance offensive cesse-t-elle et quand la
préparation effective de l'attaque commence-t-elle ?

2.

Dans l'esprit de celui qui commande, ces moments doivent être très-précis; mais tels que les faits se présentent, les phases se succèdent à la vue sans transition marquée.

Pourquoi ces moments doivent-ils être précis dans l'esprit de celui qui commande?

Parce que les ordres qu'il donne pendant le cours de chacun de ces moments ont une tendance différente, et cela doit être pour que le combat soit réellement mené *méthodiquement*.

Quand le général ordonnera-t-il de commencer la préparation de l'attaque?

Quand toutes les troupes destinées à figurer dans l'attaque auront pris leur ordre définitif de combat en face des points à attaquer, et quand le général sera absolument certain que les réserves, peut-être encore en marche vers le lieu de leur action, pourront y arriver avant le commencement de l'attaque.

19. Règles à observer dans la transmission des ordres et des rapports pendant le combat.

Pendant les phases du combat que nous venons de parcourir, la lutte est à peine engagée, les mouvements se dessinent assez nettement, s'accusent même peut-être à la vue du général, qui occupe une position dominante. La transmission des ordres du général aux troupes et celle des rapports des troupes au général se font sans trop de difficultés.

Mais lorsque la lutte deviendra plus vive, que les combattants se seront rapprochés, que les armes à tir rapide auront forcé à prendre l'ordre dispersé, puis à mêler les compagnies, les bataillons et peut-être les régiments, qu'enfin le tumulte du combat arrivera à son comble, il sera bien à raindre que cette transmission d'ordres et de rapports se ralentisse, cesse et fasse place à un *débrouillez-vous géné-ral*.

Il faut cependant que cela n'arrive pas, et voici comment on pourra y obvier.

Celui qui commande doit se placer de manière à avoir autant que possible toute sa troupe sous les yeux. S'il est capitaine, il se déplacera souvent pour donner des ordres ou se rendre compte des choses en personne. Le chef de bataillon le fera moins souvent et jamais pour des détails ; il doit avoir à faire non à 1.000 hommes, mais à 4 commandants de compagnie seulement.

Le colonel le fera plus rarement encore que le chef de bataillon. En principe, il doit agir avec ses bataillons et non avec ses compagnies. Dans notre armée, il n'a malheureusement pas d'officier d'ordonnance comme dans les autres armées ; il sera donc obligé de se déplacer plus fréquemment que dans celles-ci et cela n'en ira pas mieux. Il est bon cependant qu'on sache toujours où le trouver et il devra faire connaître avec quelle fraction il compte marcher habituellement.

Les généraux sont au contraire dotés d'un état major plus ou moins nombreux. Il faut cependant qu'on sache aussi toujours où les trouver lorsqu'ils se déplacent ; sinon, il ne faut plus compter sur la transmission des ordres et des rapports. L'emplacement qu'ils choisiront à cet effet, sera en tous points convenable s'il permet d'embrasser de loin à la vue le front de combat de leurs troupes et de discerner les phases principales de l'action de l'ennemi.

Les généraux laisseront quelqu'un, ne serait-ce qu'un cavalier, à leur emplacement habituel lorsqu'ils croiront nécessaire de se transporter ailleurs ; ce qui devra arriver le plus rarement possible. En ne se tenant pas trop près des troupes, ils saisiront mieux l'ensemble, et leurs décisions seront plus· exemptes de l'influence nuisible du lieu et du moment. Ils obligeront ainsi leurs inférieurs à exercer leur commandement par eux-mêmes et non à attendre les ordres de leurs chefs pour les moindres détails de l'exécution.

Un supérieur ne doit intervenir dans ces détails que lorsque les dispositions prises par l'inférieur sont susceptibles de compromettre le but à atteindre; sinon, là où le chef sera absent, rien ne se fera. De là, l'inertie au combat, le plus fatal des défauts qui puissent affliger une armée.

Il est bon surtout de pouvoir observer de ses yeux sa propre réserve afin qu'elle ne se jette pas intempestivement dans la lutte, peut-être à la suite d'un ordre mal transmis.

Les généraux se garderont d'attendre les rapports de leurs inférieurs pour être au courant de la lutte, lorsque celle-ci deviendra très-vive.

La plupart du temps, dans cette circonstance, leurs inférieurs ne leur enverront quelqu'un que pour leur demander du secours, des renforts. Il ne faut point voir dans cette tendance exclusivement une certaine préoccupation de n'être pas assez fort pour remplir le rôle assigné : il faut encore ici compter avec le cœur humain.

Tant que les affaires vont bien, on oublie assez vite qu'il y a là bas, au-dessus de vous, quelqu'un qui n'a pas la même satisfaction que vous, qui n'entrevoit encore que l'inconnu et qui cependant a la direction de l'ensemble et la responsabilité de l'issue. Quelques officiers particulièrement doués ne se laissent pas absorber par le spectacle qu'ils ont sous leurs yeux, mais, s'occupant de l'ensemble, songent à renseigner leur général; ils seront des exceptions : que leur chef ne l'oublie pas.

Il faut donc que les états-majors détachent alternativement un officier du côté où la lutte est particulièrement vive.

Cet officier sera chargé d'observer la situation et d'en rendre compte de suite à son général à l'aide de billets portés par des cavaliers d'ordonnance ; il devra ne revenir en principe qu'à heure fixe. Les rapports obtenus de cette façon arriveront avec plus d'exactitude et les affaires n'en iront que mieux.

IIIe CONFÉRENCE

TACTIQUE SPÉCIALE DE L'INFANTERIE DANS LE COMBAT OFFENSIF

20. Pour rendre de nos jours l'offensive possible dans le combat il a fallu adopter l'ordre dispersé.

Avant de commencer l'étude de la préparation et de l'exécution de l'attaque en se plaçant pour toutes deux au point de vue de l'emploi combiné des diverses armes réunies dans une division, il convient d'examiner plus spécialement d'abord dans quelles conditions peut s'exécuter une attaque faite par l'infanterie et en se plaçant au point de vue spécial de cette arme.

« Les effets dus à l'augmentation de la portée, de la justesse et de la rapidité du tir ont dépassé toutes les prévisions. L'expérience des dernières guerres le prouve surabondamment....

« Des troupes massées en colonne ou en ligne pleine ne sauraient plus, sous le feu manœuvrer, combattre ni même se tenir en position, à moins qu'une configuration avantageuse du terrain ne compensât les inconvénients d'une disposition devenue trop vulnérable (1). Ces formations offrent au tir

_____

(1) Faut-il rappeler ici les pertes éprouvées par la garde royale prussienne à l'attaque de Saint-Privat : exemple devenu classique aujourd'hui.

de l'adversaire des buts trop étendus.... elles ne présentent plus, en raison des effets destructeurs du feu, les garanties de solidité ni les ressources qu'elles offraient jadis pour mainte- nir la cohésion et faciliter au chef la direction de sa troupe.

« L'importance prépondérante du feu comme mode d'ac- tion et l'impossibilité de présenter en ordre compacte des troupes au combat imposent la nécessité d'adopter l'ordre dispersé pour les troupes en première ligne ; cette expression d'ordre dispersé ne s'applique pas exclusivement à la forma- tion en tirailleurs, mais au fractionnement des troupes en contact avec l'ennemi. » R. S. (1re partie).

Autrefois on faisait usage de tirailleurs, mais en moins grand nombre et pour couvrir la marche des masses aux- quelles ils devaient rester subordonnés. Aujourd'hui la ligne de combat, c'est la ligne des tirailleurs, et le souci de celui qui dirige les fractions en arrière de cette ligne sera de sou- tenir à temps et efficacement les tirailleurs.

Il s'est produit une interversion des rôles qui ne sau- rait être trop remarquée par les officiers qui ont combattu avec les anciennes méthodes, excellentes en leur temps, mais d'une application dangereuse dans le combat de nos jours.

21. Combien faudra-t-il mettre de fusils par mètre courant de la première ligne.

La première question qui se pose à nous est celle-ci :

Combien faudra-t-il donc mettre de fusils par mètre cou- rant de la première ligne ?

Ou, ce qui revient au même, quel doit être le front d'action d'une compagnie, d'un bataillon, lorsque ces unités sont engagées en première ligne.

Le règlement, s'appuyant sur l'expérience, répond :

« Il faut pouvoir au moment decisif, déduction faite des pertes, et cadres non compris, placer un homme par mètre de ligne de feu. C'est le maximum de densité généralement admis pour cette ligne. Des combattants plus rapprochés se géneraient, ne produiraient pas d'effet utile et donneraient une prise trop considérable au feu de l'adversaire. » R. S. (2ᵉ partie).

Mais, d'autre part, l'attaque doit alors répartir ses forces en un certain nombre d'échelons qui ne se rapprocheront qu'au moment de l'assaut.

22. Fixation du nombre et de la force des échelons de la ligne de combat, et des distances à maintenir entre eux.

Le nombre de ces échelons pour un bataillon varie de trois à quatre, suivant les armées. En France, il est fixé à 4.

Étant donnée la chaîne des tirailleurs, on dispose en arrière d'elle une troupe de force égale, intimement liée à la chaîne et placée sous le même commandement, celui d'un officier de la compagnie. Cet échelon est le *renfort*.

En maintenant le renfort à 150 mètres derrière la chaîne, il sera « en dehors de la zone dangereuse et même à l'abri d'une partie des ricochets. Cette distance du reste n'est point exagérée, car elle peut être franchie en moins d'une minute.»

La force du troisième et du quatrième échelon ainsi que les distances à maintenir d'abord entre eux ont été fixées d'après les considérations suivantes.

Le 4ᵉ échelon devant être le plus nombreux, puisqu'il doit renforcer une ligne dans laquelle se sont déjà fondus les trois premiers, il sera « utile de le maintenir pendant la première période de l'engagement à 2.000 mètres environ de l'artillerie ennemie (limite de l'emploi efficace des obus sá balles). A 1.000 mètres le feu des tirailleurs fera subir à l'artillerie ennemie des pertes sensibles; on peut donc admettre qu'à moins de circonstances exceptionnelles, elle ne s'en rapprochera pas davantage (tant que les tirailleurs ennemis chargés de protéger leur artillerie n'auront pas été repoussés).

« Cette considération conduit à placer la réserve du bataillon (c'est-à-dire le quatrième échelon) à 1.000 mètres environ de la chaîne, afin qu'elle se trouve à la distance de 2.000 mètres indiquée au-dessus. Pour ne point augmenter les difficultés de direction en profondeur et ne pas compromettre l'appui moral que les échelons doivent se prêter les uns aux autres, il faut considérer cette distance comme un maximum absolu qu'on ne doit jamais dépasser et qui convient surtout au début de l'action. R. S. (2e partie).

« L'emplacement des soutiens (troisième échelon, se déterminera d'après les conditions suivantes :

« Les soutiens destinés à relier les renforts et la réserve doivent être non-seulement hors de la portée du feu dirigé contre les échelons qui les précèdent, mais encore à l'abri des effets efficaces de celui qui leur serait spécialement destiné.

« D'autre part, ils devront se trouver à une distance de la ligne de feu telle qu'ils puissent arriver en temps opportun pour lui donner une impulsion énergique et enlever l'attaque.

« Or, d'après les résultats de l'expérience, il semble que des troupes ne peuvent, à bonne distance et à découvert, exécuter et surtout supporter de pied ferme un feu rapide pendant plus de 3 à 4 minutes ; après ce court délai, elles sont entraînées en avant ou forcées de battre en retraite.

« Pour que l'arrivée des soutiens coïncide avec cette phase du combat, leur emplacement sera déterminé d'après la distance qu'ils peuvent parcourir en moins de 4 minutes *à une allure rapide. Les conditions seront remplies si on les place au début à égale distance des échelons extrêmes, c'est-à-dire à 500 mètres de la chaîne et de la réserve.*

« *Toutes les distances qui viennent d'être indiquées n'ont rien d'absolu ; non-seulement elles sont subordonnées au terrain, qui permet souvent de rapprocher les échelons, mais elles diminuent par la force même des choses, quand le mouvement en avant se prononce.*

« *En terrain couvert ou coupé, les distances pourront être moindres dès le début ; il sera facile de profiter des accidents et ondulations du sol pour mettre à l'abri les différents groupes ; mais, à moins de circonstances particulières, il ne semble pas que la profondeur du bataillon puisse être inférieure à 500 mètres.* » R. S. (2e partie).

Il nous reste à déterminer la force du troisième et du quatrième échelon. Ces échelons sont en principe destinés « *à se remplacer au fur et à mesure, jusqu'au moment où tous viennent prendre part au combat.* » R. S. (2e partie).

Si donc le renfort est égal en effectif à la chaîne, l'effectif du soutien destiné à les doubler tous les deux devra être le double de celui de la chaîne, et pour le même motif, la réserve sera numériquement égale aux trois premiers échelons réunis.

« *Les trois premiers échelons, habituellement fournis par deux compagnies accolées, forment la ligne de combat et sont placés, dans chaque compagnie, sous le commandement du capitaine.*

« *Le soutien, qui a pour mission d'appuyer, de développer, d'accentuer l'action de la ligne de feu et de relier cette dernière avec la réserve du bataillon,* » R. S. (2e partie) sera donc fourni par la même compagnie que la chaîne et le renfort qui le précèdent ; mais on la placera sous le commandement d'un autre officier que ces deux premiers échelons, afin « *d'éviter le plus longtemps possible de le laisser fondre avec eux.* » R. S. (2ᵉ partie).

Quant à la réserve, elle. sera formée par les deux autres compagnies du bataillon « réunies *en principe, mais séparées dans tous les cas où le besoin s'en fait sentir.* » R. S. (2ᵉ partie).

23. Front normal du bataillon.

Si on admet que la compagnie du pied réglementaire de guerre, à 250 hommes, est réduite d'un cinquième, c'est-à-dire à 200 hommes, quelque temps après le début des hostilités ; si de ces 200 hommes « *on en retranche 16 pour les cadres et 30 (un septième environ) pour les pertes, soit 46 hommes, il en résulte que chacune des compagnies formant la ligne de combat pourra mettre en ligne au moment décisif, lorsqu'elle aura appelé à elle tous les échelons en arrière, un minimum de 154 fusils,* » correspondant à 154 *mètres de ligne de feu, soit* 150 *mètres en nombre rond.* R. S. (2ᵉ partie).

Le front d'action d'un bataillon ayant deux compagnies en première ligne ne peut donc dépasser 300 mètres : ce qui est du reste confirmé par l'expérience des dernières campagnes.

C'est là le *front normal* qui « *est évidemment susceptible de prendre une plus grande extension, en raison des nécessités du combat et des formes du terrain.* R. S. (2ᵉ partie).

« *En principe, le bataillon encadré, lorsqu'il a sa formation de combat, ne doit jamais occuper en largeur une étendue plus considérable que celle de son front en ligne déployée, augmentée de la moitié des intervalles qui le séparent des bataillons voisins : soit un espace de 300 à 350 mètres pour un bataillon de 800 hommes.* » Bt. 102.

Pour le bataillon de manœuvres de 500 à 550 hommes, ce sera un front de 260 mètres. (*Instruction sur les manœuvres de 1877.*)

S'il y a abordage de l'ennemi, le bataillon arrivera donc sur le même front que s'il s'était avancé sur deux rangs serrés; mais le fractionnement en échelons lui aura épargné bien des pertes, et c'est là l'avantage de l'ordre dispersé.

24. Quelles formations le chef de bataillon emploiera-t-il pour mener sa troupe à l'ennemi.

« *Tant que l'ennemi n'est pas dans le voisinage, tant qu'il est trop éloigné pour que son artillerie soit à craindre, le chef de bataillon peut indifféremment employer celle des formations indiquées à l'École de bataillon qui lui paraît la plus avantageuse, suivant les circonstances; mais dès que la présence de l'ennemi est signalée à courte distance, le chef de bataillon, renonçant aux formations trop compactes et aux colonnes profondes, doit fractionner sa troupe en colonnes de compagnie; c'est la formation la plus convenable pour se mouvoir à l'aise sur toute espèce de terrain, sans éprouver de trop grandes pertes.*

« *On peut dans cet ordre se rapprocher jusqu'à 2.000 mètres environ de l'artillerie ennemie; alors seulement le chef de bataillon prend la formation de combat. Il serait dangereux de le faire plus tôt et on doit le défendre absolument, car les troupes sortiraient prématurément de la main du chef et échapperaient à sa direction, qui devient plus difficile à exercer dès que l'ordre dispersé se substitue à l'ordre serré.* » Bt. 101.

La formation normale de combat a été définie plus haut.

Le chef de bataillon dirigera son bataillon ainsi formé vers le point qui lui a été assigné, en se faisant éclairer.

« *Même lorsque des pelotons de cavalerie sont chargés de ce soin, la ligne de combat sera couverte par des éclaireurs qui lui appartiennent.* » R. S. (2ᵉ partie).

« *Si la configuration du terrain et les circonstances le rendent nécessaire, le chef de bataillon envoie avec les éclaireurs un officier chargé d'observer et de transmettre tous les renseignements qu'il parvient à recueillir.* » Bt. 111.

« *Couvert par ses éclaireurs, le chef de bataillon exécute au besoin sa reconnaissance et apprécie par lui-même la situation. Il cherche à se rendre compte des facilités qu'offrent les abords de la position ennemie pour en approcher plus sûrement.* » C. 340.

Lorsqu'il a reçu les ordres de son colonel, il communique à ses officiers les dispositions qu'il a adoptées.

Il s'agit de porter le bataillon à 300 mètres au moins de l'ennemi, distance à laquelle s'exécute le feu rapide préliminaire de l'assaut. La manœuvre qui va s'exécuter à cet effet, consiste dans une véritable charge *à coups de fusil, une charge d'infanterie.*

25. Des diverses méthodes pour porter la chaîne en avant.

Pour porter la chaîne en avant, trois méthodes se présentent :

1° Porter la chaîne entière en avant, sans temps d'arrêt et sans tirer,

2° La porter tout entière en avant, mais avec temps d'arrêt, c'est-à-dire par bonds de toute la ligne, alternant avec des feux exécutés à genou et couché;

3° La porter en avant par échelons, les échelons postés protégeant par leur feu le mouvement de ceux qui s'avancent.

En définitive, la chaîne et les échelons qui |la suivent vont se mouvoir dans une zone soumise sur toute son étendue à un feu d'artillerie très-efficace et, à partir de 1.000 mètres déjà, peut-être aussi à un feu de mousqueterie exécuté sans grande précision, mais, surtout aux petites distances, avec une profusion qui causera cependant des pertes sensibles aux assaillants.

Traverser cette zone aussi rapidement que possible et par conséquent sans tirer, serait donc ce qu'il y aurait de préférable.

Mais est-ce possible ?

Il faut compter avec l'homme : celui qui reçoit des coups résiste difficilement à la tentation de les rendre, lorsqu'il a les armes à la main. Le bruit même de la fusillade surexcite, et cette surexcitation peut être nécessaire pour décider le mouvement en avant, bien qu'à tous autres égards, elle soit nuisible ; car elle suppose en même temps la perte du sang-froid.

Si donc il faut ouvrir le feu, cédons à la nécessité ; mais le plus tard possible sera le meilleur ; le règlement prescrit d'ailleurs que ce ne sera pas à plus de 600 mètres de l'ennemi.

Or le feu implique pour son exécution des temps d'arrêt dans la marche ; nous allons donc, après que le feu aura été ouvert, user de la deuxième méthode.

S'avancer par bonds avec la ligne entière, au coup de sifflet du capitaine, à la voix des officiers de la compagnie, a quelque chose de séduisant, particulièrement au point de vue de l'action sur le moral du soldat. Pratiquons donc, tant que nous le pourrons, cette deuxième méthode.

Mais bientôt les distances se rapprochent, le bruit du combat redouble, et son tumulte s'accommode mal de la manœuvre par bonds de toute la ligne. Le vacarme de la fusillade et des obus qui éclatent, couvre la voix des officiers et le bruit du sifflet. Les pertes deviennent nombreuses et provoquent le trouble et l'indécision.

Dans ce moment critique, s'écouler en avant, escouade par escouade, file par file, homme par homme, comme le permet notre règlement et le recommande particulièrement le règlement austro-hongrois (*Vorwärts-sammeln*), est absolument incompatible, dans presque tous les cas, avec la vivacité qu'il devient nécessaire de donner à l'attaque arrivée à petite distance. Cette méthode ne paraîtra pas pratique à qui a été au feu et a observé.

Il sera préférable généralement de s'avancer par bonds, non de toute la ligne, mais par *échelons d'une section au moins*, ou, s'il est possible, d'une compagnie, « *le feu des fractions restées de pied ferme protégeant celles qui se portent en avant.* » R. S. (2ᵉ partie).

Mais, puisque le feu est ouvert, ces bonds doivent être courts, de 50 mètres au plus, car s'ils étaient plus longs, les fractions en avant pourraient facilement être amenées, en courant vers les abris, à masquer une partie du front des fractions restées en arrière. Du reste, le bruit des balles lancées par ces dernières et traversant l'espace à peu de distance des oreilles des hommes courant en avant, ne sera pas de nature à exciter ceux-ci à s'avancer vivement et franchement.

Dans la pratique, voici ce qui se passera :

Le terrain en avant de la chaîne sera rarement partout de la même nature. Ici se trouvera un couvert ; là un pli de terrain qu'on n'a même pu deviner de loin. Les chefs des fractions qui se trouveront en face de ces accidents de terrain en profiteront pour se porter en avant les premiers, et ce sera ensuite pour les chefs des fractions restées en arrière un *devoir rigoureux* d'enlever leurs hommes *par l'exemple*, si le terrain à franchir est particulièrement dangereux, et de porter tout leur monde à hauteur des fractions les plus avancées. Mais cela ne suffira pas toujours, et le moment est venu d'avoir recours aux renforts et aux soutiens, si cela n'a pas déjà eu lieu précédemment pour donner plus de vivacité au feu.

26. Emploi des renforts et des soutiens dans le même but.

L'ordre dispersé a précisément l'avantage *« d'offrir le moyen de soutenir le moral du soldat jusqu'au moment décisif par l'entrée successive en ligne de renforts judicieusement ménagés. »* R. S. (2ᵉ partie).

L'instruction sur les manœuvres en 1877 dit : « En général l'entrée en ligne d'un soutien doit décider un mouvement en avant de la troupe assaillante. » Cette règle devrait être inscrite dans le règlement sur les manœuvres et suivie dans les exercices de la façon la plus absolue.

Le capitaine, en employant son renfort et son soutien, ne devra pas perdre de vue que tant que la chaîne peut d'elle-même se porter en avant, elle n'a pas besoin d'être renforcée; la présence du renfort et du soutien sur la chaîne n'est indispensable qu'au moment du feu rapide. Les tirailleurs prématurément déployés font toujours une consommation inutile de munitions. Ne renforçons donc jamais sans profiter de cette opération pour porter la chaîne en avant; inculquons à nos tirailleurs ce principe que lorsqu'une troupe à rangs serrés traverse la chaîne, ils doivent tous se lever et marcher avec cette troupe. Alors l'arrivée des renforts, et plus tard des réserves, exercera sur la marche du combat l'influence accélératrice qu'elle doit avoir.

Remarquons cependant qu'il est également nécessaire de

renforcer la chaîne, lorsque la chaîne adverse est renforcée elle même et qu'une résistance plus sérieuse, ou peut-être un retour offensif, est probable.

Mais si l'ennemi cède et répond par un mouvement en retraite à chaque mouvement en avant de son adversaire, il est inutile et par suite nuisible de renforcer la chaîne qui le poursuit.

Tant que les trois premiers échelons ne sont pas complètement épuisés, ce sont des hommes de la même compagnie qui viennent renforcer les tirailleurs; les sections se mêlent entre elles, mais leur mélange ne se fait point au hasard et seulement entre certaines fractions constituées; les hommes restent sous les yeux de leurs officiers de compagnie et de leur capitaine.

L'inconvénient du mélange est donc compensé par certains avantages qu'on en retire. Mais, dans la phase décisive de l'attaque, des compagnies du même bataillon, ou même de bataillons différents, vont venir se fondre dans la ligne de combat. A ce moment, pour diriger les hommes il n'y aura plus que l'exemple de leurs officiers, quels qu'ils soient, et ils ne devront pas cesser de l'avoir sous leurs yeux.

27. Des formations à adopter par les fractions qui s'avancent à rangs serrés derrière la chaîne.

Il nous reste à parler des formations que devront adopter les fractions qui s'avancent à rangs serrés derrière la chaîne des tirailleurs.

A partir de 2.000 mètres (ou même 2.500 mètres) de l'artillerie ennemie ces fractions seront en butte à son tir, qui sera assez rapidement réglé, grâce à l'emploi de la fusée percutante. Il n'en est pas de même du tir de l'infanterie ennemie, qui sera loin d'être précis; aussi derrière le but à atteindre il existe toujours une zone qui s'étend jusqu'à la portée extrême de l'arme, et dans laquelle viennent frapper les coups, très-nombreux, qui ont manqué le but et le dépassent.

Un certain nombre (même assez notable) de ces balles égarées viendra faire des victimes dans les rangs de tous les échelons de l'assaillant, dès que ceux-ci se trouveront à 1.000 ou à 1.200 mètres des tirailleurs ennemis.

Pour les troupes qui se meuvent à rangs serrés entre 2.500 et 1.200 mètres de l'ennemi, il ne s'agit donc que de ne pas prendre une formation présentant à l'artillerie adverse un but trop étendu, trop facile à atteindre. Cette artillerie concentrera alors son tir d'une part sur l'artillerie de l'attaque, et de l'autre sur les échelons de la ligne de combat les plus rapprochés et dont les balles arrivent déjà dans les batteries.

En traversant cette zone, les troupes à rangs serrés se formeront donc en ligne de colonnes de compagnie; elles pourront en porter les intervalles jusqu'à ceux de déploiement, afin de ne pas offrir trop de prise aux projectiles creux. L'emploi de la colonne double (et cela s'est vu!) doit-être absolument interdit.

Mais à partir de 1.200 mètres, on entre dans la zone dans laquelle s'abattent les balles tirées un peu au hasard par l'infanterie ennemie. Avec les armes à tir rapide ces balles sont nombreuses et la chance d'être atteint par elles a augmenté.

Aussi, pourvu que l'infanterie ne forme point de groupes compacts, elle pourra traverser cette zone dans n'importe quelle formation : les pertes seront toujours sensiblement les mêmes pour elle.

Les réserves marcheront en ligne de colonnes de compagnie avec de très-grands intervalles; les renforts et les sou-

tiens s'avanceront en bataille ou en colonne, par demi-section
ou même par le flanc. C'est beaucoup plus en marchant
toujours à une allure très-rapide (pas gymnastique) et en
utilisant les couverts du terrain (ce qui est plus facile à une
petite troupe), qu'en recherchant une formation nouvelle
(qui, au demeurant, ne pourra jamais leur épargner les pertes
dues à des balles égarées), que les renforts et les soutiens
devront se mouvoir dans cette zone.

On a proposé de faire marcher les renforts et les soutiens
en ouvrant les files à un pas d'intervalle; mais cette disposition ne permet plus aux cadres d'exercer sur les soldats
toute l'influence morale si nécessaire dans ce moment. Bien
que cette formation ait été préconisée dans la dernière guerre,
elle doit être rejetée. Avec des soldats peu aguerris, les renforts ainsi éparpillés finissent par ouvrir le feu dans le do
de leurs camarades placés en première ligne.

Remarquons qu'en fait les renforts ne courent guère le
risque de devenir un point de mire spécial pour l'ennemi,
si leur marche est rapide et s'exécute par bonds. Car le
tir de l'ennemi n'est, dans la pratique, jamais dirigé vers
tel ou tel groupe, mais sur toute la chaîne qui jette feu et
flamme derrière les abris qu'elle occupe.

Les renforts, puis les soutiens suivront donc la chaîne en
employant les formations indiquées plus haut; les soutiens
venant prendre la place des renforts, lorsque ceux-ci se
seront fondus dans la chaîne; puis les soutiens venant s'y
fondre eux-mêmes.

28. Quelques mots encore sur l'emploi des renforts
et des soutiens.

Nous avons déjà fait observer que l'arrivée d'un renfort
sur la chaîne doit produire un effet moral; c'est dire qu'on

ne doit pas renforcer par des fractions trop petites, mais bien par section ou tout au moins par demi-section, si la compagnie a un effectif nombreux. En renforçant par escouade, les hommes des escouades qu'on porte en avant, se dispersent sur toute la chaîne, perdent de vue leurs chefs naturels et, par la suite, la compagnie se trouve dans le désordre le plus complet. il faut d'ailleurs que le tirailleur voie un secours réel dans l'arrivée du renfort se portant en groupe sur la chaîne ; son courage se ranime alors et le pousse en avant. Mais il y a un autre motif encore pour ne point porter les renforts sur la chaîne, après les avoir déployés en tirailleurs avec de grands intervalles.

En effet, l'arrivée du renfort groupé *en essaim* peut être utilisée par le capitaine ou le chef de bataillon pour imprimer une meilleure direction à la ligne. A grande distance, les points à aborder les premiers n'ont pu être observés exactement ; il a pu se glisser une erreur dans l'appréciation du chef de bataillon ou du capitaine ; les chefs des subdivisions qui sont dans la chaîne peuvent aussi avoir mal compris les ordres donnés et avoir imprimé une fausse direction. Au lieu de la redresser au moyen de sonneries ou de signaux quelconques d'une efficacité douteuse, il vaudra mieux indiquer la nouvelle direction au renfort qu'on détache en avant, et l'impulsion qu'il donnera à toute la chaîne au moment où il la dépassera, ainsi que l'appel énergique du chef qui le commandera, permettront de remettre l'attaque dans la bonne direction.

« *L'entrée en ligne successive des troupes que le chef garde sous la main lui permet de faire sentir toujours son impulsion, d'accélérer, de précipiter à son gré les phases de l'engagement ; mais il ne doit pas chercherà retirer du combat, pour les diriger sur un autre point, des troupes sérieusement engagées. L'effet dissolvant du feu actuel*

rend cette opération très-dangereuse, sinon impraticable.
Le chef de bataillon ne doit pas perdre de vue que l'action
des compagnies de réserve est souvent le seul moyen
d'intervention efficace dont il puisse disposer » R. S.
(2ᵉ partie).

C'est donc avec raison qu'on a pu dire que l'officier supérieur qui n'a plus à sa disposition derrière la ligne de
combat aucune fraction à rangs serrés perd toute influence
sur la marche du combat et n'y joue plus que le rôle d'un
officier subalterne chef de section.

29. Dangers d'une méthode d'instruction dans laquelle on porte trop l'attention du tirailleur sur la
manière d'utiliser le terrain.

Depuis l'adoption du nouveau règlement sur les manœuvres, il s'est introduit dans les régiments de nouvelles méthodes d'instruction dans lesquelles on n'a pas toujours évité
un des plus grands inconvénients de l'ordre dispersé.

En effet, on a surtout reproché à cet ordre de ne pas permettre à l'officier d'exercer facilement sur ses subordonnés
l'influence indispensable, et éventuellement la contrainte
nécessaire, pour forcer le soldat à remplir son devoir en face
de l'ennemi.

Or le tirailleur peu désireux de s'exposer trouvera bien
commode de rester inerte derrière un abri, lâchant tout au
plus son coup de fusil en l'air, pour ne pas montrer sa tête
et ses épaules.

D'un autre côté, à l'instruction, on répète sans cesse aux
soldats : Utilisez le terrain ! profitez des abris ! Ceux-ci
peuvent être amenés à croire qu'il faut avant tout profiter des
abris et, comme c'est une méthode bien commode au feu, il
est possible qu'ils en fassent alors un usage trop exclusif.

Il faut à tout prix combattre une pareille méthode ; elle n'est que trop répandue déjà ; si elle se propageait encore, il deviendrait impossible de mener notre infanterie à l'attaque.

Le soldat marche sous le feu de l'ennemi soit à rangs serrés, soit comme tirailleur. S'il est dans le rang, c'est à son chef à prendre des dispositions pour ménager sa troupe ; ainsi, aux grandes distances, l'officier se servira du terrain pour abriter ses hommes, et pour la marche il adoptera les formations par groupes peu nombreux dont nous avons parlé. Aux petites distances, l'ordre à rangs serrés est une exception et il n'y a plus de formation spéciale pour éviter les pertes.

La troupe de pied ferme sera couchée ou abritée ; en marche, elle prendra le pas de charge ou le pas de course. Chacun restera dans le rang, s'abritera ou se couchera à l'ordre de son chef, se lèvera et marchera à son ordre. Officiers et sous-officiers, tous doivent au besoin employer leurs armes pour contraindre à l'obéissance.

Lorsque le soldat marchera, il aura la tête haute et ne la courbera pas, comme le lui apprennent des instructeurs maladroits, pensant offrir ainsi un but moins facile à atteindre par l'ennemi. Avec la tête haute, le soldat s'avancera rapidement, ce qui est un avantage bien plus grand, et il ne s'exposera pas à trébucher et à tomber ; il se roidira aussi contre la tendance à trop courber la tête sous les balles, tendance qui ne peut qu'affaiblir son moral.

Lorsque le soldat est en tirailleur, l'espacement des files a été adopté précisément afin de rendre le tir de l'ennemi moins efficace. « Égaillez-vous » criaient constamment les chefs vendéens à leurs soldats pendant les attaques. Ce qu'on attend du tirailleur, ce qu'il faut absolument exiger de lui, c'est le meilleur usage de l'arme à feu perfectionnée qui lui est confiée et non le culte trop ardent des abris.

« *Le terrain n'est qu'un aide et il importe avant tout
d'assurer l'efficacité du tir.* » R. S. (3º partie). Que le soldat ne se place donc derrière un abri que pour fournir un
bon tir de pied ferme et sur appui. On ne saurait trop
attacher d'importance à ce point, généralement mal inter-
prété jusqu'ici.

En parlant constamment au soldat des abris dont il doit
profiter pour se couvrir, on fausse ses idées et on se prépare
des défaillances et la déroute. Lorsque, il y a dix ans, les
tirailleurs servaient uniquement à engager le combat, à
éclairer le bataillon, ils constituaient en quelque sorte le
service de sûreté autour de ce bataillon ; ils étaient peu
nombreux et le terrain prenait pour eux une grande importance. Aujourd'hui les tirailleurs sont les véritables combattants, c'est la force qui remporte la victoire, l'élément
capital qu'il faut toujours pouvoir diriger, qu'il faut donc
conserver dans un ordre comportant une certaine régularité.

Aussi faut-il habituer le soldat à ne quitter sa place réglementaire pour chercher un abri que dans la limite des cinq
ou six pas qui le séparent de ses camarades. On lui fera
remarquer que sa conduite doit être différente, selon qu'il
se trouve comme tirailleur sur le champ de bataille, ou employé au service de sûreté en station ou en marche. Dans ce
dernier service, le principal devoir est d'observer attenti-
vement, de tâcher de ne pas être vu, de se dissimuler à cet
effet pour voir commodément. Sur le champ de bataille, il
n'y a qu'un devoir : *combattre*, c'est-à-dire faire le plus de
mal possible à l'ennemi en découvrant, s'il le faut, sa poi-
trine aux balles, au péril de la vie.

Dès que le signal de la marche sera donné, les tirailleurs
se lèveront rapidement et reprendront leurs intervalles.
*Ces intervalles sont leur protection pendant la marche sous le
feu;* on le leur répétera souvent.

Dans les exercices, parlons donc souvent du tir bien ajusté, de l'obéissance aux commandements, de la conservation des intervalles ; parlons peu des abris ; exagérons même un peu cette tendance ; au feu, l'importance des abris devient trop évidente. Craignons que les soldats ne les trouvent trop avantageux et restent sourds à la voix de leurs officiers lorsque ceux-ci leur crieront : *En avant !*

30. Il ne faut pas faire manœuvrer la ligne de combat dans la zone des feux efficaces de l'ennemi.

Appelons ensuite l'attention sur un deuxième point très-important, à savoir : la direction à donner aux diverses fractions d'une ligne de combat.

Lorsque celle-ci se trouve hors de la zone des feux effi-caces de la mousqueterie ennemie, il est possible de lui faire exécuter des changements de direction. Comme, aux grandes distances l'objectif des efforts n'est pas encore bien précis à la vue, il arrivera que ces changements de direction seront nécessaires pour rectifier les erreurs commises. Mais lorsque le feu d'infanterie devient efficace, ces changements de direction ne doivent plus avoir lieu qu'en employant les renforts comme nous l'avons indiqué et seulement pour des motifs urgents. En effet, dans ce moment, le tumulte de l'action ne permet plus l'ensemble dans les mouvements ; dès lors des vides pourraient se produire dans la chaîne, ailleurs des fractions s'accumuleront de manière à offrir un but trop commode à l'ennemi ; de là, des pertes plus nom-breuses, du trouble, du désordre, des temps d'arrêt et fina-lement la retraite des fractions trop éprouvées.

Donc, point de changement de direction de la ligne sous le feu de l'infanterie ; point de marches obliques ; mais droit en avant et à l'allure la plus rapide possible. C'est le seul moyen de conserver à la fois le bon ordre et l'élan de la troupe.

Comme corollaire de ce principe, faisons observer qu'une troupe dirigée d'abord pour attaquer de front ne doit point, se trouvant déployée sous le feu, être détournée ensuite pour servir à une attaque de flanc. A chacun son rôle, une action simple ; mais à chacun le devoir de l'exécuter avec la plus grande énergie.

31. Donner au front du bataillon une étendue exagérée, c'est s'exposer à voir plus tard les bataillons et les régiments se mélanger au détriment de la direction.

Le troisième point important à signaler est la tendance funeste à donner au front de combat de la compagnie, du bataillon, une étendue exagérée.

Le règlement a fixé avec raison un front normal et on ne doit y déroger que dans des cas prévus que nous examinerons successivement dans notre étude. L'extension exagérée du front a deux causes : d'abord l'inexpérience des cadres, qui ne sont point habitués à ne prendre avec leur troupe qu'un front proportionnel à l'effectif de celle-ci, le front normal et l'effectif de 200 hommes par compagnie servant à cet effet de point de comparaison ; et en second lieu, une propension à renforcer la chaîne en portant le renfort sur le prolongement des ailes toutes les fois qu'il s'y trouve de l'espace libre, et sans tenir compte de l'étendue qu'a déjà la chaîne. Or l'espace libre se trouve facilement aux débuts du combat. Qu'arrive-t-il au bataillon qui a trop étendu sa chaîne et qui doit ensuite exécuter une attaque décisive ? La chaîne n'est pas garnie d'assez de fusils pour cette attaque ; il faut donc renforcer de nouveau ; mais comme le bataillon, en s'étendant, a épuisé ses réserves au moins en grande partie, il faut recourir à un autre bataillon, puis peut-être à un autre régiment; car il faut absolument garnir la chaîne du nombre de fusils suffisant pour l'assaut.

La conséquence inévitable de cette manière d'agir est donc le mélange devenu nécessaire des bataillons et même des régiments. Les chefs de ces masses bigarrées n'ont plus sur elles l'influence indispensable et un échec devient probable.

Quand nous parlons de mélange des régiments, nous n'exagérons pas; qu'on ouvre la relation de la guerre 1870-71 par l'état-major prussien, et l'on y trouvera maintes fois l'aveu de ce désordre (1).

Il n'y a pas à douter qu'une des causes de cet état de choses dans l'infanterie allemande est sa tendance à s'étendre constamment pour opérer des mouvements enveloppants.

Le mélange des hommes de diverses sections d'une compagnie a peu d'inconvénients; celui des compagnies du même bataillon en a, mais il est permis de penser que les relations journalières qui existent entre les compagnies du même bataillon les atténuent assez pour qu'on n'ait pas à trop regretter de les tolérer.

Le mélange des bataillons du même régiment est moins tolérable. Cependant l'existence des bataillons de réserve derrière la ligne de combat, dont nous parlerons plus loin, le rend probable. Il est vrai que ce dernier

(1) Citons à la bataille de Woerth, presque toute l'infanterie du 11e corps, rassemblée pêle-mêle dans le Niederwald; à la bataille de Spicheren, 40 compagnies de trois corps d'armée différents entremêlées et confondues entre elles sur le Rotherberg et dans le Giffertwald; à la bataille du 18 août, 43 compagnies formant une masse confuse et par suite inerte autour de la ferme Saint-Hubert, et à laquelle s'ajoutèrent à la tombée de la nuit des fractions notables du 2e corps également débandée .

mélange n a lieu qu'au moment même de l'assaut, et on peut espérer que l'esprit de corps, le désir d'illustrer le numéro du régiment parviendra à en neutraliser en partie les inconvénients. Mais ce qu'il faut éviter à tout prix, c'est le mélange des régiments. Il faut donc dès les débuts proportionner toujours l'étendue du front de l'attaque à l'effectif du bataillon de la ligne de combat.

32. Des règles des feux de l'infanterie pendant l'attaque.

Enfin il nous reste à étudier l'élément offensif le plus important de la charge d'infanterie, c'est-à-dire le feu.

Tant que l'artillerie, qui est l'arme par excellence pour combattre de loin, produit tout l'effet qu'on peut attendre d'elle, il est naturel de ne pas engager l'infanterie de l'attaque dans des tireries à grande distance ; car elle y consommera sans succès ses munitions, que bientôt il lui sera nécessaire de dépenser avec profusion aux distances rapprochées. Pendant la guerre de 1870-71 nous avions un fusil d'une portée, d'une justesse incontestablement supérieures à celui des Prussiens ; nos feux de mousqueterie à grande distance leur ont fait éprouver des pertes, mais n'ont pu les arrêter parce qu'ils étaient exécutés à volonté.

En effet, chacun sait qu'au delà de 400 mètres, les zones dangereuses sont peu étendues. Encore sont-elles calculées pour l'homme debout, tandis que les tirailleurs, lorsqu'ils sont de pied ferme (ceux de la défense le sont habituellement), se couchent ou s'abritent. La probabilité d'être touché à ces distances est donc en définitive petite et on doit se demander si l'énorme consommation de munitions qu'entraîne le tir à volonté à grande distance est compensée par l'importance des pertes que l'infanterie de l'attaque fait ainsi éprouver à la défense.

Considérons dans quelles conditions la plupart des soldats exécutent le feu pendant le combat, surtout si, comme pendant l'attaque, ils changent fréquemment de position.

Ils se servent presque exclusivement de la ligne de mire naturelle, celle de 200 mètres pour notre fusil. Lorsqu'on leur en fait prendre une autre, ils ne la changent plus, si on n'y veille, bien que la distance qui les sépare de l'ennemi varie.

De plus, le tir est loin de s'exécuter comme au polygone. Les plus calmes commettent des erreurs notables de pointage ; l'action du doigt sur la détente, au lieu d'être progressive, est généralement fébrile. Est-ce trop médire de ces feux que d'admettre que, par suite de toutes ces causes, même avec des soldats exercés et aguerris, les balles supposées lancées par exemple sous l'angle de tir correspondant à 200 mètres, le seront effectivement sous un angle qui pourra différer d'un degré tout au moins. En d'autres termes, le tir exécuté avec la hausse de 200 mètres couvrira uniformément de balles tout le terrain jusqu'à 500 mètres de distance, surtout si les ricochets sont favorisés par la nature du sol. Comme il est toujours possible de savoir avec assez d'exactitude si l'on est à moins de 500 mètres de l'ennemi (il faudra surtout être sûr de ne pas être à plus de 500 mètres), on ne devra pas, pendant la période critique des feux rapides à petite distance, trop regretter de voir commencer le feu dans tous les cas avec la hausse de 200 mètres, à l'exclusion des autres. Nous ne voulons pas soutenir que le soldat doit être instruit à tirer au juger avec la hausse de 200 mètres, et que cela suffit pour rendre inabordable le terrain jusqu'à 500 mètres de distance en avant de lui. Nous constatons un fait déduit de l'expérience du combat. Les armes actuelles ont porté à 500 mètres la zone restreinte de 240 mètres que les fusils lisses rendaient dangereuse autrefois.

Le règlement dit expressément :

« *Il faut faire comprendre à l'infanterie les dangers d'une tiraillerie à grande portée, qui ralentit le mouvement offensif, épuise les munitions, ne décide rien et compromet trop souvent le succès final.* » R. S. (3ᵉ partie).

Conformément aux préceptes du maréchal Bugeaud, il faut lui faire comprendre « ce principe plus important que jamais qu'une bonne infanterie est toujours avare de son feu. Mais d'autre part il faut lui expliquer qu'on lui demande dans le tir rapide à bonne portée non plus un tir de précision, mais des feux de masse nourris et rasants. » *R. S.* (3ᵉ *partie*).

On ne saurait exiger du soldat qui exécute le feu rapide qu'il vise des hommes ; il doit ajuster la ligne ennemie, dont la présence, malgré la distance réduite, se manifeste surtout par la fumée de la fusillade.

« *C'est par une sage économie des munitions et une rigoureuse discipline qu'on obtient au moment décisif ces feux nourris qui, concentrés à courte distance sur un même point, écrasent l'adversaire.* » Bt. 95.

Le règlement permet, il est vrai, de faire feu avec toute la chaîne dès 600 mètres, en employant la hausse mobile ; mais n'oublions pas que c'est un maximum et qu'à cette distance le feu doit être réglé, sinon, il y a gaspillage. L'officier doit examiner s'il peut le régler. Lorsque plus tard, s'étant rapproché de l'ennemi, il aura besoin de brûler beaucoup de munitions, il ne faudra pas songer à se ravitailler aux caissons pendant les feux rapides. Or, s'il se trouve alors arrêté dans sa marche, faute de munitions, il sera seul coupable de les avoir prodiguées trop tôt. Nous ne parlons pas de l'officier qui bat en retraite après avoir gaspillé ses cartouches à grande distance et sous prétexte de les renouveler ; cet officier doit passer en jugement.

Le nouveau règlement de tir de l'infanterie prussienne

nous apprend que celle-ci connaît également l'importance des zones dangereuses pratiques du champ de bataille.

Ainsi, si on tire avec un seul fusil sur un but situé à 880 mètres de distance, la zone dangereuse totale (en avant et en arrière) sera de 28 mètres, que ce fusil soit français ou prussien (les deux armes sont presque identiques) ; mais si nous faisons tirer à la fois une cinquantaine d'hommes (la hausse étant mise à 800 mètres), même dans un champ de tir, le terrain sera frappé à peu près uniformément par les balles depuis 750 mètres jusqu'à 850 mètres, c'est-à-dire que la zone dangereuse pratique sera de 100 mètres.

On conçoit alors que si l'officier sur le champ de bataille, ne connaissant pas exactement la distance, l'estime comprise entre 700 et 1.000 mètres, il divisera sa troupe en trois sections, et en faisant prendre à l'une la hausse de 750 ; à la deuxième celle de 850, et à la troisième celle de 950 mètres ; il couvrira de balles tout le terrain de 700 à 1.000 mètres. Il pourra donc obtenir un résultat, mais il lui faudra beaucoup de munitions.

Or, pendant la préparation de l'attaque, nous verrons que l'infanterie assaillante garde pendant des heures entières des positions couronnées d'artillerie et observe une attitude expectante. Les officiers commandant les tirailleurs pourront alors trouver des occasions où le tir à grande distance préconisé par le règlement prussien donnera de bons résultats. Ils feront faire des salves ou des feux de tirailleurs limités à tant de cartouches (trois ordinairement). Pour qu'il n'y ait pas abus, et c'est ce qu'il faudra le plus craindre, il sera bon que ces feux ne soient entrepris qu'avec l'autorisation du chef de bataillon et lorsque les munitions qui y sont destinées auront été apportées des caissons. Craignons surtout de manquer de munitions pendant l'assaut.

Revenons à la progression de l'attaque.

33. Feux rapides devant précéder l'assaut.

Admettons que la marche successive des échelons ait amené la chaîne à 300 mètres de la position ennemie. A cette distance nous pouvons définitivement ouvrir le feu rapide, *nourri et rasant* dont parle le règlement. En effet, d'après ce que nous avons dit plus haut, nous couvrirons de projectiles non-seulement la chaîne des tirailleurs ennemis, mais encore surtout une zone de 200 mètres en arrière, c'est-à-dire vraisemblablement celle où stationnent et se meuvent les soutiens de la chaîne.

« La nécessité de ce feu rapide est unanimement reconnue. Il a pour but de couvrir d'une grêle de balles la position occupée par l'adversaire, d'ébranler le moral de la défense et de surexciter celui de l'attaque. » R. S. (2ᵉ partie).

Ce feu doit être aussi nourri que possible; il faut donc avoir jusque-là économisé ses munitions et amené à ce moment sur la chaîne assez d'hommes pour qu'il y en ait un par mètre courant. L'artillerie ne peut plus alors tirer sur les échelons ennemis les plus rapprochés de nos tirailleurs; ces échelons sont d'ailleurs soumis à un feu de mousqueterie suffisamment efficace ; l'artillerie doit donc allonger son tir de 300 mètres au moins et le diriger, s'il lui est possible, sur les réserves qui s'avancent en ordre serré vers la chaîne. Le feu de l'artillerie est également, du reste, dans ce moment un feu rapide.

Le feu rapide ne doit pas durer plus *de 3 à 4 minutes.* R. S. (2ᵉ partie).

Dès qu'il a commencé, les soutiens ou, si ceux-ci sont épuisés, les compagnies de réserve se mettent en marche à une allure rapide pour rejoindre la chaîne.

34. Assaut de la position ennemie.

« *Ces troupes fraîches s'avancent en ordre serré ; elles donneront une impulsion énergique à la ligne de combat et l'en-
traîneront par l'exemple.* » R. S. (2ᵉ partie).

A leur arrivée « *les tambours battent la charge, les soldats
mettent la baïonnette au canon et toute la ligne, enlevée par
ses officiers, se précipite sur l'ennemi au cri répété : En
avant !* » Bt. 113.

Nous disons toute la ligne ; car, si on en laissait une partie pour protéger, à l'aide de son feu, l'échelon qui se porte
en avant, le mouvement de celui-ci ne pourrait dépasser une
vingtaine de mètres : nous savons pourquoi. Or nous voulons aller aussi loin que nous portera notre élan, sur les
baïonnettes ennemies, si cela se peut.

Donc, tout le monde, debout et en avant ; et nous ajoutons : sans tirer ; car c'est à une allure rapide qu'il faut se
précipiter sur l'ennemi.

Il peut arriver que devant l'élan de l'attaque l'ennemi
cède « *et abandonne la position, soit parce qu'il sent sa
trop grande infériorité, soit parce qu'il a épuisé ses munitions ou parce que l'attaque a gagné un de ses flancs, soit
enfin pour tout autre motif ; alors la ligne de combat, suivie
de la réserve, arrive d'un seul élan sur la position et s'y
installe.* »

« *Mais un succès aussi prompt sera exceptionnel : la distance à laquelle on se trouve de l'ennemi, est encore considérable. Plus généralement il renforcera sa ligne de feu et
tiendra bon. L'assaillant aura bien gagné par son premier
élan une certaine distance ; mais il ne peut, sous un feu resté
redoutable, malgré les efforts de la préparation, espérer
amener, d'un seul bond, sans tirer, la ligne de combat et*

la portion de la réserve qui a appuyé son mouvement, sur la position attaquée.

« Il n'y a donc d'autres ressources que de reprendre la marche en échelons par bonds successifs, en utilisant les haltes pour exécuter des feux rapides de courte durée. » R. S. (2ᵉ partie).

« Il faut profiter du trouble que le feu rapide a causé dans les rangs de la défense pour continuer la marche en avant; cette phase de l'engagement doit être menée avec la plus grande vigueur et le plus grand entrain, sans hésitation ni temps d'arrêt sensible dans le mouvement de la chaîne et des réserves. » Bt. 113.

« A cet effet « une portion quelconque de la ligne, favorisée par la proximité d'un obstacle, s'y porte vivement et aide la marche des autres portions par un feu ajusté et nourri. R. S. (2ᵉ partie).

On amène ainsi en plusieurs bonds toute la ligne « jusqu'à 50 mètres environ de l'ennemi. A cette distance on peut habituellement regarder l'attaque comme réussie; dans tous les cas, le moment est décisif, le combat corps à corps étant excessivement rare; un dernier effort et on est dans la position. » R. S. (2ᵉ partie).

Pour arriver à porter ainsi la ligne de combat jusque sur les baïonnettes ennemies, il a fallu entamer le quatrième échelon du bataillon ; c'est-à-dire les dernières compagnies restées en réserve.

Peut-être cette ressource s'est-elle même trouvée épuisée et a-t-il fallu recourir à la deuxième ligne. Mais quelle que soit la provenance de cet échelon, il doit, au moment de l'assaut qui aboutit à l'invasion de la position ennemie, être sur les talons de la ligne de combat, de façon à l'appuyer vigoureusement, toujours compacte dans la main de son chef: il pénètre dans la position presque en même temps que les *autres troupes et cherche à en assurer la possession, qui est encore précaire, car le défenseur qui jusque-là a évité d'exposer la totalité de ses troupes au feu meurtrier de la préparation, profite du moment où l'efficacité de ce feu devient presque nulle pour faire entrer en ligne ses réserves. Tout favorise alors leur action; l'artillerie ennemie, pour ne point atteindre ses troupes est obligée d'allonger son tir; l'assaillant est en désordre et un feu rapide suivi d'un mouvement offensif peut le rejeter hors de sa position.*

« *Le quatrième échelon, qui est resté compacte et qui a conservé un certain effectif, est surtout destiné à repousser les contre-attaques et à conserver les avantages acquis.* » R. S. (2e partie).

A ce moment, l'initiative des chefs de bataillon et des colonels doit être très grande. Le but leur est connu; des instructions leur ont été données; mais maintenant surviennent les incidents; le temps manque pour provoquer des ordres; le moindre retard peut devenir fatal.

« Lorsqu'un bataillon charge, son chef doit dès ce moment agir à peu près pour son compte (1); car le colonel ou le général duquel il aurait à recevoir des ordres ne peut pas en donner, étant tué, blessé ou distrait par des événements étrangers à ce bataillon. » (Maréchal Bugeaud, *Maximes.*)

Quel que soit l'échelon auquel appartiennent les troupes restées à la suite de l'assaut encore sous la main de leurs chefs, toutes s'efforcent de gagner la lisière opposée de la position; mais là, chacun s'arrête.

A aucun prix, il ne faut poursuivre l'ennemi à l'arme blanche au delà de cette ligne; un feu rapide suffira pour achever de décider la retraite du vaincu : car « l'expérience

(1) En ne perdant pas de vue le but assigné à sa brigade, à sa division.

apprend que c'est en tournant le dos qu'on subit les pertes les plus sensibles ; alors l'assaillant, qui s'est établi sur la position, peut exécuter son tir avec tout le calme nécessaire. » (*Règlement sur les manœuvres de l'infanterie prussienne.*)

35. Ralliement des troupes après l'assaut.

Au moment où les assaillants vainqueurs arrivent sur la lisière opposée de la position qu'ils ont enlevée à l'ennemi, ils se trouvent mêlés, confondus entre eux, à un degré d'autant plus grand que les efforts pour arriver sur la position ont été plus longs et plus pénibles.

Le premier soin des officiers est donc de rallier leurs hommes, si ce n'est complétement, du moins en plus grand nombre possible. Il se produit ainsi une pause pendant laquelle un retour offensif des défenseurs de la position est très-dangereux, comme nous le démontre l'histoire.

Étudier les moyens de faire tête à ces retours, c'est étudier la question des lignes entre lesquelles il faut répartir toujours un corps composé de plusieurs bataillons.

36. Rôle des bataillons de réserve derrière la ligne de combat.

Nous avons dit que bien rarement la position sera enlevée à la suite du premier élan. — La distance qui sépare les combattants après le premier feu rapide est trop grande; la défense a conservé encore trop d'énergie; peut-être même, sur certains points où l'offensive lui offrait des avantages, a-t-elle marché à la rencontre de l'attaque et rompu la cohésion de son front de combat.

L'action se continue alors par une suite de mouvements favorables alternativement à chaque parti. Il sera donc utile d'avoir, derrière la ligne des bataillons qui fournissent les tirailleurs, des bataillons de réserve pour parer à ces nouvelles éventualités.

Ces derniers bataillons constituent, avec ceux du front de combat, la première ligne de bataille; ils se tiennent dans les débuts « à environ 300 mètres des réserves des bataillons du front de combat » (*Inst. man.* 1877) et aussi abrités que possible. « Ils sont en lignes de colonnes de compagnie, avec ou sans intervalles, selon la disposition des abris que présente le terrain. » (*Instr. man.* 1877.)

Ils suivent le plus exactement possible les mouvements des bataillons qui fournissent les tirailleurs, de façon que si la position est abordée, ils s'y trouvent cinq minutes après ces bataillons eux-mêmes. On retardera, s'il le faut, le moment du dernier assaut pour leur permettre de serrer sur la ligne de combat.

Toute force de la première ligne qui n'entrerait pas en action à ce moment décisif serait inutile et par suite aurait été inutilement exposée.

Les bataillons de réserve n'ont pas pour mission de remplacer ceux du front de combat, comme dans l'ancien passage des lignes. Ils servent à appuyer et à accentuer les efforts des premiers, de façon qu'on ne soit obligé de recourir que le plus tard possible aux bataillons de la 2e ligne dont il sera question plus loin.

« A cet effet, les chefs des bataillons de réserve font remplacer, dès qu'elles ont été employées, les compagnies de réserve des bataillons aux prises avec l'ennemi; au besoin, ils envoient sur la ligne des fractions constituées aux points où un effort plus puissant devient nécessaire; s'il le faut même, ils y portent leurs bataillons entiers (en lignes de colonnes de compagnie, avec de larges intervalles) au moment décisif. »

« *Toutefois ils doivent, autant que possible, éviter le mélange avec les premières troupes engagées.*

« *Si l'ennemi dessine lui-même sur un des flancs une contre-attaque enveloppante, le chef du bataillon en réserve derrière l'aile menacée parera ce danger soit en se portant de front contre cette attaque, soit en la prenant lui-même de flanc. Les bataillons qui combattent en avant pourront ainsi conserver toute leur liberté d'action, sans se laisser détourner du but à atteindre.*

« *Les bataillons qui forment le front de combat peuvent, en raison des dispositions du terrain ou par le fait de la résistance plus ou moins grande de l'ennemi sur un point, ne pas être à la même hauteur ; le bataillon de réserve correspondant appuiera alors, en formant échelon, la marche du bataillon le plus avancé.*

« *Un des bataillons en ordre dispersé peut, par suite de la concentration de ses efforts ou pour tout autre motif, s'écarter du bataillon voisin ; il se produira dans ce cas des intervalles qui permettraient à l'ennemi de percer le front d'attaque. Les bataillons de réserve rempliront ces intervalles et relieront les attaques partielles ; mais les colonels veilleront à ce que les chefs de ces bataillons ne les engagent qu'au fur et à mesure des besoins et toujours par fractions constituées, en évitant de les éparpiller sans nécessité absolue.*

« *Un bataillon du front de combat peut avoir été exceptionnellement détourné de sa direction par des circonstances imprévues, ou avoir subi des pertes trop considérables pour continuer un mouvement offensif ; il sera remplacé par le bataillon de réserve du même régiment.*

« *Si, dans leur marche en avant, les bataillons aux prises avec l'ennemi ont conquis et dépassé des points importants pouvant faciliter la suite de l'action ou permettre, en cas d'insuccès, de reprendre l'offensive, l'occupation de ces points*

*par tout ou partie des bataillons de réserve sera souvent
pour eux le meilleur moyen d'appuyer efficacement l'attaque,
tant que les bataillons en avant ne seront pas trop éloignés.
Mais lorsqu'ils ne pourront plus rester en position sans
compromettre ce rôle essentiel, ils devront suivre les mouvements des bataillons qui les précèdent, et la deuxième ligne
viendra les remplacer au besoin.* » Br. 44.

Les bataillons de réserve serviront aussi à étendre la ligne
de combat, si cela est nécessaire, ou à exécuter une attaque
de flanc tandis que les autres bataillons attaqueront de front.
Toutefois, en principe, l'attaque de flanc est surtout le rôle
de la deuxième ligne, dont l'action est plus indépendante de
celle du front de combat.

Enfin lorsque les bataillons du front de combat auront
pénétré dans la position, les bataillons de réserve auront
pour mission spéciale d'attaquer et de réduire les points
retranchés dans l'intérieur où les défenseurs résisteraient
encore. En raison de la cohésion qu'ils ont conservée, ils
sont particulièrement aptes à ce rôle.

Mais ces bataillons n'aurontpas plus que les tirailleurs la
mission de poursuivre les défenseurs au delà de la position;
cette mission est celle de la deuxième ligne.

Le rôle des bataillons de réserve est toujours intimement
lié à celui des bataillons de la ligne de combat. Aussi devra-
t-on les placer sous le même commandement, et un régiment qui aura deux bataillons dans la ligne de combat placera le troisième en réserve.

37. Rôle des bataillons de la deuxième ligne.

Nous avons jusqu'ici étudié la première ligne avec ses
réserves particulières. « *Cette première ligne présente en profondeur un nombre d'échelons suffisant pour que la consis-*

tance et la solidité de l'ordre de bataille soient toujours sauvegardées. » Br. 82.

Mais l'expérience de la guerre a prouvé que pour une lutte décisive entre deux infanteries solidement constituées et encadrées, cette première ligne était suffisante pour remporter un premier succès, mais qu'il fallait avoir sous la main une force disponible pour garantir et poursuivre les résultats obtenus : c'est là le rôle de la deuxième ligne.

Cette deuxième ligne pourra donc avoir une force égale à celle de la première ; mais ce sera un maximum qui répondra à toutes les éventualités.

La deuxième ligne, « *en principe, n'est pas un échelon destiné à se fondre sur la ligne de feu ; aussi doit-elle le plus longtemps possible conserver son autonomie et rester dans la main du général de division, pour être prête à remplacer, soit partiellement, soit en entier, les troupes tout d'abord engagées, lorsque celles-ci ne peuvent plus fournir un effort suffisant en vue d'un nouvel épisode de la bataille.* Br. 45.

« *La deuxième ligne appuie la première de façon à assurer le succès de la lutte engagée ; par exemple, elle exécute à l'occasion des attaques de flanc et pare aux mouvements tournants de l'ennemi, lorsque les bataillons de réserve sont insuffisants pour remplir ce rôle.* » Br. 46.

Elle y est particulièrement propre lorsque cette manœuvre demande un mouvement étendu, parce qu'elle est indépendante de la première ligne.

« *Elle garantit les résultats obtenus, en occupant les points importants conquis par la première ligne, ou en remplaçant les fractions que cette dernière a pu y laisser momentanément en position. Elle est parfois appelée à exécuter un mouvement offensif en avant du front pour percer sur un point les lignes de l'adversaire ; on peut aussi s'en servir pour dégager des bataillons de la première ligne qui seraient com-*

promis ; enfin dans certains cas, comme celui d'une retraite forcée sous le feu de l'ennemi, pour occuper des points favorables en arrière et y présenter une première résistance, de manière à rétablir le combat, s'il est possible, ou à permettre aux troupes qui se retirent d'aller prendre de nouvelles positions.

« Pour mettre les troupes de la deuxième ligne à même de remplir les différents rôles qui viennent d'être indiqués, on les maintiendra à une distance convenable de la première, à l'abri autant que possible. Elles seront réparties en groupes plus ou moins rapprochés, réunies même au besoin, de manière à pouvoir diriger, en temps utile, les diverses fractions sur le point où leur action deviendrait nécessaire. » Br. 46.

38. Des diverses dispositions qu'on peut adopter pour ranger une division d'infanterie en vue du combat.

Il résulte de toutes les considérations qui précèdent, que dans une division, il sera généralement avantageux de placer une brigade en première ligne et l'autre en deuxième, laissant chacune d'elles sous un commandement différent.

Cette disposition *« garantit plus sûrement au général de division la libre disposition de ses forces. C'est, du reste, celle qui sera prise le plus facilement, lorsque la division marchera sur une seule colonne »* et devra se déployer successivement par brigade. R. Br.

Mais on peut aussi accoler les deux brigades, en plaçant dans chacune d'elles un régiment dans chaque ligne.

« Le déploiement devient alors plus rapide, si la division marche sur plusieurs colonnes. Cette disposition permet de réduire le front de chaque brigade et d'exercer la direction

en profondeur ; mais, par contre, elle présente le danger d'une deuxième ligne moins homogène et par suite moins indépendante de la première, et disposée à prendre part prématurément à l'action. » R. Br.

Enfin, « *pour rendre la succession d'efforts plus facile à produire en temps opportun et par suite l'action plus puissante,* » on peut accoler les régiments avec leurs trois bataillons, l'un derrière l'autre. Cette disposition n'est pas applicable aux quatre régiments d'une division à la fois, mais seulement à ceux dont on attend des efforts plus grands ou qui, par leur position aux ailes de la ligne de bataille, sont plus spécialement exposés aux attaques de flanc.

En principe, le front normal de combat pour la division est donc de quatre bataillons appartenant deux par deux à deux régiments différents, ces deux régiments appartenant eux-mêmes, soit à la même brigade, soit à des brigades différentes.

En appliquant au front normal de la division ce que nous avons dit du front normal du bataillon, nous déduirons que le premier front sera de quatre fois 300 mètres, ou 1.200 mètres, soit 1.500 mètres, tous intervalles compris.

On a ainsi pour une division de douze bataillons à 800 hommes « *en profondeur 7 à 8 hommes d'infanterie par mètre courant, chiffre reconnu suffisant pour assurer à la formation de combat d'une division sur plusieurs lignes une grande solidité et une action puissante et prolongée. Cette proportion lui permet en effet, non-seulement de parer pendant l'action aux pertes, plus sensibles résultant du progrès de l'armement, d'exécuter à l'occasion des mouvements tournants contre l'ennemi, ou de s'opposer à ceux qu'il pourrait tenter lui-même ; mais encore d'avoir, à la fin de l'action, les forces nécessaires pour entreprendre la poursuite ou pour protéger la retraite.* » R. Br.

39. Composition de la réserve dans le combat actuel.

La formation sur deux lignes, prescrite par le règlement, impose à la deuxième ligne, outre ses obligations particulières, encore la tâche dévolue jusqu'ici à la réserve.

Ainsi le règlement dit :

« *En tout cas, il ne faut engager la deuxième ligne tout entière qu'à la dernière extrémité, et alors elle doit, dès que les circonstances le permettent, être remplacée soit par les fractions de la brigade en première ligne qu'on a pu recueillir et qui servent à reconstituer une deuxième ligne, soit de préférence par des troupes tirées des réserves, s'il y en a ; dès lors, c'est à celles-ci que revient la mission qui vient d'être assignée à la brigade en deuxième ligne.* » Br. 46.

Le règlement constate donc la possibilité de l'existence de troupes de réserve n'appartenant pas à la deuxième ligne. Cette supposition semble d'abord incompatible avec le principe cité plus haut, qui fixe à 8 hommes le maximum de profondeur de la ligne de bataille. Il n'en est rien cependant.

En effet, à qui appartient le droit de disposer de la réserve ?

Au commandant en chef évidemment.

Or, pour qu'il puisse en disposer quand il voudra, pour que la réserve reste absolument à sa disposition, il jugera bon d'assigner d'avance à telle ou telle troupe de la deuxième ligne le rôle de réserve.

C'est ainsi qu'examinant le cas d'une division opérant isolément, le règlement dit :

« *S'il ne se trouve pas en arrière d'autres troupes formant réserve, le général de division doit conserver toujours intacte une portion de la brigade en deuxième ligne (un régiment par exemple), destinée à faire au dernier moment un*

effort décisif ou à couvrir la retraite en cas d'insuccès. »
Br. 46.

Dans un corps d'armée, le général commandant désignera
de même une brigade, par exemple ; car s'il laissait à chaque
division sa réserve spéciale, il pourrait arriver qu'à un moment donné il n'eût rien à sa propre disposition.

Donc il appartient au général commandant en chef de prélever sur la deuxième ligne les troupes destinées à former la
réserve.

Ces troupes seront disposées à proximité de l'endroit où
elles agiront selon toutes probabilités, et derrière l'aile offensive de la ligne de bataille, puisque c'est cette aile qui porte
le coup décisif.

40. Quelle sera la force de la réserve ?

Combien le commandant en chef pourra-t-il prélever de
troupes sur la deuxième ligne pour former la réserve ?

La théorie ne peut rien fixer à ce sujet. Si la réserve
est trop forte, le commandant en chef sera obligé d'en déta-
cher de bonne heure une partie pour lui faire jouer le rôle
de deuxième ligne derrière l'aile offensive. Il ne paraît donc
pas opportun qu'il prélève, dans une division ou un corps
d'armée, plus de la moitié de la deuxième ligne.

Dans une armée très-nombreuse, la répartition exacte des
forces sur toute la ligne de bataille présente aux débuts de
l'action de très-grandes difficultés ; aussi l'expérience a-t-elle
consacré l'usage d'une réserve générale d'armée destinée à
réparer les erreurs commises dans l'appréciation de la répartition des forces.

Souvent les événements imposent même l'existence de
cette réserve, parce que le déploiement d'une armée très-
nombreuse demande beaucoup de temps, et qu'il n'est pas

possible d'attendre toujours pour engager le combat que toutes les forces se soient massées préalablement. Celles qui arrivent les dernières, forment alors la réserve générale.

L'existence de cette réserve n'est pas incompatible avec les règles du combat méthodique ; mais celui-ci ne l'admet pas en théorie.

Cette réserve, lorsqu'elle existe, agit dans le sens que nous avons indiqué pour les réserves de corps d'armée placés à l'aile offensive. Dans le cas de supériorité numérique marquée de l'un des partis, elle peut, en entrant en ligne à l'aile défensive de ce parti, changer le combat méthodique normal en un combat dont le but sera d'envelopper l'armée ennemie et de l'obliger à opter entre la capitulation ou la destruction.

41. Emploi de la réserve.

La difficulté principale à vaincre dans l'emploi d'une réserve générale consiste à faire arriver celle-ci pour le moment opportun à l'endroit où elle doit agir.

Si elle arrive trop tard, l'affaire se passe comme si la réserve n'existait pas et les forces engagées peuvent succomber sous le nombre (1).

Si la réserve générale est, au contraire, disposée au point le plus favorable, elle n'est plus que la réserve des troupes de l'aile offensive, et son rôle se confond avec celui de la réserve spéciale de ces troupes.

Donc, en principe, sauf le cas d'une armée très-nombreuse

---

(1) Ce défaut se fit particulièrement sentir le 18 août 1870, lorsque la réserve générale (garde impériale) arriva trop tard pour soutenir le corps Canrobert.

L'examen de la situation de notre armée amène du reste à conclure qu'il eût été préférable de placer la garde derrière le corps Canrobert, dès les débuts de la bataille.

légitimant l'existence d'une réserve générale, il n'y aura de réserves que pour chaque corps d'armée (et non pour chaque division), si l'armée se compose de deux ou plusieurs corps d'armée.

Rappelons de suite que Napoléon a dit que les réserves étaient faites pour décider la victoire.

« J'admets les réserves, mais à condition qu'on s'en servira autrement qu'en parade et qu'elles donneront sérieusement dans le moment qu'on jugera le plus opportun ; car, selon moi, on ne gagne pas de batailles pour avoir des troupes dont on ne fait pas usage, et je tombe d'accord que des réserves bien disposées et surtout employées à propos les fassent gagner ; mais je pense aussi que bien plus sûrement elles les font perdre lorsqu'on se contente de les exposer aux lunettes de l'ennemi, comme cela n'est que trop souvent arrivé au grand détriment des armées françaises. »

(*Gouvion Saint-Cyr : Campagne de* 1813.)

Non-seulement les réserves sont faites pour décider l'attaque, mais elles ne sont pas faites surtout pour renouveler une attaque repoussée. Celle-ci est bien plus difficile à reprendre qu'elle n'eût été à bien diriger la première fois.

L'effet moral d'un échec précédent n'est pas commode à surmonter.

Donc, dans une attaque, point de réserve spéciale pour chaque bataillon, chaque régiment, chaque brigade.

Nous avons parlé du rôle et de la composition des deux lignes ; que ces lignes agissent selon les principes réglementaires, et la responsabilité de chacun restera sauvegardée.

Pour toute l'attaque, une seule réserve, qui, après avoir fourni à toutes ses obligations pendant l'attaque, ne devra laisser en arrière pour l'assaut que le moins de monde possible, le strict nécessaire pour garder un ou deux points d'appui en cas d'insuccès.

L'infanterie ne formera qu'une très-faible partie de cette réserve (un bataillon pour une division isolée). Elle consistera surtout dans la cavalerie et l'artillerie, qui sera restée en position pendant l'assaut.

L'infanterie de la première ligne, en cas d'insuccès, n'est pas pour cela en déroute; son armement actuel lui permet de tenir tête, même dans cette circonstance, à la cavalerie. Donc l'infanterie (presque entière) en avant! On n'est jamais trop nombreux pour l'assaut.

Celui qui se préoccupe trop d'une retraite en bon ordre, ne parviendra jamais à donner à sa troupe l'élan nécessaire pour surmonter les difficultés d'une attaque dans le combat actuel.

42. Quelle est la profondeur maximum à donner à l'ordre de bataille de l'infanterie?

On peut objecter que le maximum de huit hommes de profondeur, fixé par le règlement pour la ligne de bataille à l'aile offensive, a été dépassé pendant la dernière guerre dans certaines circonstances. Mais on doit se demander en même temps si cela n'a pas été la raison des pertes énormes accusées par l'assaillant. Il ne faut pas entasser les hommes sous le feu de l'ennemi et espérer augmenter par ce moyen la vigueur de l'attaque.

Passé une certaine limite, on n'augmente que le désordre et on gaspille ses forces; les bataillons débandés de la première ligne ne peuvent pas, après leur insuccès, disparaître du champ de bataille comme par enchantement; ils encombrent de leurs débris le terrain sur lequel doivent venir combattre les réserves, et offrent de plus un spectacle qui n'a rien qui puisse rehausser le moral de ces dernières.

Remarquons d'ailleurs que la profondeur de 8 hommes est applicable à la troupe se disposant pour l'attaque décisive, mais non à cette même troupe, lorsqu'elle croise le fer sur la position ennemie. Or l'attaque décisive se fait, en principe, suivant une courbe dont le centre est l'objectif de l'attaque. Le front de combat, arrivé à moitié chemin de l'ennemi, ne présente donc qu'une étendue très-inférieure, égale peut-être à la moitié seulement de l'étendue qu'il occupait au début de l'attaque. Le nombre d'hommes en profondeur devient double dans ce cas, et même il sera nécessaire alors, pour ne pas accumuler les masses, de donner à quelques-unes d'entre elles, celles des extrémités de la ligne par exemple, une direction moins convergente. Les attaques de flanc de l'adversaire dont nous parlerons à propos du combat défensif, en fourniront l'occasion ; car il faudra leur opposer des forces.

43. Sur quelle profondeur disposera-t-on les troupes dont on n'exigera pas une action puissante et prolongée?

Examinons maintenant le cas où, comme à l'aile défensive par exemple, une très-grande solidité n'est pas nécessaire, où l'action n'a pas besoin d'être puissante et prolongée, parce qu'il y a lieu de porter ailleurs toutes les forces qui ne sont pas indispensables. Comment fera-t-on occuper à une division un front plus étendu que 1.500 mètres?

Deux méthodes se présentent. Dans la première, au lieu de faire occuper aux bataillons du front de combat une étendue égale (pour chaque bataillon de 800 hommes) à

300 mètres, on leur fera occuper un front de 400 et 500 mètres et on maintiendra en arrière l'échelonnement normal
de bataillons de réserve et de deuxième ligne. Le front de
la division avec quatre bataillons sur la ligne de combat
peut s'étendre ainsi jusqu'à 2.000 et 2.200 mètres. Mais si
on songe aux inconvénients de l'ordre dispersé, cette méthode doit être rejetée. En effet, en étendant le front des
bataillons, on affaiblit l'action (capitale pour le succès du
combat) des capitaines et des chefs des bataillons du front
de combat ; car leurs hommes seront plus éparpillés.

Pour le moindre effort il faudra recourir aux bataillons
de réserve et même à ceux de la deuxième ligne ; le mélange
des compagnies et des bataillons se fera de très-bonne heure
et la solidité du front de combat sera gravement atteinte.

Il vaudra mieux adopter la méthode suivante :

Les bataillons du front de combat occuperont environ
l'étendue normale (300 mètres pour 800 hommes), mais le
nombre des bataillons de réserve et de deuxième ligne sera
diminué. Ce sera au chef des bataillons du front de combat
à ménager leurs ressources, tout en doublant leurs efforts.

En résumé, la première ligne se trouvera renforcée aux
dépens de la deuxième. — Ce principe est conforme à celui
de la tactique actuelle, qui fait toujours résider la plus
grande force plutôt dans la première ligne que dans la
deuxième.

Rétablir le combat après un échec de la première ligne
est toujours chose incertaine. Car la première ligne, repoussée par ce qu'elle est trop faible, se trouve pendant un certain moment hors d'état de faire un nouvel effort ; ce serait
donc à la deuxième ligne à agir seule. Or l'ennemi ne nous
laissera peut-être pas le temps de réorganiser nos troupes
de la première ligne repoussée. On court donc risque de
voir les deux lignes successivement battues.

Il existe à ce sujet un préjugé funeste. Sous prétexte d'économiser les forces, il se produit une tendance dangereuse à ne pas faire la ligne de combat de suite suffisamment forte. Au pis aller, il faut ensuite renforcer cette ligne ; mais, comme elle est alors ébranlée moralement et physiquement, le renfort doit être plus nombreux qu'il n'eût été nécessaire au début. Peut-être même, l'insuffisance de force pendant la première attaque a-t-elle obligé à reculer et le terrain perdu ne peut être repris qu'avec de plus grands efforts. Des bataillons se sont débandés et mêlés les uns aux autres ; il ne faut plus compter sur eux que pour une action très-réduite.

De même, lorsqu'il s'agit d'envoyer des renforts, il y a tendance à les envoyer par fractions trop petites et successivement ; l'effet moral et matériel produit par leur arrivée est alors presque nul. On est obligé, en définitive, d'employer beaucoup plus de troupes que si l'on avait d'abord, en une fois, jeté en avant tout le monde nécessaire.

L'offensive comme la défensive doivent se garder de cette fausse économie de forces. Ni l'une, ni l'autre ne doivent avoir à reculer par suite de ce faux principe. Ne perdons pas de vue que tout mouvement de recul est fatal pour les troupes qui l'exécutent sous le feu rapide de l'ennemi.

Nous comparerons la fausse économie des forces au combat à la fausse économie que fait celui qui achète à bon marché de mauvais habits ; ces habits durent peu ; il faut les renouveler, et l'on apprend alors qu'un bon habit un peu cher est cependant moins cher que deux mauvais à un prix moindre.

En résumé, pour attaquer comme pour défendre, point de fausse économie de forces ; ayons en première ligne les forces nécessaires pour vaincre d'emblée ou pour résister à outrance.

S'il faut garnir une étendue dépassant le front normal de la division, nous mettrons cinq ou six bataillons sur le front de combat; nous aurons un bataillon de réserve derrière l'aile menacée, un autre peut-être vers le centre de la ligne. Ce qui restera viendra en seconde ligne pour parer aux éventualités.

Dans cette formation nous n'exigerons pas de la troupe des efforts énergiques plusieurs fois répétés; mais nous pourrons, s'il le faut, frapper un coup aussi vigoureux qu'avec la formation normale à deux lignes d'égale force.

IVᵉ CONFÉRENCE

SUITE DU COMBAT OFFENSIF. — EMPLOI COMBINÉ DE L'INFAN-
TERIE ET DE L'ARTILLERIE PENDANT LA PRÉPARATION DE
L'ATTAQUE.

44. La ligne de bataille n'a pas la même épaisseur sur toute son étendue.

Pour mener le combat offensif *méthodiquement*, il faut prendre l'offensive avec une partie de la ligne renforcée et garder la défensive sur le reste du front de bataille.

Nous avons vu quelles précautions nous observerions pour que l'ennemi ne puisse nous empêcher de prendre notre ordre de combat d'après ce principe; mais, cet ordre pris définitivement, nous pouvons être sans crainte; car, si l'enmi, se ravisant, tombait avec une certaine supériorité numérique sur la partie défensive de notre front, nous profiterions

de ce qu'il ne serait pas en force sur les positions en face de
la partie offensive pour lui enlever ces mêmes positions. La
perte de celles-ci, auxquelles il tient pour de bonnes raisons, lui sera plus sensible que pour nous celle de la zone
de terrain que lui aura abandonnée (non sans combattre)
la partie défensive de notre ligne.

Nous formerons donc une ligne de bataille très-dense en
face du front d'attaque, et elle sera de moins en moins épaisse,
de moins en moins garnie de combattants, en allant des bataillons d'attaque vers l'aile extérieure de la partie défensive.
Celle-ci pourra se terminer par un simple rideau de cavalerie.

45. Épaisseur de la partie défensive de la ligne de bataille.

Sur quelle épaisseur, en moyenne, notre infanterie sera-t-elle
rangée à l'aile défensive de la ligne de bataille, ou, pour
fixer les idées, quel front une division de 12 bataillons de
800 hommes présents sous les armes y occupera-t-elle?

Dans cette partie du champ de bataille, notre infanterie
(soutenue par son artillerie) doit s'emparer sur toute l'étendue
de son front de tous les points qu'il serait nécessaire d'occuper pour préparer efficacement une attaque décisive, dont
elle devra toujours menacer l'ennemi, mais le menacer *seulement*.

S'emparer de ces points ne se fera pas sans difficultés,
sans combat, et de plus notre infanterie devra être assez
forte pour se maintenir sur ces points, malgré les retours
offensifs possibles des défenseurs qui en auront été chassés.
Mais remarquons d'autre part qu'il ne s'agit point ici d'exercer des efforts prolongés et répétés. Car l'ennemi va se
trouver aussi fort occupé en face de la partie offensive de

notre ligne de bataille ; il cherchera même à y porter des renforts tirés des troupes qui sont opposées à la partie défensive de de notre ligne. Dans cette dernière partie notre préoccupation sera donc d'engager la lutte assez vivement pour que ces renforts ne puissent être renvoyés là où cependant le combat sera décisif ; nous n'irons pas cependant jusqu'à nous y exposer à un échec certain.

Nous devons donc, en résumé, donner dans la partie défensive de notre ligne à la division d'infanterie un front supérieur au front normal, et l'expérience nous permet de le porter à 2.000 mètres au moins et 2.400 au plus (1). Nous aurons donc par division 6 à 8 bataillons dans la première ligne, réserves de cette ligne comprises.

Comment disposera-t-on à cet effet dans chaque division les régiments et les brigades ?

Nous en avons dit déjà quelques mots dans la conférence précédente ; ajoutons ici que, dans le cas où la partie défensive de notre ligne serait formée d'un corps d'armée de deux divisions, la meilleure disposition à lui donner consisterait à faire occuper par 3 brigades en première ligne un front qui pourra s'étendre jusqu'à 4.500 mètres (2), et de placer une brigade constituée en deuxième ligne. Le commandant du corps d'armée aura sa deuxième ligne beaucoup plus dans la main ; ce qui est important, puisqu'il n'y a pas d'autres réserves derrière elle.

---

(1) Dans la partie du champ de bataille de Saint-Privat où la lutte ne prit pas un caractère décisif pour les Allemands, c'est-à-dire dans la région qui s'étend d'Amanvilliers à la ferme de Leipzig, l'infanterie ne se trouvait rangée que sur six hommes par mètre courant, même au plus fort de la bataille.

(2) Nous supposons que ces trois brigades sont rangées sur des profondeurs variant du minimum au maximum de ce qui est admis pour la partie défensive de la ligne de bataille.

46. Rôle des troupes de l'aile défensive de la ligne
de bataille.

En fixant ainsi le développement du front d'une division
placée dans la partie défensive de la ligne de bataille, nous
avons en quelque sorte délimité le rôle de cette ligne.

Elle doit remplir ce qui généralement constitue la tâche
de la première ligne, c'est-à-dire faire sa reconnaissance
offensive, puis se rapprocher de l'ennemi et exécuter la préparation de l'attaque décisive, absolument comme si elle était
la partie offensive de la ligne. Mais, en principe, elle se
borne à la période de la préparation inclusivement; elle fait
ce qu'on appelle une *fausse attaque*. Elle doit cependant
mettre dans son action autant d'énergie que la partie offensive
et, si les circonstances lui permettent de gagner du terrain
sans s'exposer à un échec certain, sans nuire à l'exécution
du plan général, elle doit en profiter sans retard; car non-
seulement elle trompera mieux l'ennemi sur le véritable
point d'attaque, mais le terrain gagné le sera toujours avec
profit pour la suite du combat.

Tout d'abord il lui faudra mettre en très-bon état de défense le terrain conquis; les outils portatifs, ceux des voitures régimentaires et même le secours de détachements de
troupes du génie devront être mis à contribution.

Toutes les ressources que nous indiquerons dans la conférence sur la défensive pour l'emploi d'une défensive active,
et notamment l'installation d'un nombre suffisant de points
d'appui bien retranchés et bien gardés, devront être mises
en œuvre par l'aile défensive de l'armée assaillante.

Tout retour offensif de l'ennemi sera prévu et, s'il y a lieu,
combattu vigoureusement.

Les bois, les villages les hauteurs, les cours d'eau dont la possession sera nécessaire pour contenir l'ennemi et le menacer d'un coup décisif, seront enlevés et fortifiés de suite. Pour fixer les idées, lorsqu'il s'agira d'un cours d'eau, on organisera la défense des rives ainsi que celle des débouchés dont on aura pu s'emparer, mais on ne débouchera pas au delà, à moins que l'ennemi ne se dégarnisse trop.

On s'attachera à suivre ainsi l'ennemi pied à pied et la pointe au corps. Ne pas se laisser aller intempestivement à une attaque poussée à fond et pouvant amener un échec grave : d'autre part, ne point mener cependant l'action avec trop de timidité, en se maintenant à trop grande distance des positions principales de l'ennemi et permettant à celui-ci de se renforcer là où la lutte est décisive : tels sont les deux écueils qu'il faut éviter.

La tâche est délicate ; il faut que même les chefs de bataillon soient pénétrés de leur rôle particulier dans cette circonstance ; ce qui démontre une fois de plus qu'on ne doit pas borner l'étude de la tactique à ce cadre étroit qu'on adopte d'ordinaire.

Le maréchal Bugeaud l'a dit : « Le plan, au moment de l'exécution, doit être connu du plus grand nombre possible de ceux qui devront l'exécuter. Chacun alors y concourt avec intelligence. »

Mais faire connaître le but en quelques mots, au milieu du tumulte du champ de bataille, est d'ordinaire chose très difficile, tandis que si on admet chez chaque officier des études préalables, par ces quelques mots tous se trouveront en communion d'idées tant sur le but à atteindre que sur les moyens à employer : un long discours sera superflu.

Certes, si, ne tenant pas compte de l'infériorité en forces qui lui a été intentionnellement attribuée par le commandant en chef, le général commandant les troupes de la partie défensive lançait celles-ci dans une attaque à fond, il risque-

rait de se voir infliger un insuccès mérité et serait responsable
de l'effusion de sang et des pertes matérielles qu'il aurait dû
éviter ; mais se montrer trop timide sera toujours pour lui un
tort bien plus grand encore.

En un mot, ce que cet officier général omettra de faire
pour retenir sur leurs positions les forces ennemies qui lui sont
opposées devra être compensé par les efforts de notre infanterie
à l'aile offensive de notre armée. S'il ne fait pas assez, l'insuccès de cette infanterie sera en grande partie son œuvre et le lui
imputer sera justice.

47. Épaisseur des troupes à l'aile offensive de la ligne de bataille. Placement de l'artillerie à cette aile.

Passons à la partie offensive de la ligne de bataille, celle
qui doit engager la lutte décisive.

Les divisions (ou la division) qui forment cette partie,
occuperont une étendue de terrain égale (pour chacune
d'elles), au maximum, au front normal ; car il s'agit ici
d'exercer des efforts puissants et prolongés ; mais cette infanterie sera dotée d'une artillerie d'une force proportionnée à
son effectif, ou même plus puissante, en raison de la tâche
ardue qui lui sera imposée.

Or, si la partie offensive de notre ligne se compose d'un
corps d'armée de deux divisions, le développement de sa
première ligne d'infanterie aura 3 kilomètres de longueur.
Mais l'artillerie complète de ce même corps d'armée (17 batteries), disposée sur une ligne continue avec les intervalles
réglementaires (15 mètres entre les pièces, plus les intervalles de batterie), occupera à elle seule 2 kilomètres de
front et il faudra, pour préparer l'attaque, mettre cette
artillerie tout entière en batterie. Où trouverons-nous dès

lors l'espace pour faire avancer et agir notre infanterie ?

Il est infiniment peu probable que cette partie du champ de bataille soit une plaine absolument unie et découverte ; il s'y rencontrera presque toujours des hauteurs qui ne seront que de légères ondulations peut-être et des bas-fonds qu'on pourra à peine distinguer de loin, mais qui seront suffisamment prononcés pour que des troupes qui y passeraient ou y stationneraient, ne puissent être vues de la position ennemie située en face d'elles. Des différences de relief de deux mètres au moins peuvent produire de pareils effets.

Enfin, dans l'Europe centrale il est très-difficile de trouver un champ de bataille de 3 kilomètres d'étendue où il ne se rencontre ni bois, ni haies, ni chemins creux, ni métairies, ni villages, etc.

Or des bas-fonds où des troupes peuvent se cacher, ne seront pas des positions pour notre artillerie, puisqu'on ne peut y apercevoir celle de l'ennemi ; les endroits couverts d'arbres, de haies, de constructions ne présentent également aucun emplacement pour des batteries. En revanche, ces bas-fonds, ces lieux couverts sont très-propices pour permettre à notre infanterie de s'avancer ou de stationner même en ordre assez serré, sans devenir le point de mire de l'artillerie ennemie.

Enfin les bois, les villages, les métairies sont très-favorables à la défensive ; la fortification de campagne donne les moyens d'accroître extrêmement leur valeur sous ce rapport.

Ceci étant admis, la répartition de notre infanterie et de notre artillerie sur le terrain est tout indiquée.

L'artillerie sera disposée sur le terrain découvert partout où elle pourra voir distinctement l'ennemi.

L'infanterie s'avancera par les lieux couverts et bas, de façon à prendre des emplacements abrités et en saillie sur la ligne des batteries. Plus cette saillie sera prononcée, plus les batteries placées dans le rentrant entre deux saillants, seront à l'abri des entreprises de l'ennemi.

En avant des batteries on mettra un léger rideau de tirailleurs afin de maintenir à distance ceux de l'ennemi ; ou même il n'y aura aucune troupe d'infanterie, si les feux de mousqueterie partant des saillants occupés, suffisent pour protéger les batteries en se croisant en avant.

C'est ainsi que le 6 août 1870 la grande batterie allemande de 78 pièces à l'est de Wörth n'était couverte que par quelques compagnies d'infanterie occupant les villages de Wörth et de Spachbach en avant de la batterie.

Le 16 août 1870, les batteries allemandes au S. O. des villages de Flavigny et de Vionville n'étaient même couvertes par aucune troupe d'infanterie, bien qu'elles fussent placées sur des hauteurs qui donnaient des facilités pour tirer pardessus des lignes de tirailleurs disposées en avant d'elles. Mais les saillants prononcés formés par les deux villages, le bois de Vionville et celui de Tronville étaient occupés par l'infanterie allemande.

Le 18 août 1870; vers 5 heures du soir, toute l'artillerie de la garde prussienne et du corps saxon (environ 180 pièces) se trouvait en batterie au nord et au sud de Sainte-Marie aux Chênes, sans avoir aucun fantassin en avant d'elle. Mais les bois d'Auboué et de la Cusse et le village de Sainte-Marie formaient trois saillants garnis d'infanterie.

La guerre de 1870-71 fournirait encore bien d'autres exemples.

Il pourra même arriver, comme cela s'est présenté dans cette guerre, que le terrain manque absolument pour placer toute l'artillerie disponible, et qu'un certain nombre de batteries soient à maintenir inactives et à l'abri (1).

Dans tous les cas où l'aile offensive de la ligne de bataille affecte une forme demi-circulaire dont les feux convergent vers l'extrémité de l'aile ennemie, il sera bon de placer sur le crochet offensif les batteries disponibles restées inactives. C'est ce que nous voyons faire par la grande batterie allemande de 84 pièces qui s'établit, le 18 août 1870, vers 7 heures du soir, en demi-cercle au nord-ouest de Saint-Privat.

En résumé, pendant la préparation de l'attaque, la partie offensive de la ligne de bataille se compose surtout de batteries d'artillerie en avant desquelles l'infanterie occupe des saillants présentant une grande valeur défensive en même temps qu'un abri contre les projectiles ennemis.

Exceptionnellement, dans quelques cas indiqués par la configuration accidentée du terrain, une partie de l'infanterie est disposée dans les bas-fonds en avant des batteries. En principe, le combat de l'infanterie pendant la préparation de l'attaque comporte donc une attitude défensive.

48. Placement de l'artillerie à l'aile défensive.

Si, à l'aile offensive, les emplacements peuvent manquer aux batteries, il est peu probable qu'il en sera de même à l'aile défensive. En général, l'artillerie, l'arme indispensable de la préparation, est répartie sur toute l'étendue du front de combat et, dans chacune des deux parties de la ligne, proportionnellement à l'effectif des troupes qui s'y trouvent. S'il y avait à doter certaines troupes d'une artillerie puissante

---

(1) Voir, sur le plan de la bataille du 18 août 1870, un certain nombre de batteries à l'aile droite allemande inactives faute d'emplacements pour elles.

de préférence aux autres, ce serait celles de l'aile offensive.
Si la tâche qui lui incombe exige effectivement une plus
forte dotation, on y pourvoira facilement au moyen d'un fractionnement inégal de l'artillerie de corps entre les deux
divisions (s'il s'agit d'un corps d'armée).

Mais, comme à l'aile défensive les troupes sont rangées
sur une moins grande épaisseur, ou en d'autres termes, occupent un front relativement plus étendu, les batteries qui
leur sont affectées, pourront toujours être disposées avec de
plus grands intervalles entre elles.

D'après ce que nous avons dit précédemment, un corps
d'armée de deux divisions formant l'aile défensive pourra
occuper un front de 4 kilomètres et demi ; or, comme le
développement de toute son artillerie demande deux kilomètres, il restera deux kilomètres et demi à son infanterie,
qui n'aura pas de peine à trouver ses emplacements.

Cette circonstance ne devra cependant pas être une raison
pour éparpiller les batteries ; on les disposera par groupes
de quatre (ou de deux au moins), afin que leur feu soit soumis à une direction supérieure et susceptible d'être concentré sur certains points désignés.

49. Passage de la reconnaissance offensive à la pré-
paration de l'attaque. Déploiement de toute l'artillerie.

Nous avons dit que la préparation de l'attaque ne devait
commencer à l'aile offensive que lorsque les troupes destinées à concourir à l'exécution se trouveraient toutes en
face du point à aborder. Cela peut demander du temps, car
il y a peut-être à déployer de profondes colonnes de
marche.

Or, il importe de laisser l'ennemi dans l'incertitude relativement au point d'attaque ; le commandant en chef pourra

donc ordonner parfois à la partie défensive de sa ligne, si elle est déjà rangée pour le combat, de passer peu à peu de la reconnaissance offensive au combat lui-même, et cela dans le but d'attirer l'attention de l'ennemi sur cette partie de la ligne et de l'empêcher de renforcer la partie où la lutte va devenir décisive tout à l'heure.

Le passage d'une phase du combat à l'autre n'est donc pas *marqué* pour le spectateur, mais seulement *dans l'esprit* du commandant en chef.

Celui-ci assignera successivement aux troupes qui doivent commencer le combat les points à enlever, et c'est ainsi que peu à peu sur toute l'étendue du front de combat l'artillerie sera mise en batterie tout entière pour la préparation de l'attaque.

En effet, nous verrons dans la conférence consacrée plus spécialement à l'étude de l'emploi de l'artillerie, qu'il faut à tout prix avoir dès le début la supériorité du feu d'artillerie; c'est le meilleur moyen de l'avoir encore au moment de l'attaque. Or il faut absolument l'avoir à ce dernier moment, car l'infanterie qui y sera employée, pourrait difficilement affronter les feux intacts et combinés de l'artillerie et de l'infanterie de la défense; l'attaque ne devrait jamais être tentée dans ces dernières conditions.

Donc, pour la préparation de l'attaque, toute pièce disponible devra être en batterie. Les grandes réserves d'artillerie inactives jusqu'au moment où la crise atteint son maximum de tension, sont aujourd'hui un contre-sens et un gaspillage de forces.

50. Rôle de cette artillerie.

« En toutes circonstances, » dit le règlement provisoire pour l'artillerie de campagne allemande, « c'est l'artillerie ennemie qui est le premier objectif de l'artillerie de l'attaque; l'artillerie ennemie doit être entamée, affaiblie, surtout pour faciliter l'attaque de l'infanterie. »

Mais un certain nombre de batteries peuvent être désignées pour tirer sur les abris derrière lesquels s'est retranchée la défense.

« Pour préparer et soutenir d'une façon immédiate l'assaut de l'infanterie sur la position ennemie, des distances plus faibles (en principe inférieures à 1.600 mètres), des feux de vitesse, des changements de position réclamés par la tournure du combat de l'infanterie, sont nécessaires. »

« Appuyer par des feux d'artillerie à grande distance des troupes d'infanterie engagées dans un combat rapproché, est une opération qui peut facilement devenir dangereuse pour ces dernières ; la dispersion des projectiles, la difficulté de distinguer nettement les troupes amies des troupes ennemies s'opposent à l'emploi d'un pareil procédé. »

Si nous analysons les diverses phases des batailles de la guerre de 1870-1871, nous voyons qu'effectivement l'artillerie allemande, après avoir, à grande distance, affaibli le feu de l'artillerie française, prenait souvent une deuxième position plus rapprochée pour compléter la préparation de l'attaque.

Ce changement de position est motivé non-seulement par la difficulté de distinguer nettement de loin les troupes des deux partis, mais encore parce que le feu de l'artillerie ennemie étant affaibli, l'infanterie de l'attaque doit commencer à prendre des positions et à entrer en ligne. L'artillerie de l'attaque peut alors, tout au moins sur une partie de son front, se trouver masquée par de l'infanterie qui nécessairement vient se placer devant elle ; elle se trouve donc obligée de changer d'emplacement pour continuer son feu. Ce changement de position ne se fait évidemment que sur

un ordre du commandant de corps d'armée (ou de division).

Toutefois l'expérience nous apprend aussi que l'artillerie
de l'attaque ne se trouvera pas masquée aussi fréquemment
qu'on pourrait le croire.

En effet, l'armée sur la défensive qui a le choix de la position, aura cherché à placer son artillerie sur des points
ayant un certain relief au-dessus du terrain, afin de se ménager la possibilité de tirer par-dessus sa propre infanterie
dans toutes les directions. Cette circonstance met l'artillerie
de la défense bien en vue et permet à l'artillerie adverse de
la canonner par-dessus les deux infanteries aux prises entre
elles.

Si le champ de bataille est tel que l'armée sur la défensive
n'a pu y trouver ni crêtes, ni plateaux à couronner par son
artillerie, admettons le cas le plus défavorable, celui où
l'assaillant ne trouvera pas non plus d'élévation sur son terrain. Alors les deux artilleries se trouveront dans des conditions identiques, c'est-à-dire plus ou moins masquées pendant la lutte rapprochée de leurs infanteries. Elles pourront
cependant prendre, en partie, des positions sur les ailes, de
façon à tirer d'écharpe dans les lignes ennemies; alors le
front du combat sera inévitablement étendu de part et
d'autre.

Nous discutons ici un cas presque théorique ; car il suffit
de jeter un coup d'œil sur les plans de combats de la dernière guerre pour voir que ce cas, très-rare, ne s'est jamais
présenté pour une ligne de bataille étendue.

Puisqu'il s'agit de déplacement de batterie, disons de suite
pourquoi ils doivent être aussi rares que possible. En effet,
les batteries qui prennent un nouvel emplacement, doivent
de nouveau régler leur tir et prendre la notion des distances
auxquelles se trouvent les divers buts. Tout cela demande

des coups d'essai et du temps pendant lequel l'artillerie de
la défense reprend en général la supériorité.

Aussi les déplacements ne doivent-ils jamais être ordonnés
pour des distances inférieures à 500 mètres. Ils ne s'exécutent pas avec la ligne entière à la fois, mais par échelons de
deux à quatre batteries, et toujours sur l'ordre de 'officier
supérieur commandant le groupe de batteries.

Il ne faut pas confondre ces déplacements avec les mouvements limités faits *à bras en avant!* peu à peu et de façon
à les dissimuler à l'ennemi, par une batterie qui se trouve
trop incommodée par le feu de son adversaire.

51. Ordres à donner par l'officier commandant l'in-fanterie relativement à la coopération de l'artillerie.

Bien que nous devions revenir dans une conférence spéciale sur l'emploi de l'artillerie pendant l'attaque, faisons de
suite remarquer que, comme c'est à l'infanterie que l'artillerie prépare les voies pour la lutte décisive, c'est au commandant de l'infanterie (s'il se trouve commandant de toutes
les troupes) a donner des ordres pour la préparation par l'artillerie.

Parmi les points qui doivent être surtout réglés par le
général de division d'infanterie, et par lui seul, citons de
suite :

1° Quels sont les buts qu'il faut canonner?

2° Fixer le moment où la préparation par l'artillerie est
devenue suffisante.

52. Combinaison des attaques de l'infanterie entre elles. Rôle des bataillons placés aux ailes.

Après cet exposé de l'action de l'artillerie coordonnée

avec celle de l'infanterie, ajoutons quelques mots sur la combinaison des attaques de l'infanterie entre elles.

Lorsque les bataillons s'avancent sur un même front, le maximum d'effet utile ne peut être obtenu que par l'action simultanée de tous ces bataillons. Les lancer successivement sur l'ennemi, c'est en préparer de propos délibéré la destruction (1).

Mais ce principe doit être observé même lorsqu'il y a lieu de combiner une attaque de flanc avec une attaque de front. L'attaque de flanc n'est point destinée, soit à préparer, soit à compléter l'effet de l'attaque de front; mais bien à *rendre cette attaque possible*, en forçant l'ennemi à faire face de deux côtés à la fois et à le soumettre dans cette situation critique aux feux croisés et par conséquent bien plus puissants des deux attaques. Il est donc de toute urgence que ces deux attaques soient simultanées.

Enfin le bataillon placé à l'aile extrême a des devoirs particuliers à remplir pour la garde des flancs. « L'esprit humain est ainsi fait qu'on s'inquiète plus à la guerre d'un danger sur son flanc que de dix devant soi. » (*Bugeaud, Maximes.*)

Donc, « *là est le point faible et c'est vraisemblablement dans cette direction que l'ennemi tentera un dernier effort.* » Bt. 127.

Cet effort sera la contre-attaque de la défense.

Le chef d'un bataillon placé à l'extrémité d'une aile ne doit donc jamais perdre de vue cette situation. Mais dans le cas où, soit le terrain, soit la nature du mouvement l'amènerait

---

(1) Notre histoire militaire n'enregistre presque jamais un échec pour nos armes sans que par l'examen de la lutte qui a amené cet échec on ne s'aperçoive que ces attaques n'ont pas été combinées et simultanées, mais qu'au contraire, soit par négligence, soit par suite d'un principe erroné, elles ont été successives. (Echec du 5 mai 1862, à Puebla).

à laisser entre lui et la troupe principale une lacune, il doit avoir soin « *de ne pas se laisser couper.* » Bt. 127. Du reste, puisqu'il a un objectif commun avec la troupe principale, sa direction est convergente avec celle de cette troupe; donc tout pas en avant doit nécessairement réduire la lacune.

53. Profondeur moyenne de la ligne de bataille dans le combat.

Comme dernière observation, nous ferons remarquer que les proportions que nous avons données pour la formation en profondeur de l'aile offensive d'une part et de l'aile défensive de l'autre, permettent de dire avec environ combien d'hommes en profondeur moyenne il faudra occuper un champ de bataille donné. Les variations du chiffre dépendront surtout du rapport qui existera entre le front de l'aile défensive et celui de l'aile offensive. Si ces deux fronts sont égaux entre eux, comme le front de l'aile offensive est occupé à raison de huit hommes de profondeur et que celui de l'aile défensive l'est généralement à raison de trois cinquièmes, soit cinq hommes, la moyenne pour la ligne entière sera de six hommes environ.

Il s'agit d'hommes d'infanterie effectivement combattants; les autres armes et les non-valeurs ne doivent pas entrer en ligne de compte.

Au point où nous sommes arrivés dans notre étude du combat offensif, assaillants et défenseurs se sont abordés.

La suite de ce combat ne peut être examinée qu'après avoir étudié les diverses phases par lesquelles a dû passer l'action de la défense opposée à celle de l'attaque.

Vᵉ CONFÉRENCE

DU COMBAT DÉFENSIF

54. Étude de la défense active.

Nous avons dit pourquoi nous ne voulions, nous ne devions étudier que la défense active.

Celle-ci comporte deux phases : celle de la défense et celle de riposte ou contre-attaque.

Pour vaincre son adversaire, on commence par se placer dans des conditions telles que lorsqu'il attaquera, on ait toutes les chances de briser sa force d'impulsion, et c'est lorsqu'il se trouvera dans cette situation désavantageuse, que l'on attaquera à son tour avec un certain avantage.

Dans l'offensive, nous avons la préparation de l'attaque, puis l'attaque; dans la défense active, la période de la défense pure est la période de véritable préparation de la contre-attaque qui lui succède. Ici encore nous n'attaquons donc pas sans préparation.

Mais n'oublions pas que, quelque vigoureuse que soit notre résistance aux efforts des assaillants, ceux-ci ne seront cependant pas hors de combat en nous abordant; ne comptons point encore sur un succès facile et en conséquence ne donnons aucun répit à l'ennemi. Toutefois c'est au moment même où il arrive dans la position qu'il est le plus désorganisé et « qu'il est forcément en désordre à la suite du succès qu'il vient d'obtenir » (Instr. man. 1877); c'est à ce moment qu'il faut donc riposter.

Exécutée trop tôt, la contre-attaque rencontre des troupes qui n'ont pas été suffisamment ébranlées: exécutée trop tard, elle se trouve en face de bataillons ralliés, réorganisés, mais encore sous l'empire du premier succès et plus prêts que jamais à accueillir chaudement le retour offensif.

Il y a là une question d'appréciation qui est une des difficultés de la direction du combat défensif.

Comment la défense compte-t-elle briser la force d'impulsion de l'attaque ?

55. Elle tire sa force d'un emploi judicieux du feu et de la configuration du terrain.

« La défensive tire sa force de son feu et de l'emploi judicieux du terrain. » (Instr. man. 1877.)

Dans quelle mesure jouit-elle de ces avantages ?

Le feu des tirailleurs postés de la défense est considéré comme plus efficace que le feu des tirailleurs de l'attaque, lesquels sont constamment en mouvement ; mais en raison de la facilité avec laquelle les armes actuelles se chargent, l'homme étant accroupi ou couché, les tirailleurs de l'attaque trouveront aussi dans l'emploi judicieux du terrain qu'ils traversent le moyen de se soustraire aux projectiles de la défense. N'oublions pas que lorsqu'ils apparaissent à découvert, ils se meuvent avec rapidité et à des distances qui généralement sont mal appréciées par leurs adversaires.

Il ne faut donc pas s'exagérer les résultats du tir ajusté de ces derniers.

Aussi la défense cherchera-t-elle avec soin à rendre son feu plus efficace encore à l'aide de divers moyens accessoires. Non-seulement elle utilisera les abris naturels que lui offre le terrain, mais elle en créera d'artificiels avec des outils, comme l'enseigne la fortification. Ses tireurs seront bien couverts, afin qu'ils restent aussi calmes qu'il leur sera possible, et de plus ils pourront ajuster en appuyant leurs armes en joue.

Les abris artificiels (tranchées-abris, murs crénelés) seront disposés de manière à faire converger plus spécialement les feux des défenseurs sur les points où il est probable que débouchera l'attaque.

Si l'on peut étager des feux, on n'y manquera pas. Ainsi, si on occupe une hauteur à pentes rapides, on établira sur ces pentes plusieurs rangs de tranchées-abris, les unes au-dessus des autres.

Enfin on pourra même, si on compte faire usage du feu aux grande- distances, faire mesurer et marquer ces distances par des points de repère visibles de loin.

En résumé, puisque le feu est une force, il faut tâcher de l'avoir aussi grande que possible.

Passons à l'emploi du terrain.

En principe, tout le secret de la défense est dans le choix du terrain ; les effets du tir dépendent même de ce choix. Tel terrain (une plaine unie au milieu de laquelle on n'a pas en le temps de creuser des tranchées) ne favorise pas le développement complet des feux de la défense. Tel autre (un vallon dominé par les positions de l'ennemi) en rend même les efforts presque nuls.

C'est le terrain qui procure les abris naturels, c'est-à-dire ceux dont on fait le plus d'usage ; c'est lui qui permet de dérober à la vue, et par suite à l'action du feu de l'ennemi, les troupes de soutien et de réserve de la défense.

Aussi l'idée d'un combat défensif se rattache-t-elle étroitement à celle du choix d'une position militaire.

56. Conditions auxquelles doit satisfaire le choix d'une bonne position.

A quelles conditions doit satisfaire le choix d'une bonne position ?

Jusqu'ici ces conditions étaient :

1° En avant de la position, un champ de tir dégagé de tout couvert et favorable à l'exécution des feux (ni trop dominant, ni dominé).

2° Des points d'appui aux ailes, et si la position a quelque étendue, quelques autres points d'appui de distance en distance sur toute l'étendue de la ligne de défense.

3° En arrière de cette ligne, des emplacements pour abriter les soutiens et les réserves.

4° De grandes facilités de communication dans l'intérieur de la position. Si les diverses parties en étaient séparées par des obstacles infranchissables ou difficiles à franchir (bois, rivière, marais), l'ennemi pourrait avec des forces supérieures attaquer et enlever une de ces parties avant que des autres on ait pu envoyer du secours. De même inversement il sera avantageux pour le défenseur que le terrain sur lequel manœuvrera l'assaillant soit coupé en deux ou plusieurs fractions séparées par des obstacles ; car cela permettra au premier de battre successivement avec presque toutes ses forces réunies les diverses fractions du second. C'est là un avantage qu'on cherche beaucoup à se constituer dans l'organisation des grands camps retranchés.

5° Une ligne de retraite assurée.

6° Des obstacles en avant du front, afin de retenir le plus longtemps possible les assaillants sous les feux de la défense.

Disons de suite qu'aujourd'hui cette dernière condition doit être mise de côté, car elle exclut l'idée d'une défense active. Les obstacles en question ont en effet plusieurs inconvénients. D'abord l'assaillant peut masquer avec peu de monde les débouchés formés par les intervalles entre les obstacles et se porter avec une grande supériorité numérique sur les flancs de la position pour la tourner. De plus, en admettant que l'attaque de front ait lieu, les obstacles favoriseront souvent l'accès de la position aux assaillants parce qu'ils les abriteront des projectiles et s'opposeront toujours aux retours offensifs des défenseurs. Ils deviendront enfin des points d'appui derrière lesquels les assaillants repoussés viendront se rallier.

Le règlement dit formellement :

« *La position est d'autant plus avantageuse qu'elle permet de passer plus facilement de la défensive à l'offensive.* » C. 332.

Les obstacles qu'on désirait autrefois en avant des positions, avaient pour but de retenir les assaillants pendant quelque temps sous les feux, alors peu nourris, de la défense ; mais, avec les armes à tir rapide, on pourra toujours couvrir de feux assez nombreux les abords de la position ; il n'est donc plus nécessaire de remplir la condition précitée, les inconvénients qui s'y rattachent étant plus grands que les avantages qu'elle procure.

Aussi, permettre de reprendre l'offensive, si cela est avantageux, est la condition indispensable à laquelle doit satisfaire le choix d'une position. On peut dire d'une manière générale qu'une position est *très-bonne* lorsque, pour organiser la défense pure de cette position, c'est-à-dire garnir sa ligne de défense, il ne faut pas employer plus d'un *tiers* de son infanterie ; il reste alors des forces nombreuses pour une contre-attaque vigoureuse et la défense active se trouve pleinement justifiée.

Si au contraire on est obligé d'employer moins de la *moitié* de l'infanterie à la contre-attaque parce qu'il faut le reste pour garnir la ligne de défense, la défense est bien près de devenir passive et la position doit être réputée fort *médiocre*.

Comme corollaire de la première des conditions précédemment énumérées, nous ferons observer que les hauteurs présentant un relief considérable au-dessus du terrain en avant, sont de mauvaises positions. En premier lieu, nous remarquerons que l'infanterie qu'on y postera, ne pourra pas aux distances rapprochées, exécuter des feux rasants et par suite efficaces. La zone dangereuse de notre fusil avec la première ligne de mire au lieu d'être de 275 mètres se trouvera réduite à quelques mètres seulement, parce que les projectiles tirés de la hauteur s'abattront vers le sol sous un angle très ouvert. Donc, diminution de l'efficacité du tir à des distances où on doit compter beaucoup sur elle.

En second lieu, au pied des hauteurs en question, il s'étend un angle mort plus ou moins considérable suivant les inflexions du terrain sur les pentes. L'assaillant peut se réorganiser dans cet angle mort, avant de monter à l'assaut. — Les mouvements de terrain formant glacis à l'inclinaison du 5e ou au plus du quart, seront donc préférables aux hauteurs à pentes rapides. Néanmoins, comme il n'y a pas toujours à choisir, toutes les fois qu'on sera obligé de garnir des hauteurs à pentes rapides, il faudra occuper les contre-forts qui se détachent plus ou moins perpendiculairement en avant de la croupe. Si on a le temps, on créera par des tranchées sur ces contre-forts un ensemble de retranchements qui fournira des feux de flanc sur les pentes de la hauteur placées en angle mort.

L'assaillant est alors obligé de réduire d'abord la défense organisée sur les contre-forts.

Si au lieu de présenter des contre-forts, la hauteur a une direction sinueuse, on profitera de ce que les diverses parties se flanquent mutuellement pour organiser la défense, comme nous l'avons dit pour les contre-forts.

On peut encore considérer les hauteurs comme masses couvrantes. Elles peuvent dans ce cas dérober à la vue de l'ennemi les soutiens et les réserves, mais sans les soustraire toujours aux projectiles. — Supposons nos tirailleurs installés à environ 480 mètres d'une hauteur qui a 16 mètres de relief et qui est couronnée d'une tranchée abri. Les pentes en arrière de la tranchée suivent une courbe conforme à celle de la trajectoire de notre fusil pour la distance de 1.000 mètres, et finissent à 500 mètres en arrière de la tranchée. Dans ce cas, le projectile tiré par nos tirailleurs avec la hausse de 500 mètres passera un peu au-dessus de la tranchée-abri, puis suivra dans sa courbe descendante une trajectoire parallèle à la pente du terrain et élevée d'environ 1 mètre au-dessus de celle-ci sur tout son parcours. Il se produira donc une zone dangereuse exceptionnellement longue derrière la tranchée. Mais il ne faut pas s'exagérer l'importance de cette remarque. Rarement le terrain se présente sous une forme coïncidant aussi exactement avec les trajectoires. Ce qu'il faut en retenir, c'est que de légères ondulations de terrain ne doivent point servir à couvrir la réunion de masses de troupes, lorsque la crête de cette ondulation est en butte à un feu de mousqueterie violent. De même, lorsqu'on s'avance vers l'ennemi, en se dérobant par une vallée, il ne faut point suivre le fond de la vallée, qui trop souvent est le réceptacle de tous les projectiles qui ricochent sur les pentes à droite et à gauche, mais marcher au contraire à mi-pente, soit à droite, soit à gauche.

Il n'est pas facile en définitive de trouver une position remplissant bien toutes les conditions exigées, et lorsqu'on en aura trouvé une, l'ennemi de son côté s'efforcera de l'éviter et de la tourner.

Le secret de la guerre ne consiste pas à trouver de bonnes positions et à s'y maintenir. Il s'agit au contraire d'anéantir l'ennemi, et pour cela il faut marcher à lui. Lorsqu'on l'a rencontré, on est libre de prendre sur le terrain de la rencontre la position qui réunit le plus des conditions exigées pour une défense avantageuse, et le secret consiste alors pour le défenseur à tirer de cette position tous les avantages qui lui sont inhérents et qui pour lui peuvent être l'équivalent d'une certaine quantité de troupes.

57. La défense repose sur une solide occupation des points d'appui. Economie de forces qui résulte de ce principe.

Nous avons dit que la période de défense pure devait être employée à ébranler les assaillants et à préparer par conséquent la contre-attaque. Or, s'il fallait garnir toute l'étendue de la ligne de défense, il faudrait beaucoup de monde; nous voulons au contraire conserver la plus grande partie de nos forces pour la contre-attaque.

D'ailleurs, si nous restons sur la défensive, cela exclut l'idée de notre supériorité numérique sur l'ennemi; car, si nous avions cette supériorité, nous ne pourrions nous empêcher de passer rapidement à l'offensive.

Nous devrons donc supposer que la défense est numériquement inférieure en forces; il faut alors ménager beaucoup celles-ci pendant la période de défense pure. En conséquence nous ne garnirons pas uniformément la ligne de défense; nous nous établirons solidement sur certains points : *les points d'appui*, et nous observerons le terrain qui s'étend entre eux; nous le couvrirons de feux si l'ennemi y pénètre.

Il importe de bien saisir quels avantages donne l'emploi de points d'appui, bien gardés, comparativement avec une ligne de défense uniformément garnie. Soit un front de 1.500 mètres gardé par une division de 12.000 hommes d'infanterie : il y a une brigade dans chaque ligne.

Un des régiments de la première ligne est attaqué; toute

la deuxième ligne arrive à son secours au bout de vingt minutes, et nous aurons sur ce point 3.000 + 6.000 = 9.000 hommes massés derrière l'étendue que gardait d'abord le régiment seul, c'est-à-dire 750 mètres. C'est donc comme si nous avions 18.000 hommes, au lieu de 12.000 pour défendre le front de 1.500 mètres.

Supposons maintenant, au lieu d'une ligne uniformément garnie, trois points d'appui de 100 mètres d'étendue chacun et présentant des intervalles de 400 mètres entre eux.

Les 6.000 hommes de la brigade de première ligne sont répartis à raison de 2.000 par point d'appui et nous avons toujours une brigade en deuxième ligne.

Si l'ennemi attaque, par exemple, le point d'appui du centre, la défense y aura d'abord 2.000 hommes de la garnison, puis le concours de 1.500 hommes tirés des garnisons des deux points voisins (1) (lesquels resteront encore fortement gardés avec 500 hommes chacun) et enfin les 6.000 hommes de la deuxième ligne ; soit en tout 11.000 hommes qui agiront sur les 100 mètres de point d'appui et les deux demi-intervalles de 200 mètres qui existent à droite et à gauche; en tout 500 mètres. — C'est donc comme si 500 mètres de front étaient gardés par 11.000 hommes, ou la position entière par 33.000 hommes disposés sur une profondeur uniforme le long du front de défense.

On peut donc avec l'emploi de points d'appui et d'une réserve opposer une défense équivalente à celle d'une force presque triple uniformément répartie sur tout le front de la position.

Cette théorie suppose que la réserve arrivera à temps au secours du point d'appui attaqué; or la défense ne peut à

(1) C'est l'emploi de la fortification qui permet d'affaiblir ainsi (momentanément seulement, il est vrai) la garnison des points d'appui voisins,

6.

l'avance que présumer que tel ou tel point sera attaqué; elle ne peut être certaine qu'en plaçant ici ou là la réserve, celle-ci sera à portée pour venir repousser l'attaque en temps opportun.

Pour que la réserve n'arrive pas trop tard, il faut d'abord que le point d'appui menacé soit en état de résister aux attaques pendant un temps au moins aussi long que celui qu'exigera la marche de la réserve. La fortification fournira les moyens de résoudre ce problème dans bien des cas; mais la défense ne peut compter indéfiniment sur les ressources de la fortification, et dès lors il convient d'étudier quelles sont les circonstances qui peuvent entraver la marche de la réserve venant au secours du point attaqué.

La première de toutes est évidemment la distance. Si le champ de bataille est étendu, une seule réserve peut n'être d'aucun secours; il en faut alors plusieurs qui seront réparties le long du front de façon qu'elles puissent arriver à temps au secours des points attaqués.

Mais plus il y a de réserves, moins la défense à l'aide des points d'appui offre d'avantages; le raisonnement, aidé d'un calcul analogue à celui qui a été fait plus haut, le démontrerait facilement.

D'un autre côté, on ne sait jamais exactement quel est le point d'appui qui sera attaqué; car l'assaillant a l'initiative du moment et du point d'attaque. Or, si la défense se trompe dans l'emplacement de la réserve sur un champ de bataille de 20 kilomètres, elle s'expose à un échec presque certain. C'est donc un point très-délicat que de fixer le nombre, la force et l'emplacement des réserves.

Mais la distance n'est point le seul obstacle; le terrain sur lequel se meuvent les réserves de la défense, peut par sa configuration, la végétation et les eaux courantes ou stagnantes qui s'y trouvent, ou les édifices qu'on y rencontre, rendre le mouvement des réserves plus lent qu'en rase campagne; ce qui est à porter au détriment de la défense.

Le terrain en avant des points d'appui peut également offrir à l'assaillant des couverts propres à lui faciliter l'approche de ces points et à en permettre l'enlèvement d'emblée ou par surprise, ou tout au moins à en rendre la prise plus rapide et plus facile.

C'est en étudiant l'ensemble de ces circonstances que la défense résoudra toutes les questions de réserves, qui sont des plus importantes pour le succès du combat.

Nous avons vu quel grand avantage l'attaque a sur la défense dans le choix du moment et du lieu de son action. Aussi la défense doit-elle s'efforcer de dérober à l'attaque la plus grande partie de son initiative. Elle cherchera « *dans le choix du terrain un moyen d'attirer le combat sur une région qu'elle connaît, où elle a disposé ses troupes à l'avance, afin de frapper l'ennemi plus sûrement et dans de meilleures conditions.* » R. S. (2ᵉ partie.)

Or, il faut le reconnaître, les points d'appui bien gardés exercent sur l'assaillant une certaine attraction. Il ne peut passer entre eux sans s'exposer à leurs feux croisés, pendant que les réserves placées en deuxième ligne viendront tomber sur ses flancs.

C'est donc instinctivement que l'ennemi se dirigera surtout vers les points d'appui. Ceux-ci ne devront donc pas avoir une garnison insuffisante, quelle que soit la nécessité d'avoir le plus de monde possible pour la contre-attaque.

En dehors des points d'appui ayant surtout une grande valeur défensive, la position choisie pourra présenter une configuration telle que l'ennemi soit obligé de passer par tel ou tel endroit. La défense placera des fractions de troupes à cheval sur ces débouchés, qu'on rencontrera surtout dans les bois, les villages, etc., etc., aux issues vers la campagne.

Par l'expression *à cheval*, nous entendons que des unités tactiques (compagnies, bataillons) seront chargées spécialement de la défense de ces endroits et seront disposées, moitié à droite et moitié à gauche des passages. Elles y formeront comme un point d'appui secondaire parce que la garde de ces débouchés exigera qu'on y élève quelques retranchements. Cette dernière circonstance démontre que ces débouchés ne peuvent servir de délimitation entre deux fractions différentes de la ligne de bataille. On y songera dans la rédaction des ordres.

58. Distances à maintenir entre les points d'appui.

Quelle sera la grandeur des intervalles entre les points d'appui fortifiés et comment la défense sera-t-elle organisée sur ces points?

A première vue, il semble que la grandeur des intervalles doive être réglée sur la portée efficace du fusil d'infanterie, l'arme qui se trouve dans les mains de la très-grande majorité des combattants, et comme le recommandent les cours de fortification.

Les points d'appui seraient ainsi espacés de 400 mètres au plus, de façon que, si un de ces points est attaqué, les feux efficaces des deux points voisins puissent se croiser en avant de son front. Mais une chaîne formée de points aussi rapprochés exigerait beaucoup de monde pour l'occuper; c'est ce qu'il faut éviter.

Il a paru préférable d'avoir des points d'appui plus éloignés et de les avoir plus forts. Supposons que ces points soient espacés de 1.500 à 2.000 mètres; ils pourront encore se soutenir par leur artillerie; si les intervalles étaient plus grands, non-seulement le flanquement par l'artillerie serait peut-être inefficace, mais les réserves destinées à opérer les contre-attaques dans les intervalles, auraient de trop

grandes distances à parcourir pour agir avec oppor-
tunité.

59. Organisation de la défense des points d'appui.

La ligne de défense d'une position se composera donc de
deux ou plusieurs points d'appui principaux dont le développement de la lisière pourra comporter pour chacun jusqu'à
1 kilomètre et au delà. Chacun d'eux consistera lui-même
en une série d'abris naturels tels qu'en offrent les villages,
les grandes métairies, les châteaux avec parcs, les bois, etc.
Quand le terrain n'en offrira pas, on les remplacera par
de grandes redoutes ou, mieux encore, par des groupes
de redoutes reliées entre elles par des tranchées et par des
emplacements de pièces. Les groupes de redoutes valent
mieux, si on adopte une défense active, c'est-à-dire une
défense qui ne tombe pas, parce que l'assaillant a envahi la
position.

Il ne sera pas nécessaire d'occuper uniformément la lisière
extérieure de ces points d'appui parfois étendus, lisière qui
sera constituée (sauf dans le cas de redoutes) par des haies,
excavations, clôtures, etc., etc. Ainsi, par extension du
principe énoncé plus haut, les points de passage importants
pour pénétrer dans l'intérieur, seront plus fortement gardés.

D'autres points le seront à cause de leur importance
comme position (saillants, etc., etc.), ou comme élévation et
solidité (édifices importants). Mais, pour bien garnir ces
points, on ne devra pas trop affaiblir la garnison du reste
de la lisière ; car l'ennemi pourrait y pénétrer d'emblée et
l'on ne pourrait l'en chasser que moyennant de grands efforts.
Le point d'appui forme *un tout* dont l'accès doit en principe
être défendu à l'ennemi sur tout son pourtour.

En dehors des points d'appui principaux, le terrain ne

sera pas absolument inoccupé. Il présentera un certain nombre de couverts de moindre étendue, mais favorables à la défensive (bouquets d'arbres, petites fermes, maisons isolées, carrières, etc., etc.). On y mettra aussi du monde pour arrêter le premier élan des assaillants cherchant à pénétrer entre les points d'appui principaux (1).

Ces garnisons couvriront de leurs feux efficaces de mousqueterie les terrains qui sont en angle mort par rapport aux points principaux. — Si ces points secondaires faisaient absolument défaut dans une plaine découverte, des groupes d'infanterie y suppléeraient; car les tireurs trouveraient une protection suffisante en prenant la position couchée, si toutefois avec les outils portatifs ou tous autres, ils ne se sont pas creusé une tranchée-abri.

Les intervalles entre ces points d'appui secondaires seront réglés par la portée efficace du feu d'infanterie; ils seront donc de 400 à 500 mètres.

Il nous faut de plus de l'espace pour disposer notre artillerie. Le terrain même des points d'appui n'y est pas propre.

_____

(1) Il peut être intéressant de rechercher quels étaient les points d'appui de notre armée sur le champ de bataille du 18 août 1870. C'étaient, à partir de la droite, le village de Raucourt; intervalle 1.250 mètres; le bourg de Saint-Privat, intervalle 2.100 mètres; le village d'Amanvillers, intervalle 1.200 mètres; le château de Montigny, intervalle 1.050 mètres; la ferme de la Folie, intervalle 900 mètres; la ferme de Leipzig, intervalle 1.500 mètres; la ferme de Moscou, intervalle 1.250 mètres; les Carrières, intervalle 1.700 mètres; le village de Rozerieulles, intervalle 2 5 mètres; le village de Jussy. Nous ne tenons pas compte de l'étendue des points d'appui eux-mêmes, qui porte la ligne de bataille entière à 15 ou 16 kilomètres. Sainte-Marie aux Chênes ne peut être considéré que comme _poste avancé_. La ferme de Saint-Hubert, distante de 500 mètres seulement de la ferme de Moscou et des Carrières, doit au contraire être rattachée à la ligne de défense. C'est une excellente position pour battre le débouché de la route de Gravelotte. Nous ne distinguons pas les divers points cités en points principaux et en points secondaires, car avec des tranchées-abris on transforme facilement une ferme classée comme point secondaire en point principal.

En admettant qu'on puisse y placer des pièces d'artillerie, il faudrait les y masser et par suite s'exposer à les voir détruites plus facilement par l'ennemi. C'est donc dans les intervalles entre les points d'appui qu'il faut placer les batteries (jamais en avant, comme cela s'est vu cependant!)

Si nous nous reportons à ce que nous avons dit de l'espace relativement grand qu'exige le déploiement de toute l'artillerie d'un corps d'armée, nous en conclurons que l'aspect d'une position garnie de ses défenseurs, et avant que l'assaillant ne l'ait abordée, est celui d'une ligne fortifiée dont les points d'appui seront les bastions et dont les courtines seront formées presque exclusivement par les lignes d'artillerie, au milieu desquelles çà et là les points d'appui feront saillie.

Les points d'appui principaux (tels que villages, bois, etc.) présentent une certaine profondeur; là où celle-ci n'existe pas, il faut la créer avec des retranchements. En effet, les points d'appui principaux doivent résister, même après que les assaillants ont pénétré au milieu d'eux et rompu les courtines d'hommes et de canons qui les relient. Ces points devront fournir des feux de flanc et de revers pour seconder les efforts des contre-attaques exécutées par les réserves de la défense.

Si ces points d'appui consistent en groupes de retranchements de campagne, ces ouvrages devront être munis de flancs et n'être fermés à la gorge que par un parapet à l'épreuve du fusil seulement; car ils ne seront pas attaqués de ce côté par l'ennemi avec du canon.

Par leur disposition, les uns par rapport aux autres (en demi-cercle et reliés par de simples tranchées-abris), ces ouvrages devront pouvoir fournir les feux de flanc en question. Si on les fermait à la gorge par un parapet à l'épreuve du canon, on rendrait difficiles les retours offensifs de la

défense. Si d'autre part ces retranchements consistaient dans
une simple ligne droite de tranchées-abris, dès que celles-ci
seraient dépassées par les assaillants, leur défense tomberait.
Pour la lutte sur la position même, que nous tenons essentiellement à engager avec l'aide des points d'appui, on ne
pourrait donc plus compter sur ceux-ci.

Or nous voulons au contraire organiser une résistance
énergique après l'invasion de l'assaillant dans la position,
et, comme les points d'appui principaux, en raison de leur
front étendu et de leur profondeur, couvrent une assez grande
superficie, nous en organiserons l'intérieur pour y résister,
même lorsque la lisière extérieure en aura été franchie par
l'ennemi. Nous y créerons donc des *réduits* ou *centres de
résistance intérieure* (dans les villages, des bâtiments élevés
et solides ; dans les groupes de retranchements, des redoutes
fermées). La défense refoulée dans ces réduits y prendra une
nouvelle puissance en s'y concentrant et pourra attendre
que les réserves soient venues la dégager.

Les anciennes lignes à intervalles, si préconisées autrefois,
doivent donc être rejetées aujourd'hui, parce que les ouvrages
s'y trouvent trop rapprochés et que par suite ils exigent la
même garnison qu'un retranchement continu.

On ne mettra jamais de batteries dans l'intérieur des
retranchements ; on les disposera dans des tranchées annexes,
afin de forcer l'assaillant à disperser ses coups sur des buts
multiples et pour ne pas encombrer l'intérieur des ouvrages.

Quant aux points d'appui secondaires, leurs feux de flanc
sont moins indispensables et ne pourraient être puissants,
vu la faiblesse de leurs garnisons. Le tracé des tranchées
formant points secondaires consistera le plus souvent en une
ligne droite ; si l'ennemi s'y loge, il n'y sera nullement abrité
contre les feux d'enfilade des points d'appui principaux.

60. Ne pas occuper de postes en avant de la ligne de défense. Défense à outrance de la ligne principale. Pour cela, ne pas masser les troupes à une certaine distance en arrière de cette ligne.

Faut-il organiser des postes détachés et gardés en avant de la ligne de défense principale et leur faire jouer un rôle analogue à celui des ouvrages détachés de la fortification permanente?

Le règlement sur les manœuvres de l'infanterie prussienne s'exprime ainsi à ce sujet : « L'expérience nous apprend que c'est en battant en retraite qu'une troupe subit les pertes les plus fortes; parce que l'assaillant, qui s'est établi sur les positions conquises, peut alors poursuivre de son feu, exécuté avec calme, les défenseurs de ces positions. »

« Aussi l'occupation de postes détachés dans le but de n'y opposer qu'une résistance de quelques instants ne présente en général que fort peu d'avantages. Il vaudra mieux en principe porter au feu sur une seule et même ligne (quoique peut-être successivement) toutes les forces destinées à défendre une position. »

Il est à craindre aussi qu'on ne se laisse entraîner à soutenir et à renforcer la garnison des postes détachés et que contrairement au plan général, le combat ne se développe autour de ces postes, c'est-à-dire en dehors de la position, où tout est disposé cependant pour le livrer avec avantage.

La retraite de la garnison des postes détachés est enfin toujours pénible et offre un spectacle capable d'impressionner les défenseurs de la ligne principale. Veut-on obliger l'ennemi à un déploiement prématuré de ses forces? Avec les portées considérables de l'artillerie actuelle, le but sera atteint si quelques points de la position principale ont des

7

vues très-étendues et si on les garnit de batteries de gros calibre (notre canon de 95^{mm} par exemple) qu'on fera agir aux plus grandes distances. L'effet moral que cette artillerie à longue portée produira sur l'assaillant, sera considérable.

Sur la ligne de défense et dans l'intérieur des points d'appui principaux, la résistance doit au contraire être soutenue à outrance ; le soldat doit avoir présent à l'esprit ce principe que, si le danger peut être grand en attendant l'assaillant jusqu'à croiser le fer avec lui, il devient plus grand encore dans ce moment pour celui qui tourne le dos et sert de cible aux feux rapides de l'ennemi.

Autrefois on ne pensait point ainsi.

La plupart des généraux du commencement du siècle ont recommandé de ne pas ranger les troupes sur la ligne de défense même (qui sera, par exemple, la crête d'une hauteur); mais de les disposer légèrement en arrière, de façon à les dérober à la vue et surtout pour les porter ensuite en avant au moment où il y a lieu de repousser une attaque, en profitant de l'élan que donne la marche en avant. Quelques exemples de cette tactique sont même devenus classiques, tel l'épisode des gardes anglaises à Waterloo.

Dans les circonstances actuelles ces exemples doivent-ils être imités strictement? Nous pensons que non.

En effet, chacun répète : le feu a acquis une action prépondérante dans le combat, le feu d'infanterie comme celui de l'artillerie. Et nous ajouterons : Puisque c'est une force prépondérante, il faut qu'elle se manifeste toujours dans toute sa plénitude.

Il faut donc qu'au moment où l'assaillant se présente à portée efficace du fusil, on puisse diriger sur lui les feux de masse nourris que prescrit le règlement. La ligne de défense doit être garnie en ce moment de tous les tireurs qui doivent en principe l'occuper. Que cette ligne ne soit pas fortement occupée pendant la lutte d'artillerie à grande distance, c'est chose conforme aux principes précédemment exposés. L'ordre dispersé avec ses renforts, soutiens, réserves échelonnés les uns derrière les autres et maintenus à l'abri, fournit toutes facilités à cet égard.

Mais qu'au moment du feu rapide tel que nous l'avons défini, aucune partie de ce feu, si minime qu'elle soit, ne soit tenue en réserve. C'est aux bataillons de réserve et à ceux de la deuxième ligne, restés couverts même pendant le feu rapide, à intervenir, lorsque le feu aura été impuissant et que l'ennemi aura pénétré dans la position même.

Agir autrement serait nier que le feu est l'élément prépondérant du combat moderne.

61. La défense subit l'initiative de l'attaque.

Dans la défense active comme dans l'offensive, pour être victorieux, il faut être le plus fort sur un point et à un moment donné.

Nous avons dit quel est ce moment pour la défense active et nous savons qu'il est indiqué par l'ennemi et qu'il ne faut ni le devancer ni le négliger. L'attaque a le jeu plus facile ; elle poursuit son idée et reste maîtresse, dans de certaines limites assez larges, du moment où elle doit l'appliquer.

La défense active au contraire doit exploiter une situation dans laquelle il faut que l'adversaire veuille bien d'abord se placer. Mais si le choix du moment de l'action n'appartient pas au défenseur, le choix du lieu lui appartient bien moins encore.

Par suite du mode de l'action de la contre-attaque rapidement consécutive à l'attaque, les troupes qui opèrent la première doivent être très-rapprochées du point où elles doivent agir. Il est donc utile de choisir convenablement ce point et d'amener l'ennemi à y engager l'action principale ; car il faut qu'il y ait choc entre les masses principales pour que l'action soit décisive.

La défense pourra bien, lorsque les troupes de l'attaque exécuteront la reconnaissance préliminaire, prescrire à ses avant-postes de se retirer dans une certaine direction afin d'y attirer l'ennemi à leur suite. Ces moyens ont parfois du succès pour un combat entre petits détachements, mais on ne pourrait les prescrire comme règle de conduite dans le combat d'une division ou d'un corps d'armée.

Si l'ennemi, dédaignant le combat méthodique, se présentait avec ses troupes disposées uniformément sur toute l'étendue de son front, ce serait pour la défense une chance bien heureuse ; car la contre-attaque, certaine alors de ne voir devant elle sur un point donné que des forces inférieures aux siennes, serait presque assurée du succès.

Mais c'est supposer que l'adversaire commettra une faute et on ne doit jamais baser un plan sur une faute probable de son ennemi.

Il n'est point commode d'ailleurs de démêler pendant les préliminaires de l'action si l'ennemi veut engager un combat méthodique, ou s'il se propose de porter en avant ses bataillons successivement et indistinctement sur toute la ligne. Si le combat méthodique est bien mené par l'assaillant, ce sera même très-difficile.

62. Comment obvier à cet inconvénient.

Il vaudra mieux se demander quel est le point que l'ennemi a intérêt à attaquer.

Nous savons déjà que dans le combat méthodique, c'est une des deux ailes.

Laquelle ? — Ici, comme dans l'offensive, pour répondre

il faudra s'inspirer de la situation au point de vue stratégique. L'ennemi a toujours, en se plaçant à ce point de vue, intérêt à attaquer une aile plutôt qu'une autre (par exemple, pour empêcher la jonction de deux corps d'armée, pour empêcher une partie de l'armée d'atteindre tel ou tel point).

L'ennemi voudra aussi se porter sur la ligne de retraite de son adversaire et en attaquant une aile plutôt qu'une autre, il y arrivera plus facilement.

On peut donc ainsi présumer que telle ou telle aile sera attaquée et disposer la contre-attaque en conséquence.

Enfin la défense peut aussi, dans certaines positions, presque imposer à l'assaillant de marcher contre l'une des ailes plutôt que contre l'autre, et cela en maintenant en arrière, en *refusant* l'aile qu'elle tient à ne pas voir attaquer. Mais il faut que la configuration du terrain soit favorable à une telle disposition et on ne peut établir aucune règle à ce sujet.

63. De la défense des flancs.

Toutes ces considérations nous amènent à la question si importante de la garde des flancs d'une troupe, d'une position.

Nous en avons déjà parlé dans la conférence sur l'offensive ; nous avons indiqué les ailes et les flancs comme des points faibles contre lesquels l'assaillant doit marcher de préférence.

Aussi avons-nous demandé des ailes bien appuyées comme une des conditions nécessaires pour une bonne position.

Les ailes et les flancs d'une troupe, d'une position, peuvent trouver cet appui dans un terrain impraticable, sur lequel on est certain que l'ennemi ne pourra pas faire arriver ses bataillons d'attaque ; mais ce terrain doit alors présenter une grande étendue; car, s'il consiste, par exemple, en une rivière, un marais de médiocre étendue, l'assaillant pourra installer son artillerie au delà de cet obstacle et prendre la défense d'enfilade.

Il aura même un certain avantage dans ce cas; car ces batteries d'enfilade ne peuvent être contre-battues autrement que de front. Même lorsque la défense pourra également jeter des troupes et de l'artillerie au delà de l'obstacle, elle n'y trouvera pas grand avantage; car ses forces seront divisées sur deux champs de bataille distincts ne communiquant entre eux que par quelques défilés, un défilé unique peut-être. Elles seront donc exposées à être attaquées et battues successivement par l'assaillant, qui, ne l'oublions pas, a l'initiative.

Il vaudra donc mieux que, dans la plupart des circonstances, le terrain avoisinant les ailes ne soit pas impraticable, mais que les ailes soient terminées par des points d'appui naturels ou artificiels dont, en tous cas, la pioche à la main, on augmentera le plus possible la valeur défensive.

Autrefois, lorsque les points d'appui manquaient aux ailes, ou n'étaient pas jugés assez forts, on repliait en arrière de la ligne de défense l'extrémité de l'aile de manière à former plus ou moins une équerre avec cette ligne.

Aujourd'hui cette disposition ne peut plus être que vicieuse. Elle invite l'assaillant à faire ce qu'il est le plus avantageux pour lui de faire, c'est-à-dire à entourer d'un demi-cercle de feux le sommet de l'angle droit formé par le crochet défensif.

Enfin la branche de l'équerre formant retour est spécialement exposée à des feux d'enfilade et de revers de l'attaque que la défense ne pourra combattre que de front.

Le crochet défensif appartient donc au système de la défense passive; il en tire tous ses inconvénients. Aussi le rejetons-nous et lui préférons-nous l'emploi d'une réserve formant un échelon en retraite derrière l'aile exposée. Si l'ennemi s'établit de façon à prendre cette aile d'enfilade ou au moins d'écharpe, l'artillerie attachée à cet échelon peut réciproquement combattre d'enfilade ou d'écharpe les feux auxquels l'ennemi a donné une destination analogue. Si l'assaillant s'avance pour l'attaque de flanc, il est pris lui-même en flanc par les troupes de l'échelon de la défense : non-seulement il perd le fruit de sa manœuvre, mais il est exposé aux dangers dont il menaçait son adversaire; ou bien il est forcé de faire un mouvement tournant très-grand et d'opposer des troupes spéciales à celles de l'échelon de la défense. Il ne peut donc parvenir à combattre sur cette partie du champ de bataille avec de l'infanterie rangée sur une grande profondeur, et cependant c'est ce qu'il faudrait pour lui.

64. Phase préliminaire du combat défensif.

Passons maintenant à l'examen de la première partie du combat défensif, celle de la défense pure.

Les troupes qui y sont destinées sont en position, ou bien elles sont en marche pour venir occuper la position.

Si elles sont en position, elles sont couvertes par un réseau d'avant-postes en avant duquel circulent des reconnaissances d'infanterie et de cavalerie. Si ces dernières font leur devoir, les avant-postes n'auront pas à résister à l'avant-garde ennemie; car leurs avis, transmis à propos, donneront le temps nécessaire pour que les troupes de la position principale puissent prendre leur ordre de combat. Si, faute d'activité de la part des reconnaissances, cette résistance devenait nécessaire, il y aurait presque surprise et la lutte inégale dans laquelle s'engageraient les avant-postes, aurait les inconvénients que nous avons signalés pour l'occupation de postes détachés en avant de la ligne de défense (1).

Le terrain en avant de cette ligne ne doit cependant pas être envahi par l'assaillant sans qu'il y rencontre la résistance.

Nous avons déjà dit qu'en établissant certaines batteries de gros calibre sur quelques points de la position principale ayant des vues plus étendues, nous forcerions avec notre canon les colonnes de l'assaillant à se déployer de bonne heure, au moins en partie. Mais nous pouvons porter une fraction de notre artillerie, même en avant de la ligne de défense ; nous savons que cette arme est celle qu'il est le plus facile de retirer du combat ; envoyons donc en avant des batteries à cheval escortées par de la cavalerie, faisons-les suivre à distance par quelques bataillons, que nous *défendrons* expressément *d'engager* à portée efficace de mousqueterie et qui joueront le rôle de soutiens.

Nous arriverons non-seulement à obliger l'assaillant à se déployer fort loin de nos lignes, mais peut-être même par nos dispositions de troupes avancées, pourrons-nous l'induire en erreur relativement à notre ordre de bataille sur la position principale.

Pendant que l'ennemi fera sa reconnaissance préliminaire et même sa reconnaissance offensive, nous éviterons de nous engager ; mais nous ne lui céderons le terrain que juste au moment où il s'apprêtera à nous l'enlever de vive force.

Lorsque l'armée adverse arrivera sur la limite de la portée efficace de l'artillerie de notre ligne de défense, nous ouvrirons de plus le feu d'un certain nombre de batteries pour obliger l'ennemi à achever son déploiement avant de pénétrer plus avant.

_____

(1) Lire les débuts de la bataille du 16 août 1870.

Nous pourrons encore, au moyen de patrouilles d'officiers « *observant tous les mouvements de l'ennemi et rendant compte de tout ce qu'elles peuvent remarquer* » (Bt. 115), rassembler les données nécessaires pour prendre les dernières dispositions.

Si les troupes appelées à livrer le combat défensif, sont en marche en avant (ou en retraite), elles sont couvertes par une avant-garde (ou une arrière-garde); elles s'établissent sur la position, sous la protection de l'avant-garde (ou de l'arrière-garde), qui prend provisoirement une formation en halte gardée en dehors de la position, du côté de l'ennemi.

Est-il nécessaire d'ajouter que si l'avant-garde (ou l'arrière-garde) ne faisait pas son devoir, l'armée surprise en ordre de marche ne pourrait guère échapper à un échec?

Il est à désirer pour les motifs déjà plusieurs fois énoncés que l'ordre de bataille soit pris avant que l'ennemi ne se présente et que l'avant-garde (ou l'arrière-garde) n'ait point à le combattre d'abord seule. Les reconnaissances de la cavalerie serviront en tous cas à prévenir à temps de l'approche de l'ennemi.

65. Dispositif du bataillon d'infanterie pour le combat défensif.

Comment les troupes d'infanterie chargées de la défense des points d'appui seront-elles disposées?

« *Dans la défensive, au moins pendant la première période de l'engagement, les marches et manœuvres sont presque nulles, la direction s'exerce pour ainsi dire sur place. En outre la défense doit dissimuler la meilleure partie de ses forces pour les faire entrer en ligne au moment opportun et à l'improviste.* » R. S. (2ᵉ partie).

7.

« *La défense qui subit l'initiative de l'attaque doit dès le principe posséder les moyens de résistance suffisants et plus rapides.* » (C. 324).

« *Toutes ces considérations conduisent à diminuer d'une façon notable les distances entre les échelons et par suite la profondeur totale de la formation.* » (R. S. 2e partie.)

« *D'ailleurs il ne se produit plus comme dans l'attaque des temps d'arrêt qui viennent diminuer les distances entre les échelons* » (C. 324.)

La profondeur de la formation de combat devra donc être calculée de façon à satisfaire, dès le début, aux conditions de rapidité, de soudaineté indiquées plus haut. » (R. S. 2e partie.)

Comme ce sont les mêmes armes que dans l'offensive, qui sont en action, « *la subdivision du bataillon, le fractionnement des échelons restent les mêmes en principe.* » (R. S. 2e partie.)

Mais pour l'offensive nous avons dit que les deux compagnies sur la ligne de combat de chaque bataillon devaient avoir en action un fusil par mètre courant. « *Cette proportion, fixée comme un maximum pour l'offensive, peut être considérée, dans la défensive, comme un minimum.* » (R. S. 2e partie.) Il ne faut pas perdre de vue que des hommes postés peuvent, sans se nuire, être plus rapprochés que dans la marche.

Un fusil par pas sera une bonne moyenne pour la défensive.

Le front du bataillon sera ainsi réduit à 230 mètres ; mais il s'agit bien entendu de la garnison des points d'appui.

Le feu étant la grande force de la défense, il faut que cette force se manifeste dans sa plénitude. Nous avons déjà dit quels moyens il fallait employer pour y arriver (feux à étages, disposition en ligne brisée pour croiser les feux, distances

marquées à l'avance et surtout emploi de tous les abris naturels et éventuellement création d'abris artificiels).

La chaîne étant établie, passons aux divers échelons en
arrière.

Quand viendront-ils renforcer la chaîne? Évidemment
lorsque le feu de l'attaque sera devenu très-efficace et aura
causé des pertes. Or la marche sous un feu efficace entraîne
de nouvelles pertes; donc rapprochons le plus possible les
renforts et les soutiens de la chaîne et, comme nous les ex-
posons ainsi à recevoir les coups destinés à la chaîne et qui
la dépasseraient, plaçons ces renforts et ces soutiens derrière
des abris.

Créons-en avec la pioche si le terrain n'en offre pas.

Les soutiens notamment pourront être fractionnés dans
chaque compagnie; on les abritera plus facilement qu'en les
gardant réunis.

Il y a peu de risque à voir ici les renforts et les soutiens
se mêler trop tôt à la chaîne; car ils n'ont pas à bouger sans
un ordre formel.

Donc, on peut admettre que les renforts se tiendront à
100 mètres de la première ligne, les soutiens à 100 mètres
des renforts et la réserve à 300 mètres des soutiens. Dans les
bois et les villages, ces distances pourront encore être réduites.

Les renforts doivent être fondus dans la chaîne dès que
l'attaque dessinera son mouvement; les échelons d'un bataillon se trouvent dès lors réduits à 3, et les deux compagnies
de réserve, prenant la place des soutiens, sont plus rapprochées de la chaîne que l'ennemi ne l'est de celle-ci. Ces compagnies peuvent donc y arriver au moment du feu rapide,
avant que l'ennemi ne l'ait abordée.

Elles devront être toujours disposées séparées, de façon

que chacune soutienne immédiatement sa correspondante dans la chaîne.

Dans le même ordre d'idées, on peut modifier la formation normale de combat et mettre pour la défensive dans les bataillons de la ligne de combat « trois compagnies en chaîne et soutiens et une compagnie en réserve. » (*Inst. prat. des cadres.*)

Si le front à occuper correspond au front normal du bataillon, chaque compagnie occupe alors moins de 100 mètres. Remarquons du reste que, si les hommes sont abrités, ils peuvent sans inconvénient être placés sur deux rangs pour fournir les feux.

66. Règles des feux d'artillerie de la défense.

Examinons comment la défense réglera ses feux d'artillerie jusqu'au moment où l'assaillant fera irruption dans la position,

L'artillerie sera disposée, ainsi que nous l'avons dit, de manière à former courtine entre les points principaux. On s'efforcera de lui créer des emplacements abrités, conformément aux instructions en vigueur chez nous. Il ne sera pas indispensable qu'une chaîne de tirailleurs s'établisse en avant des batteries pour les protéger, si les points d'appui présentent une grande saillie en avant de la courtine d'artillerie.

Là où cette chaîne sera nécessaire, on la portera assez en avant des batteries pour qu'elle puisse remplir son rôle protecteur et ne pas être incommodée par le tir de sa propre artillerie.

Lorsque la disposition accidentée du terrain permettra de l'établir partout en avant des batteries, il sera bon d'en pro-

filer et d'avoir un double rang de feux étagés, l'un d'infanterie, l'autre d'artillerie (1).

Pendant que l'assaillant opère la reconnaissance de la position, il sera inopportun de démasquer toutes les batteries
et de faire ainsi connaître à l'ennemi leur force et leurs emplacements.

Nous avons dit que la mission de forcer l'ennemi à un
déploiement prématuré, revenait surtout à des batteries à
cheval détachées en avant sous la protection d'escadrons ;
ou bien qu'on pouvait mettre en action certaines batteries de
plus fort calibre disposées sur des points offrant des vues
très-étendues. Mais bientôt l'attaque déploie son artillerie ;
celle de la défense ne s'attachera à riposter avec toutes ses
batteries que si elle n'est pas trop inférieure en nombre à
celles de l'attaque.

D'ailleurs elle a toujours sur celle-ci certains avantages, elle
n'a pas à changer de position ; elle est probablement placée
derrière des épaulements ; les distances lui sont peut-être
connues ou tout au moins les appréciera-t-elle plus rapidement ; elle peut donc, à calibre égal et à nombre égal de
pièces, produire des effets supérieurs.

Mais, si l'artillerie de l'attaque parvient à prendre un ascendant marqué, celle de la défense ne doit pas s'obstiner à
soutenir une lutte inégale. Dans ce combat entre engins de
guerre, elle serait finalement détruite et, au moment décisif,
l'infanterie de la défense combattrait sans artillerie.

---

(1) Cette disposition en étages est bien plus nécessaire dans la défensive que dans l'offensive ; en effet les batteries de la défense ne peuvent
reculer en général, si l'infanterie de l'attaque, profitant du terrain,
arrive à moins de 1.000 mètres d'elles ; car, en se portant en arrière, elles
courent risque de n'avoir plus le même champ de tir. Il faut donc que
l'infanterie de la défense les protège à tout prix. L'artillerie de l'attaque
est libre au contraire de ne s'avancer que si elle le peut sans danger
et si elle y trouve avantage pour tirer plus juste.

Il vaut mieux dans ce cas que l'artillerie de la défense se taise, cherche à tromper les coups de ses adversaires et même à s'y soustraire par une retraite momentanée jusqu'à ce que l'infanterie de l'attaque s'avance en masse pour l'assaut.

Mais à partir de ce dernier moment, elle doit rentrer tout entière en action et au besoin se sacrifier. Elle prendra pour but les bataillons de l'attaque et ne devra plus cesser un seul instant d'en faire les points de mire de ses batteries.

Ce sera pour elle une obligation même au moment de l'assaut, et si les défenseurs de la ligne venaient à plier, l'artillerie n'hésitera pas à s'exposer à perdre ses pièces pour couvrir la retraite et briser l'élan des assaillants.

67. Règles du feu de l'infanterie de la défense pendant la préparation de l'attaque.

L'infanterie de la défense ne fournira d'abord qu'un feu modéré. Le tir aux grandes distances et en se servant de 2 ou 3 hausses, dont nous avons parlé à propos de l'attaque, sera avantageusement employé par la défense, si elle n'en fait pas abus, et si on dispose près des tireurs chargés de l'exécuter, un approvisionnement spécial de munitions. Il importe aussi qu'il ne soit pas fait de trop grosses erreurs dans l'appréciation des distances ; car alors, malgré l'emploi de plusieurs hausses, le feu serait sans grand danger pour l'ennemi. « Or, les feux inefficaces affaiblissent le moral de la troupe et exaltent celui de l'adversaire. » (Règlement de tir prussien.) Les chefs de bataillon devront donc être seuls autorisés à faire ouvrir ces feux, après avoir obtenu les munitions nécessaires et les avoir amenées près de leurs troupes.

Lorsque l'ennemi s'approchera de la distance de 500 mètres, les renforts se fondront dans la chaîne et on y portera les soutiens assez à temps pour répondre avec la supériorité

numérique des fusils en action, lorsque l'attaque parvenue à
300 mètres ouvrira le feu rapide. En les portant plus tard et
pendant le feu rapide de l'attaque, ils arriveraient désorganisés par ce feu.

Si la défense a usé avec sobriété et intelligence des feux
aux grandes distances, quelle que soit la rapidité avec laquelle l'attaque poussera ses troupes en avant, celle-ci ne
trouvera point les défenseurs de la position à court de munitions; elle aura donc à subir leur feu rapide dans toute sa
puissance.

Mais il faut remarquer aussi que si, par les feux à grande
distance, la défense est parvenue à faire ouvrir le feu rapide
à toute la ligne de combat de l'assaillant, lorsque celle-ci
était encore beaucoup trop éloignée de la position, ce sera
un véritable gage de succès pour la défense.

Aussitôt que l'assaillant sera arrivé à moins de 500 mètres,
la défense ne devra plus ménager les munitions; elle fera
d'abord porter en ligne les soutiens qui se trouveraient encore
en arrière.

Si l'espace ne manque pas, elle appellera aussi en totalité
ou en partie, les compagnies de réserve. Tout ce qui peut
trouver place sur la ligne de défense pour y faire le coup
de feu, doit accourir, et là, les officiers et sous-officiers
doivent forcer les hommes à fournir un feu efficace et les
retenir par tous les moyens possibles, les menaçant de faire
usage contre eux de leurs propres armes.

Il faut qu'on répète aux soldats qu'à ce moment, ils courent de plus grands dangers en tournant le dos qu'en faisant
tête à l'ennemi jusqu'à croiser le fer avec lui.

68. Rôle des bataillons de réserve de la première ligne.

Les défenseurs ont faibli sur quelques points et par les

trouées qui se sont produites, l'ennemi pénètre et se répand dans l'intérieur de la position. Pour l'arrêter, le rejeter au dehors, des réserves disposées immédiatement sont indispensables; s'il reste quelques compagnies de réserve des bataillons de la ligne de combat, on les emploiera; mais on aura recours surtout aux bataillons de réserve des régiments. Dans l'offensive, ces bataillons étaient chargés de combler les lacunes qui se produisaient dans la ligne; ici, leur rôle est de refermer les trouées que l'ennemi aura faites.

A cet effet, on ne jettera pas toujours en avant des bataillons massés, mais souvent des groupes de deux compagnies au plus, sur les détachements ennemis (assez désorganisés) qui s'aventureront dans l'intérieur de la position. Si le terrain ne permet pas un grand déploiement de forces (comme dans les villages, les bois), un petit détachement, s'il est vigoureusement dirigé, fera souvent reculer une force double ou triple.

Il ne s'agit pas ici d'une action en masse comme dans la contre-attaque proprement dite, mais plutôt de pointes hardies et poussées d'une façon opportune.

Les bataillons de réserve en arrière de la ligne de combat auront ainsi pour tâche de défendre les réduits et centres de résistance qu'on a pu organiser dans l'intérieur de la position. Le feu de ces centres de résistance servira du reste à appuyer l'action offensive des bataillons de réserve.

L'ennemi que son premier succès aura mis dans un état de désordre relatif, devra donc se mouvoir au milieu des feux de ces centres et des charges des bataillons de réserve. Aussi, ce ne sera pas sans peine que l'attaque arrivera jusqu'à la lisière opposée de la position.

Avec l'artillerie actuelle, généralement les réduits auront été canonnés et bouleversés (éventuellement incendiés, si ce sont des bâtiments) en même temps que les abris de la ligne de défense. Si la préparation de l'attaque a donc été suffisante, ces réduits seront moins qu'autrefois à redouter pour l'attaque, et il faudra que la défense fasse agir de suite la contre-attaque, si elle ne veut voir l'assaillant s'établir sur la position.

Mais on peut se demander si, même avant que l'assaillant ait pu pénétrer dans la position, il n'y a pas quelques moments où un mouvement offensif des troupes de la défense puisse être avantageux. En effet, il arrive souvent que, pendant que les assaillants s'avanceront à l'assaut, il se produira des vides dans leur ligne de combat; certaines fractions pourront se trouver très en avant de cette ligne par rapport aux fractions voisines.

Les troupes de la défense peuvent alors faire des contre-attaques en tombant sur les flancs non gardés de l'assaillant qui se sera aventuré.

« Ces contre-attaques doivent être courtes et énergiques; l'ennemi repoussé, les fractions de troupes qui les ont exécutées reprennent leurs postes; si elles échouent, elles se replient sans tarder, de manière à éviter d'être coupées.

« Le moment favorable pour les exécuter est celui où l'assaillant, arrivé à courte portée de la défense, masque le tir de sa propre artillerie. Il faut toujours choisir l'instant où l'attaque ennemie hésite et s'arrête; car alors l'ascendant moral est sur le point de passer chez le défenseur et un effort vigoureux peut avoir raison de l'attaque. » C. 336.

On emploie à ces contre-attaques des compagnies de réserve des bataillons de la ligne de combat ou mieux encore des compagnies des bataillons de réserve, toujours plus indépendantes des tirailleurs. Mais les contre-attaques de ce genre sont subordonnées aux circonstances; elles exigent que l'ennemi fasse des fautes; car il faudra bien se garder d'agir, comme nous venons de le dire, si l'assaillant s'avance résolûment et dans un ordre parfait; ce serait se préparer un échec à soi-même et donner à l'ennemi l'occasion de pénétrer rapidement dans la position en ne quittant pas les talons des fuyards.

69. Contre-attaque exécutée par la deuxième ligne.

Mais si les contre-attaques de cette espèce dépendent des circonstances, il en est une qui reste le couronnement obligé d'une défense active.

C'est celle qui s'exécute au moment où l'ennemi vient de pénétrer dans la position ; il a subi des pertes; les rangs sont confondus; l'exemple des officiers entraîne les hommes plus encore que la discipline. L'assaillant marche à découvert, les yeux fixés droit devant lui et sur les défenseurs qui battent en retraite; son élan est donc redoutable pour tout ce qui se trouve directement opposé à son passage. L'idée d'une attaque venant d'ailleurs que de front, semble lui être momentanément étrangère.

Quelle meilleure occasion peut-il donc survenir pour pousser une contre-attaque vigoureuse contre les flancs de l'assaillant? nous disons les flancs, parce que c'est là qu'il est le moins préparé à opposer de résistance. La deuxième ligne de l'attaque n'a pas encore pénétré dans la position ; mais eût-elle suivi immédiatement la première qu'elle se trouverait prise en flanc par la contre-attaque en même temps que celle-ci.

En agissant ainsi, nous permettons aux défenseurs qui ont battu en retraite devant l'attaque, de faire volte-face et de rouvrir le feu contre les assaillants. De plus les points d'appui de la ligne de défense ayant été dépassés par l'attaque, celle-ci a pénétré dans ce que nous appellerons le champ de bataille intérieur de la position. Les garnisons des points d'appui peuvent donc la cribler également de feux d'enfilade et de revers.

Les réserves destinées à agir offensivement se composeront, en premier lieu, des réserves particulières des garnisons des points d'appui (bataillons de réserve de la première ligne) qui se trouvent disposées derrière ces points. Elles peuvent, par un à-droite ou un à-gauche, tomber dans le flanc de l'assaillant qui a pénétré entre deux points d'appui. Quant à la réserve générale de cette partie du champ de bataille, elle est formée par la deuxième ligne et subsidiairement par les bataillons désignés par le commandant en chef pour former la réserve qu'il garde à sa disposition.

L'ennemi dans son mouvement en avant a épargné à ces réserves une partie de la distance qu'elles auraient à parcourir ; la deuxième ligne de la défense va exécuter spécialement une attaque dont la meilleure préparation sera la défense qu'aura opposée la première ligne.

Enfin l'artillerie placée en courtine entre les points d'appui a dû devant l'invasion des assaillants se retirer vers la deuxième ligne et prendre de nouvelles positions. Sa coopération immédiate à la contre-attaque ne devra pas être négligée (1).

---

(1) Dans l'armée française, le mécanisme de la contre-attaque est trop peu connu ; car, en fait de défensive, on se borne le plus souvent à la défensive passive. La contre-attaque ne peut être figurée qu'en terrain varié pendant les grandes manœuvres et cependant on s'y exerce peu ou point du tout. La manière rapide, soudaine dont elle doit se présenter, nécessite des modifications au mécanisme habituel de l'attaque. Ainsi la chaîne des tirailleurs ne doit entrer en ligne que renforcée et avec des soutiens rapprochés d'elle et prêts à se fondre eux-mêmes dans la chaîne. Condition d'espace, condition de temps, tout cela doit être diminué relativement à l'attaque ordinaire. Le problème doit être étudié aux manœuvres, car il constitue une des difficultés du combat défensif.

70. Importance d'une fixation judicieuse de l'emplacement des troupes chargées de la contre-attaque.

La deuxième ligne aura-t-elle toujours le temps de franchir la distance qui la sépare du lieu où se fera la contre-attaque?

Il y a là une question d'appréciation comme il s'en trouve beaucoup dans le combat défensif. Si les points d'appui offrent une résistance suffisante, s'ils développent beaucoup de feux sur les assaillants pour empêcher ceux-ci de se rallier et de s'établir ; si les réserves particulières entrent en ligne contre l'ennemi avec toute l'énergie nécessaire ; l'assaillant aura fort à faire pour reprendre un ordre de bataille quelconque, et la réserve générale pourra arriver à temps pour le trouver encore dans la situation désavantageuse que se propose d'exploiter la contre-attaque.

Si nous considérons le cas où l'assaillant est excité à agir plus spécialement contre une des ailes de la ligne de défense et si la réserve est disposée en échelon en arrière de cette aile, par un simple mouvement en avant cette réserve prendra en flanc l'ennemi qui s'avancera pour prendre d'enfilade notre aile menacée. Ce mouvement pourra se faire même avant que l'assaillant ne soit arrivé dans l'intérieur de la position.

Enfin nous avons dit qu'un des moyens employés pour dérober une aile aux attaques de l'ennemi, était de la refuser en la reportant à une certaine distance en arrière, mais suivant une direction parallèle à la première. Les deux ailes sont alors reliées par un coude de la ligne de bataille qui peut servir à flanquer l'aile qu'on a refusée.

Si l'ennemi s'obstine à attaquer celle-ci, la contre-attaque peut être opérée par une réserve disposée à hauteur du coude en question et qui viendra prendre en flanc les assaillants, s'ils abordent l'aile qui a été refusée.

Cependant l'ennemi peut avoir des raisons majeures pour attaquer néanmoins cette aile si bien protégée ; ce sera par exemple parce qu'en la refoulant, il s'emparera de la ligne de retraite obligée de son adversaire ; peut-être même la configuration du terrain rend-elle les mouvements d'approche contre cette aile moins difficiles que contre l'autre. La défense examinera ces circonstances et prendra ses dispotions en conséquence.

Autrefois il existait une forme du combat défensif, qui a valu de brillantes victoires à ceux qui l'ont adoptée.

On fortifiait le centre de la ligne de défense, et lorsque les deux armées s'étaient abordées, celle dont le centre était bien fortifié et par suite bien gardé, quoique par peu de monde, lançait en avant ses deux ailes renforcées pour envelopper les flancs de son adversaire. Cette manœuvre ne réussirait plus de nos jours contre un ennemi habile ; car celui-ci éviterait de s'engager au centre, et comme il a l'initiative de l'attaque, il tomberait avec la supériorité du nombre sur une des ailes de l'ennemi.

Dans le combat moderne, qui permet, avec peu de monde pourvu des bonnes armes actuelles, de tenir en échec *pendant quelque temps* des forces supérieures, la disposition signalée est donc vicieuse.

Mais elle peut être appliquée avec beaucoup de succès dans un engagement entre quelques compagnies, parce que le front de combat est peu étendu ; dès lors, si un de ses points est attaqué, la ligne, sinon entière, du moins en grande partie, peut par des feux à grande portée soutenir la défense du point menacé. Dans ce cas aussi, la réserve n'aura qu'une faible distance à parcourir et arrivera à temps. La tactique consistera alors à conduire tous ses mouvements offensifs sous la protection des feux d'un point d'appui central (1).

Si nous comparons maintenant la théorie du combat offensif à celle du combat défensif, à première vue la défensive se présente sous l'aspect le plus séduisant et paraît être la forme de combat la plus forte ; mais un examen plus approfondi nous apprend ensuite que pour elle bien des éléments de succès dépendent des circonstances.

Or, c'est au génie principalement qu'il est possible de savoir toujours tirer profit des circonstances; encore sous-entend-on qu'il sera secondé par des officiers expérimentés et des troupes solides. Mais a-t-on toujours des troupes solides, des officiers expérimentés et un génie pour les guider?

Nous devons donc en conclure que, si de prime abord la défense active (nous rejetons absolument la défense passive) paraît être la forme la plus avantageuse pour combattre, elle jette celui qui l'adopte dans mille difficultés d'exécution qui peuvent finalement amener l'insuccès, ou tout au moins une issue douteuse exigeant que la lutte se renouvelle le lendemain.

Nous sommes donc ramenés encore une fois vers nos traditions d'offensive, non plus parce que ce sont nos traditions, mais parce qu'elles constituent la tactique la plus simple et la plus facile à appliquer.

Jusqu'au moment où le succès se décide sur le champ de bataille, si le danger pourra être plus grand pour l'assaillant que pour le défenseur, la direction sera toujours plus facile

(1) Si la distance de 500 mètres doit être considérée comme la limite de la portée efficace des feux de masse de l'infanterie, ce sera le cas d'appliquer la tactique ci-dessus développée, lorsque la ligne de bataille ne s'étendra pas à plus de 500 mètres à droite et à gauche du point d'appui central. La réserve se tiendra à couvert derrière ce point.

pour le premier que pour le second. Mais à ce dernier tout
le danger, s'il est forcé de battre en retraite.

VIe CONFÉRENCE

DERNIÈRE PHASE DU COMBAT SOIT OFFENSIF SOIT DÉFENSIF
POURSUITE OU RETRAITE

71. La défense est vaincue; comment opérera-t-elle
sa retraite?

Les troupes des deux partis luttent à petite distance sur la
position même; on ne peut donc plus considérer séparément
l'assaillant et le défenseur. Aussi allons-nous examiner les
diverses éventualités qui peuvent se présenter en nous occupant des deux partis à la fois.

Admettons d'abord que l'attaque soit victorieuse; la contre-
attaque a été repoussée; les réduits de la position sont pris
ou tout au moins étroitement cernés; les défenseurs évacuent
de tous côtés la position, le plus souvent en désordre.

Mais les assaillants n'ont pas remporté leur succès sans
de grands efforts; aussi, dès que la résistance cesse d'être
énergique, se produit-il une certaine détente dans les rangs
de l'attaque.

D'un autre côté, le succès ne devient pas évident pour le
vainqueur aussi rapidement que pour le vaincu; le premier
craint encore un retour offensif, tandis que le second est
déjà dans le désordre de la déroute.

Aussi ce que le vaincu a de mieux à faire, c'est de se mettre
rapidement hors de la portée efficace des fusils du vainqueur,
en profitant, s'il y a lieu, de la configuration du terrain.

Nous avons dit combien les feux rapides étaient funestes
aux troupes en retraite; aussi cette retraite, où le jarret joue

un certain rôle, ne peut continuer sans dégénérer en débandade complète.

Cependant l'assaillant n'a pas enlevé la ligne de défense
de toute la position, mais seulement la partie de cette ligne
qui se trouvait en face de la partie offensive de son armée.
Dans la partie des troupes vaincues qui se trouve en face
de la partie défensive de l'armée victorieuse, il y a des ressources que la défense peut mettre en jeu. Il y en a même
peut-être encore dans la partie envahie et conquise.

Or ce qu'il faut enrayer de suite, c'est la poursuite trop
acharnée du vainqueur qui ajouterait pertes sur pertes.

« *Dans bien des cas, la deuxième ligne, mettant à profit le
temps que lui laisse la résistance plus ou moins prolongée de
la première, pourra organiser en arrière, au moyen de quelques travaux de fortification, une deuxième ligne de défense,
qui sera très-utile pour arrêter un ennemi vainqueur, protéger la retraite de la première ligne et, le cas échéant, changer la face des choses en permettant de reprendre l'offensive
au moment opportun.* » (Br. 47.)

72. Rôle d'une deuxième ligne de défense.

Cette deuxième ligne de défense se composera, comme la
première, de points d'appui ; mais il suffira qu'ils se flanquent entre eux à très-grande distance par l'artillerie. Ils
seront donc peu nombreux et situés de façon à couvrir la
ligne de retraite.

Il ne peut être question d'y mettre pendant le combat une
forte garnison, car on s'affaiblirait fort intempestivement ;
mais lorsque la retraite sera ordonnée ou forcée, s'il reste
encore quelques troupes intactes, elles se jetteront rapidement
dans les points fortifiés de la deuxième ligne. Il ne s'agit pas
d'y faire longue résistance, mais d'y tenir tête assez long-

temps pour que les troupes battues puissent, suivant leur état, se rallier pour un retour offensif, ou s'éloigner, sans déroute, hors de la portée du canon du vainqueur.

L'artillerie de la défense viendra se poster à l'abri du feu de mousqueterie des points d'appui de la deuxième ligne, et comme elle est l'arme qui subit le moins vivement les impressions du combat, on pourra lui demander d'imposer par sa contenance un temps d'arrêt à la poursuite du vainqueur. Il est évident que cette deuxième ligne de défense ne doit pas être trop rapprochée du théâtre où a eu lieu la lutte principale. Une distance d'au moins 1.800 mètres est nécessaire. Les assaillants ne franchiront pas de suite cette distance, dans l'état de confusion où il se trouvent : ils se rallieront d'abord, et le temps qu'ils y emploieront sera un répit utile pour les troupes battues, y compris celles qui doivent tenir pendant quelque temps encore dans les points d'appui.

La cavalerie de la défense aura aussi un rôle à jouer dans cette circonstance : nous en parlerons dans la conférence spéciale pour la tactique de cette arme.

Puisqu'un mouvement de retraite rapide, au moins pendant les premiers instants, est un bon moyen pour éviter un désastre, il est admis que les défenseurs d'une position ne doivent point, pour se retirer, avoir à traverser des défilés, et surtout un défilé unique. On ne prend point position en ayant à dos une ville, une rivière, un marais ou une forêt (1),

---

(1) Une forêt peut cependant servir à couvrir la retraite d'un petit corps, parce que l'infanterie peut traverser la forêt sans faire usage des chemins, qui restent alors réservés à l'artillerie, peu nombreuse dans ce cas. La lisière de cette forêt sert alors de deuxième ligne de défense. Mais, lorsqu'il s'agit d'une armée pourvue d'une artillerie nombreuse, il est bien rare que les chemins ne s'obstruent pas, et dès lors le matériel resté en arrière est généralement perdu. De plus, l'infanterie aura des tendances à se débander, si elle doit marcher pendant quelque temps en pleine forêt, sous le feu des tirailleurs qui la poursuivent.

8

surtout si celle-ci est épaisse, car l'écoulement des troupes en retraite ne se ferait point assez rapidement par l'unique point ou les quelques points de passage. Le canon du vainqueur et bientôt ses feux rapides exerceraient des ravages énormes dans la foule qui se presserait à l'entrée des défilés.

Lorsque la ligne de retraite passe par une ville ou même un village, il est bon de pratiquer à l'avance des passages pour permettre aux masses en retraite, notamment à l'artillerie, de contourner la ville ou le village. Si l'on permet le passage par un lieu habité, des voitures peuvent verser ou être brisées par les obus ennemis et obstruer les rues. Or, si le passage doit se faire indispensablement par celles-ci, le matériel, arrêté par cet obstacle imprévu, tombera au pouvoir du vainqueur.

On transformera avantageusement la ville ou le village en un point d'appui fortifié, dont le feu arrêtera la poursuite de l'ennemi, et dès lors tout passage par ce point fortifié doit être rigoureusement interdit.

73. Observations sur la direction des lignes de retraite.

Présentons ici quelques observations sur les lignes de retraite au point de vue tactique.

La ligne de retraite d'une armée est fixée par des considérations stratégiques. Lorsque cette ligne se trouve bien protégée, la position de l'armée est des meilleures. Cette ligne sera

---

En définitive, il faudra être certain que l'ennemi ne prendra pas pied dans la forêt avant que le gros de l'armée ne l'ait évacuée, et en second lieu que les chemins permettront de faire écouler rapidement l'artillerie en retraite.

Exemples : le bois d'Ajou, près la Rothière, en 1814, et la forêt de Soignes, près Waterloo, en 1815.

bien protégée si elle se trouve derrière le centre de la position, ou derrière une aile qui ne soit pas susceptible d'être attaquée. Mais lorsqu'elle s'étend perpendiculairement ou obliquement derrière l'aile menacée, l'armée est dans une situation des plus critiques; car, si elle est battue, elle perd en même temps ses communications et elle est bien près d'être anéantie.

La situation est plus dangereuse, s'il est possible, lorsque la ligne de retraite est dans le prolongement de l'aile menacée, car alors le moindre mouvement tournant de l'ennemi intercepte les communications.

Il est cependant un cas où une armée est forcée de combattre dans cette dernière situation. En effet, supposons une armée chargée de la défense d'un fleuve; elle ne veut pas s'opposer directement à l'ennemi; mais celui-ci ayant passé le fleuve avec des forces plus ou moins considérables, elle lui fait face et se propose de l'attaquer immédiatement, avant qu'il se soit établi. Elle appuie à cet effet son flanc droit, par exemple, au fleuve, mais alors l'emplacement de la réserve derrière le flanc gauche est tout indiqué. Or, comme la ligne de communication se trouve à peu près dans le prolongement de l'aile gauche, cet ordre de bataille serait vicieux si on se proposait d'y rester longtemps sur la défensive. Mais il faut admettre au contraire qu'on est supérieur en nombre à son adversaire, qui n'a pu encore effectuer son passage qu'avec une partie de ses troupes.

Si on lui livre de suite une bataille offensive, en la menant méthodiquement, celle-ci aura pour but d'acculer l'ennemi à ses ponts et de l'exposer à un désastre.

74. Comment l'attaque victorieuse opérera-t-elle la poursuite?

Revenons aux troupes du vainqueur. Après le succès est

survenu un moment de détente, d'inertie, qui est comme un point mort à dépasser. Il faut cependant s'attacher à tirer toutes les conséquences de sa victoire, si on ne veut recommencer la lutte le lendemain. Il faut poursuivre l'ennemi ; mais on ne peut le faire avec des troupes mêlées et confondues.

Donc, pendant que certaines fractions sont appelées par leur position à fournir les feux rapides de mousqueterie contre les fuyards, il importe de rallier promptement les autres,

L'artillerie, dont l'ordre tactique n'a pas été troublé par l'attaque comme cela a eu lieu pour l'infanterie, prend position et poursuit de ses projectiles les bataillons en retraite.

La cavalerie de l'attaque, tenue jusque-là à distance, entre également en ligne ; nous en parlerons plus loin.

Il est peu probable que l'attaque possède à l'aile offensive, et spécialement en deuxième ligne et en réserve, beaucoup de troupes intactes. S'il en existait, elles devraient se porter immédiatement contre les points d'appui de la deuxième ligne de l'ennemi par l'occupation desquels celui-ci pense arrêter la poursuite.

Les bataillons les premiers ralliés et reformés suivront le mouvement, qui sera appuyé par toute l'artillerie disponible.

La poursuite ne doit pas être prolongée outre mesure et avec des forces insuffisantes, car celles-ci s'exposeraient à être coupées ou à tomber dans des embuscades tendues par l'arrière-garde de l'ennemi en retraite.

On ne doit pas non plus abandonner totalement les positions conquises ; il faut au contraire désigner une partie des troupes pour s'y installer solidement.

Mais l'armée ennemie entière ne s'est pas mise en retraite à la fois ; il faut revenir à l'aile défensive de l'attaque et examiner la situation du combat sur ce point.

Le rôle principal de cette aile est d'empêcher que les

troupes qui lui sont opposées n'aillent au secours des troupes attaquées par l'aile offensive. Les succès de cette dernière aile lui permettent en ce moment de tomber dans le flanc des troupes de la défense restées en face de l'aile défensive.

Aussi celles-ci se hâtent-elles de changer de front pour faire tête aux envahisseurs de la position, tout en maintenant ceux qu'elles combattaient jusque-là de front.

Tout au moins, avec les réserves particulières qui sont encore disponibles et une partie de l'artillerie, formeront-elles un crochet défensif, face à la nouvelle attaque.

Ce crochet dirigera des feux de flanc contre les troupes envahissantes et victorieuses, et paralysera la poursuite qui commençait.

Maint exemple prouve qu'à la guerre, souvent n'est réellement battu que celui qui consent à se considérer comme tel.

S'il existe encore quelques réserves disponibles, si la deuxième ligne de défense est solidement occupée en arrière du point où la position a été envahie, si à l'abri de cette ligne les troupes battues se reforment rapidement, tout n'est pas encore perdu.

Cependant ce sera au commandant en chef de la défense à apprécier la situation et à voir si, au lieu d'un retour offensif, dont le succès est improbable, il ne vaut pas mieux porter en arrière les troupes qui défendent encore la position, et les points d'appui de la deuxième ligne de défense leur permettront d'effectuer ce mouvement en faisant bonne contenance.

Sous la protection de ces points, l'armée peut ensuite prendre son ordre de marche, et le soin de couvrir sa retraite reviendra à l'arrière-garde ; le combat est terminé.

Mais si la fortune doit être tentée et la lutte continuée,

8.

ce ne sera qu'avec des réserves de la partie purement défensive de la ligne de bataille que le commandant en chef de la défense pourra reprendre, dans la partie de la position envahie par l'assaillant, l'œuvre déjà tentée, mais sans succès, par la contre-attaque.

Or, dans ce moment, l'assaillant ne négligera rien pour arriver à tourner l'aile de la ligne de bataille qu'il n'a fait qu'observer jusqu'ici. Il pourra avec peu de monde obtenir de grands résultats ; car il n'a pas à craindre de s'y heurter contre de fortes réserves.

S'il arrive à ses fins, l'armée ennemie sera tournée par les deux ailes, presque enveloppée, et si la configuration du terrain s'y prête, une très-grande partie de cette armée, cernée de toutes parts, sera dans la nécessité de mettre bas les armes, si elle ne parvient à se frayer un passage au prix de pertes considérables.

La victoire sera alors complète.

75. L'attaque est repoussée, comment la retraite des assaillants s'opérera-t-elle ?

Passons à l'hypothèse dans laquelle l'attaque exécutée par l'aile offensive est repoussée. En parlant, dans la conférence sur le combat offensif, du rôle des bataillons de réserve et de la deuxième ligne, nous avons dit que ce rôle consistait dans l'occupation, la mise en état de défense et la garde des points importants conquis par la ligne de combat pendant sa marche en avant.

C'est en effet le meilleur moyen de briser les retours offensifs de la défense et d'éviter de voir dégénérer en déroute la retraite des troupes repoussées, après avoir été engagées.

Si l'attaque conserve jusqu'au dernier moment une

réserve, si petite qu'elle soit, elle ne pourra pas en faire un
meilleur usage, tant qu'il ne sera pas urgent de l'engager,
que de lui confier la garde des points en question.

Soit que les troupes assaillantes n'aient pu arriver jusque sur la position et, déjà ébranlées par le feu de l'ennemi,
aient lâché pied devant les contre-attaques exécutées en
avant de la ligne de défense ; soit qu'elles aient été expul-
sées de la position par une contre-attaque en masse agissant sur le champ de bataille intérieur, il ne faut pas songer à rallier sous le feu de la défense les troupes de
l'attaque qui ont été repoussées.

La ligne de défense sera occupée de nouveau par le défenseur, qui désignera à cet effet, s'il est possible, les mêmes
fractions que précédemment, et la poursuite sera continuée
par les troupes de la contre-attaque, après les avoir renforcées, s'il en est besoin.

Tout ce que nous avons dit du rôle de la deuxième ligne
de défense après la prise d'une position, s'applique à la
ligne de défense improvisée, créée et gardée par les réserves
non encore employées par l'attaque au moment où celle-ci
subit son échec.

La ligne de combat de l'attaque ne doit pas nécessairement battre en retraite en entier parce que ce mouvement
aura été exécuté par une partie de cette ligne. Il faut mettre
plus d'énergie dans la lutte. Les fractions immédiatement
voisines de celle qui a lâché pied doivent s'arrêter, disposer
de suite une partie de leur monde face à la trouée, tandis que
l'autre continue à maintenir l'ennemi qu'elle a en face d'elle.
Elles utilisent tous les points d'appui que peut offrir le terrain et se disposent de façon à être flanquées par le feu de
ces points, que gardent d'ailleurs les réserves.

Si l'ennemi se jette dans la trouée qui s'est produite, il
aura ses flancs très-exposés, sera soumis à des feux croisés

nombreux et sera probablement forcé à reculer à son tour.

Il n'y a pas lieu d'examiner comment l'assaillant, définitivement repoussé, s'éloignera du champ de bataille ; ce serait tomber dans des redites, ce sujet ayant été discuté déjà dans l'hypothèse de l'armée de l'attaque victorieuse de celle de la défense.

VIIe CONFÉRENCE

ACTION SPÉCIALE DE L'ARTILLERIE COMBINÉE AVEC CELLE DE L'INFANTERIE OU OPPOSÉE A ELLE PENDANT LE COMBAT

76. L'officier commandant l'infanterie a des ordres à donner à l'officier commandant l'artillerie attachée à cette infanterie.

Dans les études précédentes, nous avons reconnu l'importance de l'action de l'artillerie et la nécessité de combiner cette action avec celle de l'infanterie.

Cette nécessité, bien que démontrée par des faits nombreux, n'est point encore suffisamment reconnue dans notre armée. On semble y admettre que l'officier d'artillerie commandant des batteries attachées à un corps d'infanterie n'a aucune instruction à recevoir de l'officier qui est à la tête de ce dernier. L'officier d'artillerie agira, dit-on souvent, selon les circonstances et en se conformant aux règles de la tactique spéciale de son arme. Il ne doit cependant pas en être ainsi.

Les Prussiens avaient fait la campagne de 1866 dans ces idées ; ils reconnurent ensuite combien elles étaient fausses ;

ils virent qu'ils s'étaient privés pendant cette guerre d'une très-grande partie de l'appui qu'aurait pu leur prêter leur artillerie.

Aussi adoptèrent-ils en 1870 une tactique bien différente, et les succès de leur infanterie dans cette dernière guerre auraient été douteux si cette infanterie n'avait été aussi vigoureusement et aussi intelligemment secondée par son artillerie.

Si l'action de l'artillerie doit être combinée avec celle de l'infanterie, comme les officiers de cette dernière arme ont généralement le commandement supérieur, il devient évident que les officiers d'infanterie doivent être initiés à la tactique d'artillerie. De bonnes études théoriques sur ce sujet leur sont nécessaires ; car ils ne retireront pas à cet égard des grandes manœuvres le même profit que, par exemple, pour la tactique de l'infanterie ou celle de la cavalerie.

Dans les manœuvres, l'artillerie dénote sa présence par la détonation de ses pièces ; mais, vu les distances auxquelles elle se place, on ignore généralement sur quoi elle tire. On s'habitue ainsi à ne plus voir en elle qu'un moyen de faire du bruit, d'annoncer l'intention de combattre, et il s'ensuit que les instructions et avis que les officiers d'infanterie doivent envoyer à ceux de l'artillerie et que ceux-ci ont besoin de recevoir pour que les manœuvres aient quelque profit pour eux, tout cela est omis.

Puissions-nous ne pas les omettre un jour sur le champ de bataille, bien que chacun sache qu'on ne fait bien alors que ce qu'on est habitué à bien faire en temps de paix.

Nous avons déjà exposé une partie des principes de la tactique de l'artillerie dans ses rapports avec celle de l'infanterie ; il convient d'en ajouter encore d'autres et de très-importants.

77. Il faut se donner le plus tôt possible la supériorité d'action en artillerie.

En premier lieu on peut affirmer que les fautes dans l'emploi de l'artillerie, pendant une action, ne seront jamais, ou du moins très-rarement, réparables.

Une batterie mise hors de service ne peut rentrer en ligne dans la même journée comme le ferait un bataillon qui aurait été repoussé.

Si votre artillerie a le dessous dès les débuts d'une affaire, il lui sera dificile de reprendre l'avantage, et dès lors il reste peu de chances de succès pour l'infanterie ; car ni l'attaque ni la défense ne peuvent arriver à leurs fins sans l'appui le plus énergique de l'artillerie. Il faut donc se donner le plus tôt possible la supériorité d'action en artillerie et la conserver ensuite pendant toute la durée du combat. Donc, pour la préparation de l'attaque, toute pièce d'artillerie disponible doit se trouver en batterie.

Puisque l'artillerie doit entrer en ligne avant les masses d'infanterie, elle doit se trouver le plus près possible de la tête des colonnes, et non à la queue comme troupe de réserve, ainsi que cela est arrivé dans nos armées. Le général commandant l'artillerie de la garde prussienne, prince de Hohenlohe, émettait déjà cette idée en 1869 :

« Il est indispensable que les troupes marchent dans l'ordre suivant lequel on présume qu'elles seront employées; car on les conduit généralement à l'ennemi dans leur ordre de succession. »

Aussi prescrit-on aujourd'hui que dans un corps d'armée s'avançant sur une seule route, l'artillerie de la 1re division (moins ce qui est à l'avant-garde) marchera après le 1er bataillon de la fraction de cette division qui fait partie du gros de la colonne ; que l'artillerie de corps marchera immédiatement après la 1ᵣᵉ division et l'artillerie de la 2ᵉ division après la 1ᵣᵉ brigade de cette division. (Instruction sur les marches en campagne.)

A l'avant-garde, on ne détache plus une section comme autrefois, mais au moins une batterie, et lorsque l'avant-garde comporte une brigade d'infanterie (ce qui arrive fréquemment si l'on s'attend à combattre dans la journée), on y attache deux et trois batteries.

« Le régiment d'artillerie de corps ne devra pas faire partie des troupes de réserve, mais des troupes de bataille ; aussi n'appartient-il pas à la réserve du corps d'armée, mais bien au corps de bataille principal (1). » (*Prince de Hohenlohe*, 1869.)

Pendant la dernière guerre, les Allemands allèrent plus loin ; ils lancèrent leur artillerie en avant sur le champ de bataille en la faisant escorter par quelques escadrons seulement (2). Un pareil emploi de l'artillerie et de la cavalerie est opportun lorsqu'il s'agit d'envoyer à une allure rapide un renfort d'artillerie à des troupes déjà engagées et qui, par conséquent, couvrent le mouvement. On pourra dans ce but, modifier l'ordre de marche normal et placer en tête des divisions de deuxième ligne la cavalerie et l'artillerie de ces divisions.

78. Ordres à adresser à l'artillerie par l'officier commandant en chef.

Pendant le combat, quels ordres l'artillerie doit-elle rece-

---

(1) De là, le changement de son ancienne dénomination d'artillerie de réserve en artillerie de corps.

(2) Citons comme exemples le 9ᵉ hussards avec deux batteries de la 16ᵉ division, le 6 août 1870, à Spicheren ; la cavalerie et deux batteries de la 2ᵉ division, le 14 août, à Borny ; toute l'artillerie de corps du 2ᵉ corps escortée par le 11ᵉ dragons, le 18 août, à Gravelotte.

voir des officiers généraux d'infanterie commandant les
troupes auxquelles elles sont attachées ?

En principe, l'artillerie divisionnaire doit être à la disposition entière du général commandant la division et ne recevoir d'ordres que de lui. Celui-ci doit traiter les quatre
batteries attachées à sa division comme s'il s'agissait d'une
de ses brigades d'infanterie, et il doit adresser (sauf le cas
d'urgence) tous ses ordres à l'officier supérieur d'artillerie
commandant les quatre batteries. Ce sera le meilleur moyen
de ne pas avoir à s'ingérer (à tort!) dans les détails techni-
ques de l'arme.

De son côté, le régiment d'artillerie de corps est à la
disposition du général commandant le corps d'armée ; il marche réuni ou par groupe de batteries, sur l'ordre que lui
transmet le général commandant l'artillerie du corps d'armée, lequel le reçoit du général commandant le corps
d'armée.

79. Choix de la position à faire occuper par l'artillerie.

C'est donc, en principe, au général commandant la division
d'infanterie à choisir la position où se mettra en batterie
l'artillerie de sa division.

Quand nous parlons de position, nous ne voulons évidemment pas dire qu'il devra fixer exactement la position de
chaque batterie. C'est un détail technique qui regarde l'officier d'artillerie. Mais il devra dire que l'artillerie s'étendra
de tel point à tel autre, qu'elle laissera tels intervalles pour
le passage de l'infanterie ou pour tout autre motif.

Le commandant de l'artillerie, accompagné de ses capitaines, recherchera ensuite l'emplacement précis de chaque
batterie.

Or quelles sont les conditions que doit remplir une bonne
position pour l'artillerie?

Elles peuvent se résumer en une seule : *Permettre de
bien voir le but à battre*. Comme le dit le règlement d'artillerie allemand : « Dans le choix d'une position, l'efficacité
doit toujours primer la sécurité. » C'est au général de division d'infanterie à assurer la sécurité de son artillerie par
les dispositions de son infanterie.

On est donc porté à placer les batteries sur des emplacements ayant un certain relief, afin de permettre de bien voir,
afin d'avoir un champ de tir aussi étendu que possible ; car
il se peut que le but assigné d'abord au tir devienne secondaire, et qu'il faille en canonner un autre à droite ou à
gauche ; il faut alors pouvoir, sans déplacer la batterie et
par un simple mouvement des pièces, ouvrir le feu sur le
nouveau but.

La position doit donc avoir des vues dans un grand nombre de directions.

Si la position a un trop grand relief au-dessus du but, les
projectiles de l'artillerie ficheront dans le sol sous un grand
angle, ce qui est une mauvaise condition pour l'efficacité
des obus percutants et du tir en général.

Les abords de la position seront d'ailleurs en angle mort
dans ce cas et permettront à l'ennemi de s'en approcher trop
facilement.

Enfin, de toutes manières, les crêtes et les sommets du
terrain sont de mauvais emplacement pour des pièces ; car
le sol y est très-inégal. Il vaut mieux descendre à mi-côte
et occuper généralement des endroits où la pente est moins
rapide. Il est bon aussi que les batteries ne se profilent pas
sur un arrière-plan, tel que le ciel, des bois, etc., etc., et tout
ce qui faciliterait à l'adversaire l'observation de ses coups.
Il est utile enfin qu'elles ne se trouvent pas dans le voi-

sinage d'objets pouvant servir de points de repère, tels que des constructions, de grands arbres, etc.

Les mamelons, comme les crêtes étroites, seront mieux utilisés comme observatoires que comme positions. Néanmoins un certain commandement sur le terrain qu'occupe l'ennemi, est toujours avantageux, car il facilite l'observation des coups et le pointage des pièces. De plus il ne permet guère à l'ennemi de s'avancer en se défilant des vues des points plus élevés.

En dernier lieu, il ne faut choisir comme position d'artillerie que des endroits offrant un espace suffisant pour placer convenablement toutes les pièces ; 20 mètres est l'intervalle désirable entre les pièces ; 15 mètres est l'intervalle normal qui peut, en cas de nécessité, être réduit à 10 mètres.

Si l'on considère qu'il faut entre les batteries un intervalle plus grand qu'entre les pièces, pour bien scinder les commandements, on voit que l'espace à assigner à une batterie varie entre 80 et 150 mètres. Ces données permettront de calculer quel développement de front il faut pour placer une certaine force d'artillerie.

De ce que le général de division d'infanterie choisit la position que doit occuper l'artillerie, il s'ensuit que si elle doit former plusieurs groupes, le général doit dire aussi combien il y aura de batteries dans chaque groupe.

En principe, les batteries divisionnaires doivent former un seul groupe ; mais, pour mieux voir tous les buts, on peut être obligé de former des groupes de deux batteries, et enfin la configuration du terrain peut être telle que ci ou là on ne puisse même placer qu'une batterie. Dans tous les cas, il ne faut pas perdre de vue pourquoi l'on réunit les batteries sur le champ de bataille.

Napoléon le dit dans sa correspondance avec Clarke : « Il faut réunir cette masse de canons dans un court espace, de manière qu'ils puissent se défendre ensemble et frapper le même but. Les plus grands moyens, éparpillés, ne produisent aucun résultat en artillerie, en cavalerie, en infanterie, en places fortes et dans tout le système militaire. »

Avec les grandes portées actuelles, on n'est point aussi strictement obligé qu'autrefois de grouper les batteries pour les faire tirer sur le même but. Il suffit, en théorie, de donner des instructions pour faire converger sur le but (même à grande distance) le tir des diverses batteries ; mais en pratique, au milieu du feu du champ de bataille, cela présente de grosses difficultés.

80. Indication des points à battre.

Le deuxième point à régler par le général de division est l'indication des points à battre. Tirer surtout et d'abord contre l'artillerie ennemie est une règle qu'il faut observer ; mais il y a généralement d'autres buts qu'il faut battre aussi de bonne heure.

Lorsqu'il s'agit d'opérer la préparation de l'attaque de villages, de bois, de retranchements qui servent de points d'appui à l'ennemi, le général de division, qui sait quel point il attaquera d'abord, qui sait par où il attaquera, etc., etc., . peut évidemment seul prescrire à l'artillerie sous ses ordres comment elle devra préparer cette attaque.

81. Fixation du moment du commencement du feu.

Le troisième point à régler par le général de division est le moment où commencera le feu. Le bruit du canon a son importance et sa signification sur le champ de bataille ; il ne doit pas retentir sans l'ordre du commandement supérieur.

Le général de division n'a pas à régler le genre de projec-

tiles qu'emploieront les batteries ; c'est là un détail technique ;
il suffira qu'il dise l'effet qu'il veut obtenir. Il en est de
même en général de la vitesse à donner au tir.

82. Fixation du moment où la préparation par l'artillerie est suffisante.

Dans notre conférence sur le combat offensif, nous avons
fait remarquer que c'est au général de division à fixer le
moment où la préparation de l'attaque par le feu de l'artillerie est suffisante et où l'infanterie peut s'avancer à l'assaut.
C'est l'infanterie qui, en définitive, supportera les erreurs qui
pourraient survenir dans cette fixation ; il est donc juste que
son chef soit chargé de régler celle-ci.

83. Indépendance relative des mouvements de l'artillerie et de ceux de l'infanterie tandis qu'il doit y avoir combinaison d'actions.

Il est un point important sur lequel il faut appeler l'attention ; car il constitue un des défauts de notre artillerie, du
moins dans les grandes manœuvres. Cette arme doit combiner
son action avec celle de l'infanterie ; est-ce dire pour cela
que, comme cela s'est vu, les batteries doivent s'avancer dans
les intervalles de la ligne des bataillons ou à la queue de
ceux-ci ; s'arrêter lorsque ceux-ci s'arrêtent, puis reprendre
la marche avec eux et même se mettre en batterie sans faire
feu, par cela seul que les bataillons ont pris position.

Le principe vrai de la tactique d'artillerie est au contraire
celui-ci : L'artillerie, *dans ses mouvements*, doit garder une
certaine indépendance relativement à ceux de l'infanterie.
Mais elle doit *combiner son action* avec celle de cette arme.
Au combat, on ne doit donc voir l'artillerie que dans la posi-

tion *en batterie* et faisant feu, ou bien à l'abri du feu et
même des lunettes de l'ennemi et attendant des ordres.
C'est dans le dernier cas qu'elle se trouve aux débuts de
l'action. Des bataillons s'avancent alors et se disposent de
manière à protéger la future position de l'artillerie ; le général
de division, accompagné du commandant de l'artillerie, reconnaît cette position. Le commandant d'artillerie règle les
détails d'emplacement des batteries avec ses capitaines, et
lorsque le général ordonne d'ouvrir le feu, les batteries
s'avancent *à une allure rapide* et par des chemins et direction
reconnus à l'avance, se mettent en batterie et ouvrent le feu
immédiatement.

L'ennemi se trouve ainsi souvent surpris par ce déploiement
et perd l'occasion d'avoir de suite la supériorité d'artillerie ;
nous savons que dès lors il la reprendra difficilement.

Nous avons fait remarquer que les batteries ne doivent
se déplacer que rarement pendant le combat, et toujours dans le but de mieux seconder les efforts de l'infanterie.

Mais il y a un déplacement qui est presque réglementaire.
Lorsque l'infanterie s'est approchée de la ligne ennemie
la distance où elle ouvre le feu rapide, l'artillerie ne peu
plus canonner cette ligne. Elle peut quelquefois allonger son
tir et le diriger sur les réserves de l'ennemi ; mais encore faut-
il qu'elle voie bien le terrain pour cela, afin de ne pas s'exposer, pendant l'assaut, à tirer sur sa propre infanterie, mêlée
à celle de l'ennemi.

Mais dans tous les cas, aussitôt que l'infanterie a pris pied
sur la position, une partie de l'artillerie qui lui est attachée
(désignée d'avance) doit remettre les pièces aux avant-
trains et se porter aussitôt que possible sur cette position
pour y soutenir son infanterie. L'autre partie de l'artillerie
continuera le feu en changeant de but ; si cela ne lui est pas

possible, elle restera en position, répondant aux batteries qui la canonneraient à grande distance.

En cas d'attaque repoussée, cette partie de l'artillerie sou-tient l'infanterie en retraite et lui permet de se rallier.

En principe, pendant le combat, une batterie ne peut quitter le terrain pour renouveler ses munitions. Elle restera en batterie si elle a brûlé son approvisionnement, et cette attitude produira toujours un certain effet sur l'ennemi. Assurer le ravitaillement des munitions est un devoir spécial des officiers d'artillerie.

Les mouvements en avant se font toujours à une allure vive; mais si un mouvement de retraite est ordonné, l'artil-lerie doit toujours se retirer au pas, à cause de l'effet fâcheux que produirait une allure plus rapide sur le moral déjà ébranlé des troupes.

84. Rôle de l'artillerie pendant les dernières phases du combat.

Nous avons déjà fait remarquer que pour soutenir la re-traite, l'artillerie prenait le caractère d'une véritable troupe de réserve.

Cette arme est étroitement attachée à son matériel; elle ne connaît ni les mélanges tactiques, ni les débandades de l'infanterie et de la cavalerie. Elle n'est donc pas par moments (surtout à la suite d'une crise) hors de combat comme les autres armes.

Après avoir engagé le combat, c'est donc elle qui le ter-mine en participant à la poursuite ou en soutenant la retraite.

L'artillerie à cheval est particulièrement propre à la pour-suite. « Elle doit joindre à ses autres qualités celle de l'audace. Il faut qu'à un moment donné on puisse lancer contre des colonnes qui se forment ou sur les flancs des batteries adverses des pièces d'artillerie à cheval, sans caissons, pour ouvrir à peu de distance de l'ennemi un feu rapide et soutenu. » (*Aide-mémoire.*)

85. Observation relative à l'artillerie de corps.

Nous n'avons parlé jusqu'ici que de l'action du général de division sur l'artillerie divisionnaire ; mais pour obtenir de grands effets là où la lutte doit être décisive, l'artillerie de corps doit nécessairement intervenir. Comme elle se trouve rangée dans les colonnes de marche en arrière de l'artillerie de la 1re division, elle trouvera celle-ci en action lorsqu'elle se présentera en ligne, et peut-être devra-t-elle s'intercaler entre des batteries de la précédente.

Dans tous les cas, il sera nécessaire de l'intercaler par groupes et de conserver réunies les batteries habituellement aux ordres du même officier supérieur. Ce mouvement sera facile, si l'artillerie de la 1re division ne s'est point dispersée par batteries isolées (toujours à tort !).

L'entrée en ligne de l'artillerie de corps remet au général commandant le corps d'armée la direction de toute l'artillerie divisionnaire et de corps, et cela avec l'intermédiaire obligé du commandant de l'artillerie du corps d'armée, et sauf le cas où il placera expressément l'artillerie de corps (tout ou en partie) à la disposition d'un de ses généraux de division, qui s'en servira comme de son artillerie divisionnaire.

Mais en principe, dès l'entrée en ligne de l'artillerie de corps, c'est au général commandant le corps d'armée à régler tous les points dont nous avons attribué la fixation au général de division.

86. Un soutien spécial d'artillerie n'est pas nécessaire dans la plupart des cas ; toute troupe d'infanterie

doit se considérer éventuellement comme le soutien des batteries placées dans son voisinage.

« *L'artillerie n'a besoin d'un soutien spécial quelconque que lorsqu'elle se trouve momentanément éloignée des autres armes. Quand l'artillerie est en arrière de la ligne des tirailleurs, elle est protégée naturellement par ceux-ci et par les troupes à rangs serrés qui se trouvent à sa portée.* » C. 373.

C'est donc à tort qu'on a réclamé des soutiens permanents pour l'artillerie. Si ces soutiens appartiennent à l'infanterie, on se demande ce qu'ils deviendront lorsque la batterie prendra l'allure du trot ou même du galop, ainsi qu'elle doit le faire sous le feu.

D'ailleurs un soutien permanent ne peut être que relativement faible, à moins de neutraliser dans ce service une trop forte fraction de l'infanterie. Étant faible, il devra céder devant toute attaque vigoureuse.

L'artillerie sera bien mieux soutenue et protégée en observant les règles exposées dans nos premières conférences, et qui sont le fruit de l'expérience de la guerre 1870-71.

Aussi notre règlement dit :

« *Un commandant d'une troupe doit dans toutes les circonstances donner aide et protection aux batteries placées dans son voisinage.* » C. 373.

Pour cela il doit à tout prix maintenir les tirailleurs ennemis à 1.000 mètres au moins des batteries qu'il protège. Il dispose son monde de façon à permettre à ces batteries de concourir elles-mêmes à leur défense, en évitant de gêner leur tir.

S'il ne peut tenir plus longtemps, il fait prévenir l'artillerie et lui donne au moins le temps d'amener les avant-trains et de se retirer. « *Si cette retraite ne peut s'opérer, il jette sa troupe au milieu des pièces et les défend énergiquement, de manière à donner aux troupes en arrière le temps de venir les dégager; en tout cas, il ne les abandonne qu'à la dernière extrémité.* » C. 373.

D'autre part, nous avons vu que dans certains cas l'artillerie était appelée à soutenir la retraite de l'infanterie et à se sacrifier au besoin en perdant ses pièces.

Infanterie et artillerie se doivent donc sur le champ de bataille aide constante et réciproque.

Dans une guerre entre deux armées solides, c'est l'infanterie qui décide le gain des batailles; mais l'action bien combinée de l'artillerie peut augmenter du double et du triple la valeur de l'infanterie à laquelle elle est attachée, si l'ennemi n'oppose que des troupes peu instruites et peu aguerries, comme cela nous arriva pendant la deuxième partie de la guerre de 1870.

87. Place du soutien spécial.

Lorsque l'artillerie se sépare de l'infanterie pour aller prendre position, par exemple sur les flancs de la ligne de bataille, on attache exceptionnellement aux batteries un soutien spécial dont la force dépend du nombre de batteries, du danger auquel on présume qu'elles seront exposées, et de la distance à laquelle elles se posteront.

Ce soutien peut parfois être fourni par les troupes à cheval attachées à la division ou au corps d'armée.

« *Quand l'artillerie se met en batterie, le soutien, s'il est d'infanterie, se place en dehors de la ligne de tir non-seulement des batteries amies, mais encore des batteries qui leur sont opposées, si c'est possible; il choisit un emplacement en avant et assez loin pour empêcher les tirailleurs ennemis de tirer efficacement sur les servants; il veille à la sûreté de ses flancs.* » C. 373.

En cas d'attaque, il observe les règles indiquées plus haut.

9.

Si le soutien est fourni par la cavalerie, il se place en arrière de la batterie et sur le côté également; mais il détache en avant des éclaireurs qui, au besoin, mettent pied à terre, s'ils ont à faire le coup de fusil.

88. Rôle de l'infanterie obligée de subir le feu de l'artillerie; attaque de l'artillerie par l'infanterie.

Quelles sont les règles que l'infanterie doit observer lorsqu'elle est obligée de rester sous le feu de l'artillerie? Elle évite d'abord de se placer dans le prolongement du tir que les batteries ennemies pourraient diriger sur sa propre artillerie, afin de ne pas offrir aux premières un double but.

En second lieu, « *elle cherche, autant qu'elle peut, à éviter les effets du tir de l'ennemi par des formations convenables et un emploi judicieux des accidents du sol; elle se fractionne ; elle ne prend pas des formations trop compactes* (1), *se met à l'abri derrière un pli de terrain ou se couche. Elle se place, autant que possible, en arrière de terres labourées, de terrains sans consistance, dans lesquels les obus s'enfoncent et éclatent difficilement ; elle peut changer de position ; lorsqu'elle voit les projectiles tomber à peu de distance de son front, elle se porte en avant de manière à dépasser leur point de chute ; elle exécute ses mouvements dans le sens de la profondeur plutôt que dans le sens latéral.* » (Parce que les premiers sont moins faciles à observer ou à apprécier que les seconds.) C. 375.

« *Aux distances qui permettent d'employer le tir du fusil à longue portée, l'infanterie fait ouvrir le feu par de bons tireurs ; ceux-ci se postent et dirigent sur les pièces un feu*

(1) La ligne déployée sera préférable à la ligne de colonne.

bien ajusté ; ils gênent ainsi le tir de l'artillerie et peuvent la forcer à changer de position.

« *Pour attaquer une batterie, une partie de la troupe est disposée en tirailleurs ; ceux-ci concentrent de préférence leurs feux sur les pièces et évitent, s'ils le peuvent, de répondre à celui du soutien ; lorsqu'ils y sont obligés, une partie d'entre eux est opposée au soutien, pendant que l'autre continue à tirer sur les pièces.* »

Lorsque les tirailleurs se sont rapprochés à la distance de 700 à 800 mètres de la batterie, on les renforce de façon à fournir peu à peu le feu le plus vif possible sur les servants et les attelages. Ceux qui doivent combattre l'escorte d'artillerie, s'efforcent de contenir cette escorte et de la séparer de la batterie qu'elle est chargée de couvrir. A bonne portée, les tirailleurs s'élancent à la course sur les pièces d'artillerie.

« *Si l'artillerie semble se préparer à un mouvement de retraite et amène les avant-trains, le feu est dirigé de préférence sur les chevaux et les conducteurs. Quand elle se retire, on la poursuit, surtout en visant les attelages.* » C. 375.

Si l'ennemi est obligé d'abandonner quelques canons, l'infanterie s'oppose aux efforts qui seraient faits pour les reprendre ; elle emmène les pièces, si elle le peut, et dans le cas contraire, elle les met hors de service en enlevant et en brisant à coups de levier les hausses et les parties les plus importantes de la culasse mobile ; elle emporte les armements.

L'enclouage des pièces se chargeant par la culasse présente en général beaucoup de difficultés, si l'on n'est pas muni de clous barbelés ; celui des pièces se chargeant par la bouche peut se faire en brisant dans la lumière une baguette de fusil, dont on recourbe l'extrémité inférieure (lorsqu'elle est en place) à l'aide de coups d'écouvillon dans l'âme.

VIIIe CONFÉRENCE

ACTION SPÉCIALE DE LA CAVALERIE COMBINÉE AVEC CELLE
DES DEUX AUTRES ARMES, OU OPPOSÉE A L'INFANTERIE
PENDANT LE COMBAT

89. Quels sont les ordres que la cavalerie doit recevoir de l'officier commandant le corps de troupes auquel elle est attachée.

On a dit que par suite de l'adoption des armes à tir rapide et à longue portée, le rôle de la cavalerie sur le champ de bataille était devenu nul, et que cette arme ne devait plus que veiller à la sûreté de l'armée. Nous tenons pour notre part ces idées comme empreintes d'exagération ; mais si nous admettons encore pour la cavalerie un rôle sur le champ de bataille, nous ne nous l'imaginons que dans des circonstances spéciales et de courte durée. Plus la cavalerie entrera en lutte d'une manière soudaine, imprévue par son adversaire, plus elle aura de chances de succès.

De plus l'action de la cavalerie ne devra se produire qu'après une préparation efficace par les armes à feu et jamais contre des troupes encore fraîches.

L'officier supérieur d'infanterie qui a sous ses ordres une troupe de cavalerie n'a pas à s'occuper des formations spéciales de cette dernière arme ; il a surtout à fixer le moment où il veut que la cavalerie lui prête son concours.

Étant lui-même à cheval et devant avoir l'habitude du cheval, il est apte à juger si l'état du sol permet de charger. Nous admettons de même qu'il sait qu'une charge ne doit jamais être attendue par la cavalerie de pied ferme et en-

core moins être accueillie par elle la carabine et non le sa-
bre à la main.

Étant donné qu'il a ces principes présents à l'esprit, quand
donnera-t-il à la cavalerie l'ordre de charger? Telle est la
question à laquelle il doit pouvoir répondre, sans hésiter, à
tout moment.

90. Rôle de la cavalerie pendant le combat.

Nous n'examinerons pas le rôle de la cavalerie assurant
une partie importante du service de sûreté en station et
presque tout le service de sûreté en marche. Nous la prenons au moment où elle entre dans la zone des feux d'artillerie à grande portée de l'ennemi.

Nous avons vu la cavalerie de l'ennemi sur la défensive
se répandre au loin, en avant de la position. Elle est accom-
pagnée par de l'artillerie à cheval et soutenue par quelques
bataillons et s'efforce de provoquer le déploiement prématuré de l'armée assaillante.

La cavalerie de l'avant-garde de celle-ci cherche à déchi-
rer de vive force ce rideau qui l'empêche de s'approcher de
la position et d'y reconnaître les dispositions des troupes
opposées.

Certes les deux cavaleries trouveront déjà à ce moment
des occasions utiles et favorables à la fois de se mesurer
entre elles. Elles peuvent même tenter quelques coups contre de faibles détachements d'infanterie qui seraient isolés.

Lorsque les colonnes de marche se déploient, que la préparation d'artillerie commence d'un côté comme de l'autre, il se
trouvera également plus d'une fois des bataillons çà et là fort
maltraités et qui paraîtront une proie facile pour la cavalerie; mais, à côté d'eux, que de bataillons encore en bon ordre;
que de batteries ayant libre devant elles un champ de tir

étendu. Dans ces moments, le général en chef pourra parfois se demander s'il n'y a pas lieu de faire charger la cavalerie : mais la plupart du temps il n'exigera rien encore de cette arme, et avec raison (1), et il aura recours à d'autres moyens et à d'autres armes.

Plus tard l'infanterie de l'attaque a pris pied sur la position. La contre-attaque de la défense va mettre en action toutes ses ressources ; elle ordonne alors à sa cavalerie de charger l'infanterie adverse, qui probablement se trouve débandée par l'assaut. Cette cavalerie ne se jette pas en ayant en passant par les intervalles des points d'appui de la défense ; elle en masquerait les feux ; elle attaque de préférence l'aile extérieure ennemie, celle qui s'avance contre le flanc de la défense.

Alors la cavalerie de l'attaque accourt au plus vite et la lutte s'engage surtout entre les deux cavaleries. Il résulte de ce fait que les masses principales de cavalerie doivent en principe être disposées aux ailes de la ligne de bataille, et spécialement à l'aile offensive, où la lutte décisive a lieu. C'est vers les ailes que s'écouleront, avant le combat, les divisions de cavalerie indépendante qui fournissaient précédemment le service de sûreté en avant de l'armée.

La cavalerie divisionnaire restera en arrière des troupes auxquelles elle est attachée, si ces troupes forment le centre de la ligne de bataille. Les occasions de charger seront rares pour elle jusqu'au moment de la poursuite ou de la retraite ; car, si elle s'avançait pendant le combat, elle se trouverait de suite en but à de nombreux feux croisés (2).

---

(1) Étudier dans le récit de la journée du 16 août 1870 l'engagement, dès les débuts, entre la 5ᵉ division de cavalerie allemande et la division de cavalerie de Forton.

(2) Étudier dans le même récit la charge de la 6ᵉ division de cavalerie allemande contre nos troupes, à une heure de l'après-midi, au

La cavalerie qui saura attirer les escadrons ennemis sous les feux de l'infanterie pour les faire décimer par elle, est sûre d'en avoir facilement raison. Mais quand bien même la lutte se bornerait à une action directe entre cavalerie et infanterie, remarquons que la cavalerie a plus de chances que précédemment de remporter quelques succès, car elle opère contre une infanterie qui est moins en état de la repousser, qui a été éprouvée par le combat qu'elle vient de soutenir. Quoi qu'il en soit, elle ne doit pas perdre de vue qu'elle n'a pas toutes les chances pour elle; car même une infanterie absolument débandée peut, avec les armes actuelles, infliger les pertes les plus sensibles à la cavalerie.

Mais on peut se demander si la cavalerie, qui, lorsqu'elle n'est pas en action, doit se tenir hors de la portée de l'artillerie ennemie, c'est-à-dire à une distance de 3 ou 4.000 mètres, pourra parcourir cette distance considérable et arriver jusque sur l'infanterie sans être désorganisée par le feu.

On ne peut que répondre que cela dépendra du terrain, qui sera plus ou moins découvert, qui permettra plus ou moins d'arriver sans être vu. Observons cependant que particulièrement au moment du choc de la contre-attaque, l'attention des combattants des deux infanteries se trouve assez absorbée par la lutte rapprochée, pour que la cavalerie en mouvement vers le lieu de cette lutte puisse ne point être remarquée de suite.

En second lieu, malgré sa vélocité et à cause de la distance à parcourir, la cavalerie n'arrivera-t-elle pas en retard pour coopérer utilement? Nous savons que dans un quart d'heure de cette phase de la bataille, tout peut être absolument changé.

sud de Flavigny, et celle de la brigade Bredow, à deux heures, en avant de Trouville.

Etudier enfin, dans le même récit, le grand engagement entre les deux cavaleries en avant de Mars-la-Tour.

Elle arrivera à temps si elle a été prévenue à temps que le moment d'agir allait survenir. Le commandant en chef qui veut se servir de sa cavalerie ne doit pas oublier de lui donner cet avis en temps opportun. Le commandant de la cavalerie peut alors plus particulièrement observer le point où le choc aura lieu et le faire observer par ses patrouilles d'officiers ; il peut et il doit, en un mot, prendre ses mesures pour arriver à temps au moment opportun, ni trop tôt, ni trop tard.

Puisque nous parlons ici de patrouilles d'officiers, rappelons ce que nous avons dit de leur importance au commencement du combat.

Pendant le combat, les patrouilles d'officiers n'ont plus rien à faire devant le front de l'armée ; mais la sûreté de ses flancs leur est confiée. Puisque les attaques de flanc sont aujourd'hui si fréquentes et si dangereuses à la fois, combien de services ne rendront pas ces patrouilles d'officiers, si elles préviennent à temps des attaques de flanc qui se préparent, ou si, précédant nos troupes, elles reconnaissent le terrain sur lequel elles opéreront leur propre attaque de flanc.

Nous arrivons à la dernière phase de la bataille ; un des deux partis a cédé ; l'autre poursuit de ses feux les troupes ennemies, que la lutte aura probablement mises dans un grand état de confusion. Le moment est tout indiqué pour la cavalerie de l'armée victorieuse ; elle a dû se rapprocher peu à peu du combat afin d'y prendre part, si la retraite commence ; son chef a épié le moment favorable et usant d'initiative, a chargé l'infanterie ennemie pendant qu'elle se trouve encore tournant le dos et soumise aux feux de l'infanterie victorieuse.

L'artillerie à cheval qui l'accompagne lui sert à rompre les groupes encore trop compactes. Si la cavalerie de l'ar-

mée vaincue essaie de couvrir la retraite, la cavalerie opposée
lui tient tête et la combat.

Nous voyons donc encore la cavalerie, qui a engagé le
combat, être appelée à compléter la victoire ou à s'opposer
à ce que la retraite ne dégénère en déroute.

91. Comment l'infanterie repoussera-t-elle la cavalerie ?

Ajoutons quelques mots sur la manière dont l'infanterie
repoussera les attaques de la cavalerie.

Si une infanterie, même débandée, n'est point pour cela
à la merci de la cavalerie, à plus forte raison, lorsqu'elle
est à rangs serrés « *quelle que soit sa formation, elle n'a
rien à craindre de la cavalerie, quand elle sait faire usage
de son feu à propos et à bonne distance, qu'elle conserve son
sang-froid et reste entièrement dans la main de ses chefs.*

« *Si la cavalerie ennemie charge en fourrageurs, les tirailleurs restent de pied ferme, sans se rallier ; le fantassin suit
de l'œil son adversaire tout en rechargeant son arme ; il ne
l'attend pas en face, mais cherche à gagner son flanc gauche
(ou son flanc droit, si le cavalier est armé d'une lance.)*

« *Contre des cavaliers chargeant en masse, l'infanterie
agit d'une façon différente, suivant qu'elle se trouve en terrain couvert ou en terrain découvert.*

« *Si la ligne des tirailleurs est abritée par des obstacles
même peu considérables (tas de pierres, fossés, vignes,
broussailles, arbres), il est encore inutile de la rallier : elle
se défend simplement par son feu. Si une subdivision est protégée par un petit obstacle, elle se place à 20 ou 30 mètres
en arrière, assez loin pour éviter que le cavalier, après avoir
franchi l'obstacle, n'arrive d'un seul élan au milieu d'elle.*

« *Lorsque le terrain est découvert et ne présente pas*

d'abris, les tirailleurs se rallient sur place ; les subdivisions en arrière s'échelonnent de manière à faire converger leurs feux sur la charge de cavalerie et à ne pas tirer sur les groupes de tirailleurs déjà ralliés, ni sur les subdivisions voisines ; elles se forment en ligne, si elles sont chargées de front, et en cercle ou en carré, suivant leur force, si la cavalerie menace de plusieurs côtés. Les hommes observent le silence et attendent le commandement pour faire feu. Si la charge se fait par échelon, les chefs de subdivisions ont l'attention de ne plus faire tirer sur une fraction repoussée. Ils dirigent le feu sur l'échelon suivant, de manière à le recevoir à bonne portée.

« *Dès qu'une attaque imminente de cavalerie n'est plus à craindre, les tirailleurs reprennent leur formation en ordre dispersé.*

« *En général, une troupe d'infanterie qui manœuvre en terrain découvert, doit se prémunir contre une attaque inopinée de la cavalerie. Les chefs de subdivision cherchent donc toujours à distinguer l'endroit le plus avantageux pour rallier leur troupe au besoin ; cet endroit doit être peu accessible aux chevaux et surtout favorable à l'emploi du feu. Il vaudra mieux, quand on le pourra, gagner un abri du terrain que de se rallier sur place, pourvu que cet abri ne soit pas trop éloigné.*

« *L'infanterie en marche, si elle est attaquée par de la cavalerie sur une route, se forme habituellement hors du chemin ; si elle n'en a pas la possibilité, elle se range contre un des côtés de la route et reçoit ainsi la cavalerie qui défile sous son feu.* » C. 371.

Le côté de la route où elle se rangera sera choisi de façon que le fantassin gagne le flanc gauche des cavaliers qui s'avancent contre lui.

IXe CONFÉRENCE

CONSIDÉRATIONS GÉNÉRALES SUR LE COMBAT

92. Combat provoqué par la rencontre inopinée des deux partis.

Jusqu'ici nous avons supposé que les deux armées étaient entrées en action d'après un plan tracé à l'avance ; mais la rencontre entre elles peut aussi être fortuite, et dès lors il n'y a plus de plan projeté avant le combat.

Enfin les deux adversaires peuvent s'être heurtés l'un contre l'autre avec l'intention de part et d'autre de prendre l'offensive et, comme il faut que l'un d'eux soit rejeté dans la défensive, il s'engage entre eux un combat dont le développement ne peut être prévu ; mais on peut affirmer que la victoire appartiendra à celui des deux qui, le premier moment de trouble passé, rentrera dans les règles du combat méthodique, les forces étant supposées égales.

Les difficultés seront grandes, mais elles le seront plus pour le commandant en chef qui sera le moins préparé à l'idée de ce choc que pour son adversaire.

Or, si l'éventualité dudit choc a été prévue par l'un des deux commandants en chef, grâce à la façon dont le service de sûreté se fait dans ses troupes, la composition *ad hoc* de son avant-garde, les instructions qu'aura reçues le chef de celle-ci, les ordres que celui-ci aura donnés à ses subordonnés, la direction qu'il imprimera au début de l'action, tout fera de cette rencontre une surprise du parti opposé, d'autant plus caractérisée pour celui-ci qu'il se trouvera au contraire moins renseigné et moins préparé à combattre.

S'il n'y est pas préparé du tout, la surprise sera complète

et une déroute très-probable. (*Exemple :* le combat de Beaumont, le 30 août 1870).

Si au contraire les deux partis sont également bien renseignés et également prêts, celui des deux dont le commandant en chef est doué d'une volonté plus énergique et d'un jugement plus sûr aura l'avantage ; car, le premier, il rétablira la méthode dans son action.

Or, si, lorsqu'une lutte est prévue, l'avant-garde est composée et reçoit des instructions de façon à résister jusqu'à ce que le gros des forces ait pu engager le combat suivant un plan ou une méthode ; de même, si la lutte n'est pas prévue, il sera préférable de laisser *supporter à l'avant-garde seule* tout le poids de l'engagement commencé, pendant assez longtemps pour que le combat principal ne soit entamé ensuite que suivant un plan et une méthode. (*Exemple :* la bataille de Woerth, le 6 août 1870).

Ces considérations démontrent l'importance du rôle de l'avant-garde et en général de tout le service de sûreté en marche.

93. Le combat tel que le définit la théorie et le combat tel que l'expose l'histoire militaire.

Nous avons fait jusqu'ici une étude théorique du combat, tant au point de vue de l'offensive qu'à celui de la défensive, et pour ne pas nous égarer dans le domaine de la spéculation, nous nous sommes efforcés de donner à notre théorie des bases, non-seulement fondées sur le raisonnement, mais encore fixées par l'expérience, l'observation des faits.

Si cependant nous nous posons cette question : quels sont les combats de la dernière guerre qui ont été conduits *exactement* suivant la méthode que nous préconisons? nous sommes forcés d'avouer qu'il n'y en pas un seul. Mais nous avons le droit de faire remarquer que dans telle ou telle circonstance on s'est rapproché de cette méthode, non sans succès, pendant une partie plus ou moins grande de l'action et sur une fraction plus ou moins étendue du champ de bataille(1).

Est-il nécessaire de rappeler pourquoi il en a été ainsi ?

Est-ce que tout sur le champ de bataille dépend du général en chef ? N'y a-t-il pas à tenir compte du concours plus ou moins efficace qu'il peut attendre des officiers de tout grade et des soldats?

Les ordres donnés sont-ils toujours fidèlement transmis, complétement compris, exactement et vigoureusement exécutés ?

En dehors des causes permanentes de difficultés, n'y a-t-il pas les causes éventuelles, dépendant de la température, de l'état du terrain, du moral de la troupe, de son état physique soumis aux influences de la fatigue de la marche, des privations de nourriture ou de sommeil?

N'y a-t-il pas ainsi mille difficultés capables de rendre vaine la théorie la plus simple et la plus exacte ?

Devons-nous nous détourner de nos études à la suite de ces réflexions? Prenons un point de comparaison.

Notre règlement sur le tir indique minutieusement comment le soldat doit mettre en joue, viser et faire feu. Sur le champ de tir, chacun s'efforce de se conformer à ces prescriptions. Et cependant, sur le champ de bataille, pour bien des raisons qu'il est inutile d'énumérer ici, combien peu de ces prescriptions sont observées?

---

(1) Il nous semble que, pendant les grandes manœuvres, tous les combats devraient être dirigés méthodiquement, que le rôle de chacune des ailes devrait être indiqué à ce point de vue pendant la manœuvre, examiné de même pendant la critique, et enfin relaté également dans les historiques.

Les difficultés qui surgissent en campagne, n'existent pas dans les manœuvres.

Doit-on pour cela rejeter le règlement sur le tir et cesser d'exercer avec soin notre infanterie au tir à la cible ?

Qui oserait le soutenir? Qui oserait prétendre que l'infanterie qui, sur le champ de bataille, se conformera le plus aux prescriptions dudit règlement, n'aura pas une supériorité incontestable et un des meilleurs gages de la victoire?

Nous sommes donc fondés à prédire le même succès à celui qui, malgré toutes les difficultés d'exécution, arrivera à diriger ses forces suivant les règles du combat méthodique.

Pour réussir à la guerre, il faut trois choses: savoir, vouloir et pouvoir.

Nous espérons contribuer par ces conférences à permettre à chacun de savoir ce qu'il aura à faire dans toutes les circonstances du combat. Si à cette étude se joint le génie de la guerre, c'est-à-dire le talent de discerner, sur des indices souvent fort vagues, les mesures qu'il convient de prendre, la première des conditions pour réussir sera satisfaite.

Pour vouloir, il faut le caractère « qui préside à l'exécution, dit Marmont, et qui, dans les temps anciens et modernes, a le plus fait briller les généraux de premier ordre. » Le génie de la guerre et le caractère sont habituellement des dons de la nature qu'on peut cependant développer en étudiant les maîtres.

Quant à pouvoir, c'est précisément ce qui fait que la meilleure théorie ne se trouve pas toujours exactement appliquée. Dans tous les cas, on reconnaîtra avec nous que pour *pouvoir* faire ce qu'il y a de mieux, il faut d'abord le *savoir*, et puis le *vouloir*.

Il nous semble utile de compléter nos études par quelques remarques sur les batailles livrées par les Allemands en août et septembre 1870.

Le 4 août, à Wissembourg, l'énorme supériorité numérique de nos ennemis leur permettait de faire une attaque enveloppante ; ils préférèrent agir surtout avec leur aile gauche contre le Geissberg, qui était la clef de la position française. Le corps bavarois formait à droite l'aile défensive ; combattant à raison de six ou sept contre un, il passa tardivement à l'offensive, mais il ne fit point de mouvement enveloppant.

Le 6 août, à Woerth, si on fait abstraction des malentendus qui signalèrent les débuts de la bataille, on remarque que l'aile gauche des Allemands fut encore l'aile offensive. Vers la fin de la bataille, l'aile droite, toujours composée des Bavarois, montre plus d'assurance que l'avant-veille et cherche à envelopper les débris de notre armée dans le village de Froeschwiller.

Le même jour, à Spicheren, le combat fut engagé sans plan préalable, par les divisions allemandes accourant au bruit du canon.

Le commandement en chef changea de mains plusieurs fois pendant l'affaire, circonstance qui ne permit pas de mettre de la méthode dans la direction du combat.

Les batailles du 14 et du 16 août ont un caractère identique. Elles ne sont pas prévues, au moins sur une aussi grande échelle, par l'état-major allemand. Ceux qui les engagèrent s'inspirèrent de l'idée stratégique contenue dans les ordres venant de cet état-major, et qui prescrivaient de nous retenir sous Metz et de nous empêcher d'aller à Verdun. Pour s'y conformer, les généraux allemands mettent en ligne successivement toutes les forces qui leur arrivent, sur toute l'étendue du front que nous leur présentons. Ils veulent avant tout arrêter notre marche et gagner le temps nécessaire pour que les autres corps allemands puissent les rejoindre. Ils y réussirent et le 18, leur armée concentrée était à même de nous livrer une bataille méthodique.

La cavalerie allemande ayant fait ce jour là fort mal ses

reconnaissances, l'état-major n'eut des données positives sur l'étendue de nos positions que vers une heure de l'après-midi. Les ordres qu'il envoie à ce moment aux généraux, assignent de la façon la plus formelle une attitude expectante à l'aile droite et le rôle offensif à l'aile gauche.

Ce plan fut suivi jusqu'au bout ; un instant l'aile droite allemande trop vivement engagée donne des inquiétudes à M. de Moltke qui s'y porte, pour assister à l'entrée en ligne du 2ᵉ corps prussien, appelé à repousser éventuellement tout mouvement offensif de la gauche des Français, qui aurait eu pour but de couper les communications des Allemands avec la Moselle.

La bataille du 18 août fut donc, presque d'un bout à l'autre, une bataille méthodique.

Quant à la bataille de Sedan, elle fut engagée dans des conditions si désavantageuses pour nous qu'il n'y a pas à rechercher un sujet d'étude dans les positions des deux armées. Cette bataille doit du reste être classée comme bataille livrée en ayant une forteresse à dos, sujet qui sera traité dans la dixième conférence.

94. Observations sur les combats engagés sans métho le.

Nous terminerons par quelques observations sur le combat engagé sans plan et sans méthode et dont la devise pourrait être :« Que chacun se débrouille. » Ce genre de combat est connu le plus généralement sous le nom de *combat parallèle*. Cette expression est inexacte ; car il s'agit ici d'un combat où les forces, uniformément réparties sur toute la ligne, sont engagées simultanément sur toute l'étendue de cette ligne. Néanmoins autrefois, quand une armée ne voulait pas qu'il en fût ainsi, elle prenait un ordre de bataille oblique par rapport à celui de l'ennemi : ce qui lui permettait de n'engager d'abord qu'une partie de ses forces. De là le fameux ordre de bataille oblique opposé à l'ordre de bataille parallèle.

Quoi qu'il en soit, nous ne pouvons classer comme méthode celle qui consiste à donner à la ligne de bataille une égale consistance sur toute son étendue et à engager toutes les fractions simultanément.

De telles dispositions impliquent l'intention d'être fort partout et par suite la crainte de ne pas l'être assez quelque part.

Un tel plan n'a pas pour but de vaincre, mais seulement de ne pas être vaincu.

Pour vaincre et anéantir l'ennemi, il faut d'autres dispositions.

Remarquons que quelquefois à la guerre on a bien commencé par prendre ces autres dispositions ; on a voulu le combat méthodique tel que nous l'avons exposé. Mais on s'est trompé dans la reconnaissance des forces ennemies ; les troupes destinées au choc décisif n'ont pas été postées à l'endroit favorable et ne pourront y arriver au moment opportun. Alors, autant forcé par son adversaire, qui a vu clair dans les manœuvres commencées, que désireux de fortifier les points faibles de son propre ordre de bataille, le général en chef change son plan et veut être également fort partout.

Il lui faut d'ailleurs une grande force de caractère et le don de la communiquer à ses subordonnés pour qu'il n'hésite point à s'affaiblir sur certains points (car comment faire autrement, si les deux armées sont numériquement égales) pour se créer momentanément ailleurs la supériorité qui lui procurera le succès décisif.

« La confiance en inspire et quand on parvient seulement à cela, on est déjà presque sûr de la victoire..... Je décide presque qu'il vaut mieux faire une sottise de tout son cœur et avec fermeté qu'une bonne action avec faiblesse. La première étonnerait l'ennemi ; il croirait qu'il y a quelque chose là-dessous ; on aurait le temps d'y remédier. La deuxième perdrait son fruit parce qu'on donnerait le temps d'y en opposer un autre. » (*Prince de Ligne : Préjugés militaires.*)

Il se présentera donc des circonstances où les deux partis engageront peu à peu leurs forces sur toute la ligne ; il se produira çà et là des alternatives de succès et d'échec jusqu'à ce qu'enfin, favorisé par la valeur de certains chefs, de certains corps de troupes, un des deux généraux en chef profite des avantages déjà acquis sur un point pour s'y jeter avec toutes les forces disponibles sous la main.

Du moment où cette résolution est prise, le combat méthodique recommence par ce seul fait ; car on oppose de nouveau le fort au faible.

Mais dans ce cas quels avantages le vainqueur retirera-t-il de sa conduite ?

Plus il se sera écarté précédemment des règles du combat méthodique, moins il lui sera facile d'y rentrer et de changer son plan sous le feu et après une lutte déjà longue, et par suite, moins il sera à même de remporter un succès décisif.

Ne confondons pas la trouée qu'il produira, en enfonçant à la longue un point de la ligne ennemie, avec la trouée qu'il aurait obtenue par une attaque d'emblée. Nous avons dit que cette dernière trouée avait valu plusieurs victoires à Napoléon, mais qu'elle est devenue presque impossible après l'adoption des armes actuelles.

Dans le cas qui nous occupe, les deux partis se sont usés d'abord réciproquement et assez complétement dans un combat parallèle ; l'un d'eux, en concentrant les dernières troupes disponibles, est parvenu enfin à faire une trouée dans la ligne ennemie ; cette trouée n'est possible que parce que l'adversaire n'est plus en état de développer une puissance de feux convergents suffisante pour refouler l'assaillant.

Pour les divisions, les brigades, les régiments, les bataillons, il n'y a pas de formation tactique spéciale pour le cas où le combat n'est plus méthodique. On ne peut donner qu'une règle : Puisqu'il faut s'efforcer de ne pas être usé le premier, on doit éviter d'engager les diverses fractions prématurément et exiger que chacune épuise toute sa force d'impulsion ou de résistance avant d'être renforcée : il faut rendre le combat traînant.

« *La répartition des forces dans les divers échelons et surtout leur mode d'action dépendent alors d'une foule de circonstances difficiles à prévoir, et il serait dangereux de donner des règles qui ne pourraient servir de guides dans la plupart des cas.* » Bt. 119.

C'est l'énergie du soldat, de l'officier subalterne qui finit par décider la bataille, ainsi que l'a fait remarquer Frédéric II.

Là où disparaît l'action du commandement, l'art cesse et l'étude devient impossible ; nous ne pousserons donc pas plus loin nos investigations dans cette direction.

X⁰ CONFÉRENCE

COMBATS DANS LES ENVIRONS DES FORTERESSES

95. Combat livré par une armée assiégée pour rompre une ligne de blocus.

Les combats livrés dans les environs des forteresses et camps retranchés peuvent être classés en deux catégories.

1° La forteresse est bloquée et ses défenseurs s'efforcent de rompre le blocus.

2° La forteresse n'est pas bloquée et le combat se livre dans les environs; mais l'une des armées trouve un appui dans le voisinage de la forteresse.

Dans le premier cas, le combat est essentiellement offensif pour l'assiégé et il se livre dans des conditions sans analogues dans la guerre de campagne. L'assiégé a; il est vrai, le choix du point d'attaque. Des raisons stratégiques pourront l'engager à agir dans une certaine direction, parce que, par exemple, si le combat est heureux, il sera possible à la fois de débloquer la forteresse et d'agir sur les lignes de communication de l'assiégeant. Mais il fera mieux de ne pas s'obstiner à atteindre deux buts à la fois. Rompre le blocus est déjà une opération suffisamment difficile pour qu'il faille chercher à réunir exclusivement pour son exécution toutes les chances de succès.

Il vaudra donc mieux agir contre le point des lignes de l'assiégeant qui paraîtra le plus faible. La présence immédiate d'une armée de secours par delà les lignes de blocus pourra seule autoriser l'assiégé à porter ses efforts sur un autre point.

L'assiégeant de son côté a tout intérêt à n'avoir aucun point faible sur sa ligne de blocus. Là où le terrain ne donnera pas à cette ligne toute la valeur défensive désirable, l'assiégeant renforcera ses troupes. Ses réserves seront disposées de distance en distance, mais à portée des points que l'assiégé peut être tenté d'attaquer.

Comme ces points peuvent être en certain nombre, l'incertitude dans laquelle l'assiégeant se trouve au sujet de l'endroit qui sera attaqué, est tout à l'avantage de l'assiégé.

Enfin les grandes forteresses sont généralement placées soit sur un cours d'eau, soit même au confluent de deux ou plusieurs cours d'eau. Le terrain des environs est ainsi découpé en plusieurs secteurs entre lesquels les communications ne se font que par un petit nombre de ponts. Des bois étendus, des pentes escarpées peuvent de même créer des secteurs dans la zone d'investissement.

L'assiégé peut donc se présenter en forces dans un de ces secteurs, et les difficultés que l'assiégeant aura à surmonter pour faire passer des renforts d'un secteur dans l'autre seront encore à l'avantage de l'assiégé.

Mais là s'arrêtent ses avantages.

Continuons l'examen de l'entreprise de l'assiégé et voyons à quels inconvénients elle sera exposée.

Autour d'une forteresse bloquée les postes avancés des deux armées sont en présence, sinon toujours à portée de fusil, du moins à portée de canon. Il est impossible à l'assiégé d'opérer des concentrations de troupes en dehors de la forteresse à l'insu de l'assiégeant. La forteresse elle-même, ses rues, ses portes, ses ponts sont autant de défilés qui ne permettent de rassembler des troupes sur un point qu'au bout d'un temps beaucoup plus long qu'en rase campagne. Il faudra assigner à chaque colonne son chemin spécial (car elles ne doivent pas se croiser), la conduisant exactement à l'endroit où elle prendra sa formation de combat.

Il faudra aussi mettre une sourdine aux instruments de musique militaire des troupes en marche afin de ne pas donner l'éveil à l'assiégeant (1).

Les études, les instructions relatives à une de ces concentrations seront nombreuses; ce qui est une mauvaise condition pour tenir le mouvement aussi secret qu'il doit l'être.

Mais la tête des colonnes est arrivée en présence des

(1) Voir les remarques que faisaient à ce sujet les troupes allemandes pendant le siége de Paris en 1870.

10.

avant-postes ennemis ; le déploiement devra se faire sous le feu de ces derniers : l'assiégeant ne pourra donc jamais être surpris par fractions considérables.

De son côté l'assiégé devra choisir pour son champ de bataille un terrain où il pourra mettre toutes ses forces en action. Car supposons qu'il opère sur un terrain limité par des cours d'eau ou d'autres obstacles et propre au déploiement de 30.000 hommes seulement, à raison de 7 à 8 hommes de profondeur par mètre courant (nous avons vu qu'elle correspondait au maximum d'effort), à quoi servira-t-il à l'assiégé d'amener sur ce terrain 60.000 ou 90.000 hommes, si ce n'est à les offrir comme cibles au tir des armes à grande portée de l'assiégeant, et leur faire éprouver des pertes énormes sans profit pour le succès de l'action. Dans ce cas 30.000 hommes installés dans les lignes de blocus de l'assiégeant, tiendront tête à toutes les masses de l'assiégé et les forceront à rentrer dans la forteresse après un sanglant échec. (Champigny).

96. Conditions désavantageuses dans lesquelles ce combat doit être livré ?

Le combat engagé par l'assiégé est un combat offensif ; mais quel combat ? Si l'assiégé s'avance, ses deux ailes sont immédiatement en but à des feux convergents et à des attaques de flanc. Il est donc porté à les refuser et à prendre un ordre de bataille convexe par rapport à celui de l'assiégeant qui est concave et enveloppant. Cet ordre de bataille de l'assiégé a quelque rapport avec le coin antique ; mais la tête de ce coin se trouve en face des armes à feu modernes. Fût-elle renforcée par une colonne de vingt et trente hommes de profondeur, elle se trouvera décimée par le tir convergent de l'assiégeant et arrêtée dans sa marche.

Il est donc impossible à l'assiégé d'engager le combat

méthodique. Tout le succès de son action dépend absolument du terrain. Si l'assiégé parvient à occuper, sur les flancs du champ de bataille sur lequel il se propose de combattre, des positions présentant une forte saillie sur ses lignes de défense (1), il pourra, à l'abri de ces positions, engager son action sans crainte d'être tourné. Mais si le système des fortifications ne lui assure pas ces positions en saillie, il ne pourra pas s'en emparer par une attaque soudaine, d'emblée : cela est peu probable. D'ailleurs, l'ennemi qui aura perdu ces positions, sera donc prévenu du plan de l'assiégé et s'efforcera de lui opposer de front, sur le champ de bataille obligé, tous les obstacles imaginables.

La première ligne de défense est-elle rompue, l'assiégé se trouvera en présence de la deuxième, vraisemblablement mieux organisée que sur aucun champ de bataille en rase campagne.

La résistance de la première ligne aura permis aux réserves d'accourir, et lorsque l'assiégé, non sans efforts pénibles, aura dépassé cette première ligne, il se trouvera en but aux contre-attaques dirigées contre ses deux flancs et combinées avec les feux de la deuxième ligne. Il combattra donc dans les conditions les plus désavantageuses (2).

Les grandes forteresses sont considérées généralement comme les boulevards des États ; elles exercent un pouvoir d'attraction énorme sur les armées qui défendent le sol du pays dans leur voisinage. Et cependant c'est méconnaître leur véritable objet que de céder à cette attraction. Nous avons dit quel était le but d'une guerre, d'une action de guerre. La défense d'une forteresse est-elle de nature à ame-

(1) Les camps retranchés du nouveau système de défense de Paris ont ce but.

(2) Étudier à ce sujet le siége de Paris par les Allemands en 1870-71, et spécialement les batailles de Champigny et de Montretout.

ner l'anéantissement des forces ennemies? Non. La forteresse avec sa nombreuse garnison, exerce, il est vrai, son attraction sur l'envahisseur. Celui-ci ne peut même pénétrer au cœur du pays en la négligeant. Il consacrera à son blocus des forces importantes; mais nous avons vu combien l'assiégeant a, par sa position enveloppante, la supériorité sur l'assiégé. Il a aussi bien que ce dernier l'art de la fortification à son service, et son tir convergent sera toujours supérieur, à nombre égal de pièces et à calibre égal, à celui de l'assiégé.

L'histoire moderne, et même la plus contemporaine, nous apprend que les grandes armées qui ont renoncé à la lutte en rase campagne pour se réfugier derrière les remparts d'une forteresse, ont dû capituler au bout d'un temps plus ou moins long, après avoir perdu toute communication avec le reste de l'État.

L'assiégeant peut toujours épargner ses ressources et bloquer l'élite de l'armée ennemie qui se sera jetée dans la place, en n'employant pour l'y cerner que des troupes inférieures en qualité et moins manœuvrières.

La dernière guerre démontre qu'avec un emploi judicieux du terrain, de la fortification et des réserves, une moyenne de quatre hommes par mètre courant de ligne de blocus était suffisante pour une armée destinée à résister aux plus grands efforts (1); une moyenne de trois hommes conviendra si la garnison de la forteresse est composée en majeure partie de nouvelles levées ou de troupes territoriales (2).

Comment la ligue de blocus sera-t-elle gardée?

On se conformera aux principes prescrits pour occuper et garder une position quelconque en rase campagne.

En avant de cette ligne se trouveront les avant-postes des-

(1) Moyenne devant Metz.
(2) Moyenne devant Paris,

tinés à ne résister que le temps nécessaire pour que la ligne
de défense puisse être garnie de tous ses défenseurs. Un quart
de l'effectif du corps de blocus fournira ce service de sûreté,
qui comprendra des petits postes, des grand'gardes et surtout de fortes réserves d'avant-postes (pour celles-ci, deux
tiers du service de sûreté en entier).

Le combat ne sera soutenu que sur la ligne de défense
principale, conformément aux règles pour la défensive, et
cette ligne sera occupée par les réserves ; les grand'gardes
joueront par rapport à ces dernières le rôle de postes d'éveil.

97. Combat livré par une armée non bloquée, mais en s'appuyant à une forteresse.

Passssons au cas où la forteresse n'est pas bloquée et
supposons d'abord que l'armée livre bataille en ayant la
forteresse à dos.

À première vue, elle doit en tirer un grand secours ; car
sa ligne de retraite est assurée ; elle peut engager ses dernières réserves sans craindre de conséquences fâcheuses, si
le succès ne couronne pas ses efforts.

Il faut cependant que les communications à travers la
forteresse et autour d'elle soient assez nombreuses et assez
bien organisées pour qu'en cas de retraite, elles ne se trouvent pas encombrées ; ce qui changerait la retraite en déroute.

Mais, en fait, le secours que donne une forteresse sur les
derrières de l'armée, est toujours beaucoup moins effectif
qu'il ne semble. L'armée se sent attirée par la forteresse ;
elle incline à y trouver un refuge dès que la situation devient
critique pendant le combat. Si elle y trouve ce refuge, elle
est généralement perdue ; car, comme une forteresse n'a que
quelques issues, le vainqueur se porte rapidement devant

elles et en ferme les débouchés avec peu de monde : l'armée vaincue se trouve donc bloquée. Si la forteresse est petite, elle devient un nid à obus où les vaincus reçoivent les coups sans pouvoir y répondre efficacement ; la position devient intenable (1).

Dans tous les cas, un blocus est imminent, et commencé dans des conditions aussi désavantageuses, il ne peut se terminer que par la capitulation.

La forteresse peut se trouver aussi sur la ligne de bataille même. Il n'est guère admissible qu'elle en occupe le centre ; elle couperait le champ de bataille d'une façon désavantageuse ; car, pour le passage des troupes, une forteresse n'offre qu'une série de défilés, de sorte que sur chaque partie du champ de bataille, l'ennemi pourra être successivement battu et refoulé dans la forteresse par les forces réunies de son adversaire, lequel se meut bien plus rapidement en dehors des murs.

Si la forteresse se trouve, au contraire, à une des ailes de la ligne de bataille, elle procure les plus grands avantages. L'aile qui y est appuyée ne peut être tournée ; la ligne de bataille se trouve prolongée au moins de tout le diamètre de la forteresse. Les attaques contre l'aile du côté opposé à la forteresse sont comme indiquées ; aussi les réserves seront-elles placées derrière cette aile, afin de s'opposer à ce que la ligne de bataille, tournée de ce côté, ne se trouve obligée de rentrer dans la forteresse (2).

Une bataille défensive livrée méthodiquement dans ces conditions, est donc avantageuse parce qu'un grand nombre des inconnues se trouve dégagé ; on sait d'avance où l'attaque sera forcée de se porter, et on pourra lui préparer chaude réception.

(1) C'est le cas de la forteresse de Sedan en 1870.
(2) Lire à ce sujet le récit de la bataille du 18 août 1870.

XIᵉ CONFÉRENCE

98. Avantages et désavantages que présentent l'occupation et la défense des bois.

Il nous reste à parler de certains combats, tels que ceux qui se livrent dans les bois, les villages, les défilés, et pour lesquels les traités de tactique donnent tout un ensemble de règles spéciales.

Ces règles sont-elles en opposition avec celles que nous avons définies pour le combat soit offensif, soit défensif? Non : — elles ne sont que leur application à des cas particuliers; mais cette application doit être familière aux officiers ; car les combats dans les bois et les villages diminuent l'action du commandement supérieur et exigent des chefs des unités inférieures plus d'initiative. Pour que celle-ci ne s'égare pas, il est bon de présenter dans un cadre spécial l'application qu'elle aura à faire.

Commençons par les combats dans les bois.

Les bois sont généralement considérés comme favorables à la défensive, parce qu'on y trouve un abri contre les projectiles de l'ennemi et certaines facilités pour exécuter son tir à couvert et sur appui.

Mais cela n'est vrai surtout qu'autant que l'assaillant se trouve hors du bois; « *la lisière de celui-ci doit donc être conservée à tout prix par le défenseur* » (C. 351), car c'est elle qui permet de combattre à couvert en ayant un champ de tir favorable devant soi.

« *Dès que l'ennemi a pénétré dans le bois, le défenseur perd son avantage.* » C. 351. Dans l'intérieur du bois, l'action de la cavalerie et de l'artillerie est nulle ; les armes à feu à longue portée s'y trouvent sur le pied d'égalité avec les armes les moins perfectionnées ; seules les armes à chargement rapide ont un certain avantage sur les autres, parce que le fantassin qui en est pourvu, ne cesse point pour ainsi dire d'être prêt à faire feu et peut pendant un court instant tirer un nombre de balles relativement considérable ; ce qui est très-utile dans un terrain où la vue s'étend à faible distance autour de soi.

. D'autre part, le plus grand inconvénient que présente l'occupation des bois, consiste dans la difficulté d'y maintenir les liens tactiques d'une troupe engagée. Le rôle individuel devient presque prépondérant et la direction est sinon nulle, du moins extrêmement difficile. Les soutiens, les réserves ne peuvent se mouvoir que lentement et en faisant parfois de longs détours pour ne pas s'égarer.

Le soldat qui n'est pas aguerri, habitué à manœuvrer dans les bois, y perd son assurance et ne s'avance que timidement. Les chefs subalternes, trompés par les échos de la fusillade et du reste livrés à eux-mêmes plus que dans toute autre circonstance, sentent plus vivement le poids de la responsabilité qui leur incombe. Enfin la crainte d'être surpris, d'être tourné, ne devient que trop naturelle, et si elle n'est point justifiée plus souvent par les faits, c'est qu'elle existe généralement au même degré chez les deux partis. Tout cela paralyse tout effort vigoureux et fait du combat de bois le combat traînant par excellence.

Il résulte de ces considérations que le parti dont les troupes sont les plus disciplinées, les plus aguerries, dont les chefs subalternes ont le plus d'initiative et d'expérience, doit infailliblement l'emporter. Tenter de combattre dans les bois avec des troupes improvisées ou éprouvées par des échecs antérieurs, c'est courir à la défaite. Cependant si l'on dispose de bons corps de partisans levés dans le pays, ou si (comme par exemple dans un bois faisant partie d'une ligne de blocus) les troupes ont eu fréquemment à parcourir en tout sens le terrain sur lequel elles combattent, « *en raison de la connaissance qu'elles ont pu en acquérir, elles ont pour elles la faculté de se mouvoir plus rapidement et plus sûrement que l'adversaire.* » (C. 351.)

Ajoutons cependant que les bois ont été utiles quelquefois à des armées pour dérober leurs mouvements, et notamment leur concentration, à la vue de l'ennemi; à des arrière-gardes peu nombreuses pour dissimuler l'infériorité de leurs forces et tromper pendant quelque temps la poursuite de l'adversaire, enfin à des troupes en retraite après un combat malheureux, pour cacher l'état de confusion et le pêle-mêle dans lequel se trouvaient les bataillons.

Ce que nous venons de dire de l'occupation des bois fait penser que cette occupation présente surtout de très-grands avantages, lorsqu'il s'agit de petites parcelles de bois, que ces avantages diminuent à mesure que le bois augmente d'étendue, et qu'enfin des opérations militaires au milieu de vastes forêts ne présentent aucune sûreté d'exécution et doivent être soigneusement évitées.

En effet, si le bois ne présente comme dimension moyenne qu'une étendue de 200 à 500 mètres, il offre un très-bon abri contre le feu de l'ennemi; les réserves n'ont pas besoin d'être placées dans l'intérieur; pour agir, elles seront mieux derrière le bois; enfin l'artillerie, en flanquant de ses feux les abords du bois, en fera un point d'appui des meilleurs.

Si ces parcelles de bois sont répandues çà et là sur la position et si elles sont susceptibles de se flanquer mutuellement, elles constituent un des champs de bataille défensifs les plus avantageux.

Les bois d'une étendue double et triple peuvent encore

être très-utiles pour la défensive, mais seulement tant que l'ennemi n'aura pas pris pied sur la lisière ; car, s'il pénètre dans l'intérieur, le jeu des réserves de la défense devient difficile et les chances de l'attaque et de la défense sont égales.

Une vaste forêt dans une partie de laquelle l'ennemi a pu pénétrer sans combattre, constitue un voisinage des plus dangereux pour une armée en position, et la plupart des généraux ont préféré, dans cette circonstance, s'établir en arrière de la forêt, de façon à assaillir l'ennemi au moment où s'avançant en colonnes nécessairement profondes, il débouchera de celle-ci. A sa sortie de la forêt, il ne pourra déployer beaucoup d'artillerie dès le commencement de l'action, et cependant il devra débusquer son adversaire des positions bien garnies que celui-ci occupe en face de la forêt. L'armée qui débouche de la forêt, sera donc obligée de marcher à l'assaut de ces positions sans une préparation d'artillerie suffisante. Ce désavantage sera contre-balancé en partie par cette circonstance que celui des deux partis qui occupe la forêt, peut, en garnissant la lisière, avoir ainsi une base solide pour pousser peu à peu ses bataillons vers les positions de son adversaire.

Se placer en avant d'un bois pour combattre est considéré généralement comme une disposition dangereuse ; car, si la retraite devient nécessaire, elle sera difficile ; cependant le bois est rarement impraticable pour l'infanterie, et surtout pour l'infanterie en retraite, c'est-à-dire plus ou moins débandée ; il y aura donc dans ce cas surtout à se préoccuper de la retraite de l'artillerie.

Du reste, en occupant la lisière de la forêt avec les réserves encore disponibles, on peut entraver considérablement et arrêter même la poursuite de l'ennemi.

99. Reconnaissance et organisation de la défense d'un bois.

Dans la reconnaissance préliminaire d'un bois, le défenseur et l'assaillant portent leur attention sur les mêmes points. Toutefois l'assaillant ne peut faire ses observations qu'à grande distance ; il ne peut les compléter que s'il a de bonnes notices entre les mains ou si les gens du pays lui donnent les renseignements nécessaires.

Les cartes indiquent bien la délimitation des bois ; mais il faut remarquer que des coupes récentes, des défrichements ou des semis ont pu y apporter des modifications.

L'âge (futaie ou taillis) et la nature des arbres (chênes, pins, etc.) sont des éléments qui font une forêt plus ou moins praticable. Les coupes récentes doivent être considérées comme des clairières ; elles renferment souvent des dépôts de bois qui peuvent servir d'abris aux troupes. Des broussailles épaisses ou des eaux stagnantes rendent le terrain sous bois absolument impraticable. Enfin, dans les montagnes, des lignes de roches escarpées peuvent, sur les crêtes ou le long des pentes, barrer le passage sur de grandes étendues et former une sorte de retranchement intérieur.

Les communications (chemins et sentiers) sont particulièrement intéressantes à étudier pour la défense comme pour l'attaque, parce que les soutiens et les réserves doivent s'en servir de préférence pour arriver à point nommé, rapidement et sans chance de s'égarer. Les chemins servent aussi à découper le bois en secteurs qu'on peut ensuite assigner à l'avance à telle ou telle fraction comme théâtre de son action. C'est un des moyens à employer pour faciliter la direction des troupes.

Les carrefours seront généralement désignés comme emplacements de réserves, et les maisons forestières et les moindres hameaux qui peuvent se trouver sur les chemins, seront fortifiés pour conserver à la défense l'usage de toutes les communications.

Mais c'est la lisière qui doit d'abord et surtout fixer l'attention.

Si cette lisière est constituée par un fossé, celui-ci formera une très-bonne tranchée-abri. Si le fossé est bordé d'une haie, l'obstacle qu'elle opposera au premier élan de l'assaillant, sera encore plus précieux, surtout si on peut flanquer les diverses parties de la lisière les unes par les autres. Si enfin le bois était entouré d'un mur, il est inutile de faire remarquer combien l'attaque en deviendrait difficile; car l'assaillant ne pourrait pénétrer que par les brèches faites par son artillerie, et la défense aurait le temps d'y porter ses réserves.

Le tracé de la lisière a une égale importance pour l'attaque et pour la défense. Les saillants seront évidemment les points sur lesquels se dirigeront d'abord les assaillants, et la défense cherchera à en flanquer les abords par des feux partant des rentrants de la lisière.

Puisque le feu est le principal moyen d'action sur la lisière, il faut rechercher si les abords de celle-ci peuvent favoriser cette action pour l'un ou l'autre parti. Ainsi, si en avant de la lisière il existait un léger taillis formé par une coupe remontant à quelques années, l'approche sera facilitée pour l'assaillant aux dépens de la défense. Les maisons forestières, les fermes qui peuvent se trouver sur la lisière ou à petite distance, seront de bons points d'appui pour la défense; aussi l'artillerie de l'attaque s'efforcera-t-elle de les incendier avant l'assaut.

Le moyen le plus naturel de mettre des bois en état de défense consiste à y faire des abatis. Mais l'exécution d'un abatis demande beaucoup de temps et d'outils, toutes choses

qui, sur le champ de bataille, feront plus souvent défaut que
les bras. Il ne faut donc commencer ce travail d'abord que là
où il sera le plus utile. Or ce sera évidemment sur la lisière
et, sur cette lisière, aux saillants, puisque ce sont les premiers
points qu'abordera l'ennemi. En second lieu, on rendra les
chemins dans l'intérieur du bois momentanément impratica-
bles à l'artillerie ennemie, dans le cas où l'infanterie de
l'attaque aurait dépassé la lisière. Les grands arbres placés
sur le bord des chemins, dans les endroits où il existe un
défilé, seront disposés pour être abattus sur le sol à un moment donné (par des entailles à la hache ou un cordon de
cartouches de dynamite.)

Si on a le temps, on étendra les abatis sur la lisière, surtout dans le voisinage du débouché des routes venant de
l'intérieur du bois. Les abatis sur la lisière n'ont pas besoin
d'avoir une très-grande largeur. Dans les jeunes taillis on
peut y suppléer (lorsqu'on a des bûcherons à sa disposition)
en courbant les jeunes arbres, en entrelaçant leurs branches
et en les reliant entre elles d'après une méthode très en
usage en Amérique.

Les abatis dans l'intérieur des bois demandent au contraire beaucoup plus de travail que sur la lisière; car il faut
leur donner au moins 30 mètres de largeur et choisir les
emplacements de façon à pouvoir les couvrir de feux partant
d'une certaine distance.

Dans les grands bois, des abatis de ce genre serviront à
couvrir les flancs d'une position.

Mais tous ces travaux sont très-rares sur le champ de
bataille; ils serviront surtout à former une ligne de blocus
dans un pays boisé.

On les complétera dans ce cas par l'établissement d'un
réseau de voies de communication conçues au point de vue
exclusif de la défense, et pour le jeu de ses réserves.

L'occupation d'un bois se fera d'après les principes développés pour la défensive.

Si le bois ne présente pas plus de 500 mètres de front du côté de l'ennemi, il constitue un point d'appui dont toutes les parties de la lisière ayant vue sur l'attaque éloignée seront garnies uniformément de défenseurs. Quant aux parties de la lisière qui n'ont vue sur les assaillants que lorsque ceux-ci sont arrivés à très-petite distance, on ne les occupera qu'avec les soutiens et seulement au moment utile.

Si le bois est au contraire beaucoup plus étendu, il sera souvent avantageux de ne pas en garnir la lisière uniformément de défenseurs. On occupera d'abord les saillants et le voisinage du débouché des routes, pour les raisons déjà énoncées. Puis on mettra du monde « *au point de la lisière où le terrain se relève et aux rentrants d'où on peut fournir des feux flanquants.* » (C. 353.) Si le point où le terrain se relève est un rentrant, l'assaillant peut être tenté de l'aborder en premier lieu. Il faut alors garnir fortement les deux saillants voisins en contre-bas, afin de pouvoir prendre en flanc les troupes qui se dirigent sur le rentrant.

Dans les parties désignées ci-dessus, chaque compagnie occupe 100 à 150 mètres au plus. Les parties non occupées de la lisière seront observées par des patrouilles ; elles seront gardées par les feux des parties occupées, qui se croiseront en avant d'elles.

« *Le renfort est fractionné et rapproché de la ligne des tirailleurs ; on le répartit en arrière des points les plus exposés.* » (C. 353.)

Il en est de même des soutiens. Pour les porter plus facilement dans toutes les directions, on les disposera de préférence sur les chemins et aux carrefours. « *Plus le bois est épais, moins grandes sont les distances du renfort et du soutien à la ligne des tirailleurs.* » (C. 353.)

Si le bois est peu étendu (500 à 600 mètres), les bataillons de réserve de la ligne de combat ne se placeront pas dans le bois, mais en arrière, de manière à pouvoir tomber dans le flanc de l'assaillant au moment même de l'assaut. S'ils arrivaient trop tard, ils perdraient tous leurs avantages.

Si le bois est très-étendu, les bataillons de réserve et de deuxième ligne ne peuvent plus rester en dehors, mais on se gardera de les tenir tous massés sur un point; car ils arriveraient partout trop tard. Il faudra alors avoir un certain nombre de petites réserves, mais en principe jamais au-dessous d'un bataillon.

L'artillerie n'a aucun rôle à jouer dans les bois. On ne devra pas la disposer non plus immédiatement devant la lisière; car sa retraite deviendrait impossible, si les tirailleurs de l'attaque s'approchaient rapidement.

Tout au plus en avant d'un grand bois pourra-t-on placer une batterie à droite et une à gauche du débouché d'une route. Mais s'il s'agit de parcelles de bois éparses sur la position, l'artillerie aura un rôle très-efficace à jouer, si on la dispose dans les intervalles de ces parcelles de bois et en arrière de la ligne des saillants; elle tirera de leur voisinage un grand secours et pourra rester en position pour soutenir la contre-attaque faite à l'extérieur du bois par les bataillons de réserve.

Il est très-important d'avoir des idées bien arrêtées sur la quantité de troupes qu'on veut employer à la défense d'un bois. Nous avons dit que le combat de bois était le combat traînant par excellence.

En principe, le coup décisif n'est jamais porté dans l'intérieur du bois, mais exclusivement dans la lutte qui s'engage à l'extérieur.

On ne doit donc pas s'acharner à la défense à outrance d'un bois, si cela n'est pas de la plus grande urgence. A la bataille de Sadowa, la possession du bois de Swiep n'était point indispensable pour conserver le point bien plus important de Chlum. Néanmoins l'armée autrichienne engagea successivement 51 bataillons dans ce bois, où 14 bataillons prussiens purent leur tenir tête, jusqu'à ce qu'au dehors la bataille eut été décidée. Evidemment une partie de ces 51 bataillons eût été bien plus utile près de Chlum.

Un devoir s'impose à l'officier subalterne engagé avec sa troupe dans un combat sous bois. Il doit résister, même lorsqu'il croit être cerné; sa résistance sera toujours très-profitable pour l'armée dont il fait partie, car il peut maintenir en échec autour de lui une troupe bien plus nombreuse que celle dont il dispose lui-même.

Dans l'intérieur d'un bois, les chemins constituent ce qu'il y a de plus important à garder en son pouvoir; celui qui en est maître, est maître du bois; car les chemins facilitent le jeu des soutiens et des réserves, c'est-à-dire la défense active, et permettent de cerner, par des mouvements rapides, l'adversaire ignorant qui se borne à marcher droit devant lui et à tâtons, à travers le bois. Cet adversaire est réduit à se défendre passivement et, comme il ne peut être renforcé rapidement, il succombe ou est pris.

Il est bien entendu que la troupe qui se meut à rangs serrés sur un chemin dans le bois, est précédée d'éclaireurs, qui la préviennent des embuscades. Lorsque le feu commence près d'elle, elle ne s'avance plus que sous bois, mais le long des chemins.

Il n'est pas souvent question de réduit ou de point d'appui de la défense active intérieure d'un bois. En effet, un tel point doit commander un certain nombre de voies de communication sur une longueur un peu considérable.

Or un bois pourvu de groupes de bâtiments aux carrefours

de plusieurs chemins tracés en ligne droite, est rare ; c'est généralement un parc de plaisance.

100. Combat dans le bois et à la sortie du bois.

« *L'attaque est dirigée sur les saillants ou sur les points dont on peut s'approcher à couvert.* » (C. 357.)

Pendant la période de préparation, le rôle des deux armées n'offre rien de particulier. L'artillerie de l'attaque doit canonner vivement toutes les parties de la lisière où paraissent des troupes. Si le bois n'est pas très-étendu et s'il n'est pas touffu, l'artillerie de l'attaque lancera des projectiles dans l'intérieur du bois. L'expérience des dernières guerres prouve qu'un tir de ce genre est très-efficace, si l'ennemi a massé des troupes dans le bois ; ce qui arrive fréquemment.

Lorsque la lisière n'est pas très-touffue et forme une ligne brisée, l'artillerie de l'attaque profitera de cette circonstance pour enfiler de son feu (surtout d'obus à balles) différentes parties de cette lisière et y affaiblir l'énergie de la défense (1).

Si le bois se compose de parcelles éparses, le feu de l'artillerie sera d'abord concentré sur la parcelle qui se trouve à une des extrémités de la ligne de bataille, celle qu'il faut emporter d'abord.

« *Si le bois n'est pas très-étendu, l'attaque de front sera combinée avec une attaque de flanc, de manière à menacer la ligne de retraite du défenseur. Une fausse attaque aura souvent l'avantage d'obliger la défense à diviser ses renforts et ses soutiens et à affaiblir ainsi ses forces sur le point choisi pour la véritable attaque.* » (C. 357.)

Le feu d'artillerie ne pouvant rendre une partie de bois

(1) Comme à la bataille de Wœrth, au Niederwald.

11.

intenable que s'il est concentré sur un petit espace, les points qu'on veut aborder d'abord avec les tirailleurs, doivent être désignés comme buts aux batteries de l'attaque.

Le feu de l'infanterie doit seconder celui de l'artillerie, et la chaîne des tirailleurs de l'attaque s'avance de façon à envelopper les saillants et à les soumettre à des feux croisés, qui ne permettent plus aux défenseurs de trouver un abri derrière les arbres. Il importe à l'assaillant de prendre pied aussitôt que possible sur un point de la lisière. — Ce point pris, les tirailleurs s'étendent le long de la lisière, afin de réduire au silence les feux de la défense encore dirigés sur les abords du bois.

Une fraction à rangs serrés occupe « le point conquis. » De son côté la défense dirige contre elle de front et de flanc d'autres fractions à rangs serrés pour la rejeter hors du bois.

« *Lorsque la possession d'une partie suffisante de la lisière est assurée, les tirailleurs, suivis de près par les renforts et les soutiens, cherchent à pénétrer dans l'intérieur.* » (C. 358.)

La défense ne consiste pas à disputer le terrain arbre par arbre. A cet effet, forcée de déployer beaucoup de monde, elle userait ses forces sans profit, et l'attaque, qui a l'initiative, l'obligerait cependant à reculer constamment en agissant sur ses flancs.

La défense, obligée à la retraite, se portera rapidement « *d'une position à l'autre.* » (C. 356.)

Ces positions seront les clairières, les éclaircies provenant de coupes récentes, les carrefours, les ravins, les cours d'eau et, en terrain montagneux, les crêtes et les têtes de vallées d'où l'on peut dominer le bois au loin, et jusqu'à un certain point voir les mouvements de l'ennemi.

Dans l'intérieur du bois, les troupes de l'attaque et de la défense ne se meuvent pas en s'éparpillant sur une chaîne dont les hommes se perdront de vue trop facilement. Toute direction deviendrait impossible. Mais elles s'avanceront par groupes forts au moins d'une section et qui seront précédés d'éclaireurs, si le feu a cessé. Les files de ces groupes seront espacées à un mètre environ d'intervalle, tout en profitant des arbres pour s'abriter, s'il y a lieu, pendant les temps d'arrêt, et s'attacheront surtout à ne pas se disperser.

Les officiers et sous-officiers veillent à rallier leurs hommes pendant la marche et à s'orienter tant sur la direction à suivre que sur le développement du combat autour d'eux.

Les soutiens s'avancent à petite distance des tirailleurs et le long des chemins et sentiers, dont la possession a la plus grande importance, puisqu'ils facilitent la rapidité des mouvements dans un terrain aussi difficile. Du reste on peut, au moyen des chemins, assurer la direction de la marche ; ce qui est indispensable. A chaque moment d'arrêt, si la liaison s'est perdue entre les groupes, les soutiens fournissent de nouvelles patrouilles d'éclaireurs pour tâcher de la rétablir. En occupant les chemins d'un bois, on est maître de ce bois.

Sous bois, « *l'attaque doit être menée vigoureusement et avec entrain ; car c'est surtout dans les combats de bois qu'il est nécessaire d'enlever le soldat et de le pousser en avant.* » (C. 358.)

« *Un combat dans l'intérieur d'un bois est très-difficile à diriger, il amène la confusion au milieu de l'assaillant aussi bien que chez le défenseur ; par suite, le succès appartient presque forcément à celui qui tient le mieux sa troupe dans la main.* » (C. 356.)

« *De plus, ces combats facilitent les surprises et les embuscades. Une attaque ou une contre-attaque sur le flanc ou sur les derrières de l'adversaire, peut souvent avoir pour résultat d'amener un ennemi presque victorieux, mais surpris et en désordre, à abandonner un bois à moitié conquis.* »

Les attaques inopinées sur les flancs ou sur les derrières de l'adversaire sont à employer par l'assaillant comme par le défenseur.

Il faut donc surveiller les flancs de sa troupe avec la plus grande attention. Dans les bois peu étendus, on a soin d'appuyer exactement les ailes à la lisière, et de faire suivre celles-ci par un soutien destiné à empêcher que l'ennemi ne les tourne par le terrain extérieur.

Les tirailleurs de l'attaque et de la défense ne traversent jamais les clairières dont tout le parcours n'est pas gardé par des troupes amies; ils les contournent sous bois.

Si une des lignes de tirailleurs est obligée de reculer, elle peut, avant de se retirer, établir une embuscade qui fera feu à bout portant sur l'ennemi, si celui-ci poursuit trop vivement, et l'on profite du désordre qui suit l'incident, soit pour reprendre le terrain perdu, soit pour gagner rapidement et sans être inquiété quelque position plus avantageuse.

En indiquant l'emplacement des bataillons de réserve, nous avons indiqué comment se feraient les contre-attaques, selon que le bois sera plus ou moins étendu.

Les troupes qui combattent dans un grand bois, ne peuvent espérer porter des coups décisifs; il est donc superflu d'avoir de fortes réserves derrière la ligne de combat dans le bois; il faut s'attacher plutôt à battre les troupes ennemies qui s'appuient à ce bois à l'extérieur. Si l'on y réussit, la menace de couper la retraite aux défenseurs du bois les déterminera à cesser leur résistance. En d'autres termes, on devra plutôt chercher à tourner les grands bois qu'à y batailler, et on n'opérera directement contre eux qu'autant qu'il le faudra pour rester maître de la lisière dans les parties, d'où pourraient être dirigés des feux sur le théâtre de l'engagement extérieur au bois.

Dans le combat sous bois, lorsque l'assaillant s'approche

de la lisière opposée à celle par laquelle il a pénétré, il doit, par un effort vigoureux, et appuyé, au besoin, à l'extérieur par des bataillons de réserve, chercher à s'emparer de cette lisière pour couper toute retraite aux défenseurs.

Ceux-ci doivent, au contraire, s'efforcer de se maintenir sur la lisière en question, pendant que les réserves prendront position hors du bois, à un millier de mètres de distance au moins.

Ceci étant fait, ils quitteront lestement le bois pour rejoindre les réserves.

Dans cette circonstance, l'artillerie de la défense sera établie, sous la protection des réserves, en face des débouchés du bois et dirigera ses feux contre eux, afin d'empêcher l'ennemi d'amener son artillerie hors du bois.

De leur côté, les assaillants, maîtres du bois, en occuperont la lisière opposée et poursuivront de leurs feux leurs adversaires en retraite. Ils se porteront rapidement aux saillants que peut présenter cette lisière, afin de battre le terrain le plus en avant possible des débouchés qui se trouveraient dans les rentrants (1).

Si les bois ne sont pas étendus, l'artillerie de l'attaque s'abstiendra de les traverser ; elle les contournera à l'extérieur par les terrains découverts, se mettra vivement en batterie en s'appuyant aux bois conquis, et exécutera des feux contre les troupes en retraite.

Si l'attaque d'un bois, après avoir réussi d'abord, aboutissait, par suite d'une contre-attaque, à une retraite, les assaillants, avant de quitter le bois, se conformeront à ce que nous venons de dire pour les défenseurs repoussés hors du bois.

_____

(1) La bataille de Hanau (1813) est utile à étudier comme action de guerre ayant pour but de déboucher hors d'un bois.

XIIᵉ CONFÉRENCE

COMBAT DANS LES VILLAGES

101. Avantages et désavantages que présentent l'oc-cupation et la défense des villages.

Les villages sont préférables aux bois pour opposer une bonne défense active. Comme ceux-ci, ils procurent un abri contre les projectiles ; il importe donc d'interdire l'accès de leur lisière à l'assaillant, qui restera au dehors dans une po-sition d'autant plus désavantageuse que les abords du village seront plus découverts.

Dans l'intérieur du village, le défenseur perd une partie des avantages qu'il avait sur l'assaillant, mais moins que dans le bois ; car en occupant certains édifices permettant de battre sur une grande étendue les rues et les places du vil-lage, il pourra tirer grand profit des armes à chargement rapide.

Dans les villages comme dans les bois, la difficulté qu'on éprouve à maintenir les liens tactiques des troupes, reparaît lorsque celles-ci sont disséminées (le plus souvent à tort et prématurément) dans les maisons et les jardins ; les chefs subalternes ont également à prendre une plus grande ini-tiative dans le combat qui a les rues pour théâtre. Mais la difficulté de faire mouvoir les réserves n'existe pas au même degré que dans les bois. Enfin la préparation de l'attaque par l'artillerie devient très-effective, car les maisons ne peuvent, en général, abriter les troupes contre les projectiles de l'ar-tillerie.

Ceux-ci y allument assez rapidement des incendies, surtout dans les pays où les récoltes sont emmagasinées en grange.

Un village est dans de bonnes conditions pour former un point d'appui principal sur un champ de bataille, lorsque ses abords sont bien découverts, son contour bien défini, ses rues larges pour le jeu rapide des réserves, et lorsqu'il renferme quelques constructions solides pouvant servir de points d'appui pour la lutte à l'intérieur.

Pour les mêmes raisons que pour les bois, un village qui a trop d'étendue (plus de 1.000 mètres de front) parallèlement à la ligne de défense, n'est pas un bon point d'appui ; car il n'a pas alors beaucoup de profondeur (perpendiculairement à la ligne de défense) ou bien ce n'est plus un village ; c'est une petite ville, à la défense de laquelle il faut consacrer beaucoup trop de troupes.

Or le succès ne doit pas être cherché dans le combat à l'intérieur des lieux habités ; ceux-ci ne doivent jouer que le rôle de points d'appui sur le champ de bataille.

Un village se trouve dans des conditions particulièrement bonnes pour la défensive lorsque la lisière en est inabordable sur une certaine étendue (marais, rivières, etc.), lorsqu'il possède quelques restes d'une vieille enceinte, lorsque les maisons y sont étagées et particulièrement disposées pour battre toutes les rues ; enfin quand, à côté du village et un peu en arrière, se trouvent de bons emplacements pour de grandes batteries dont les feux rendront l'assaut très-meurtrier.

Les villages sont difficiles à défendre et ne doivent pas être considérés comme des points d'appui solides, lorsque leurs abords sont couverts, boisés, favorisant l'approche de l'ennemi ; lorsque celui-ci peut occuper, à bonne portée, des hauteurs très-dominantes ; lorsque les maisons sont éparses au milieu de jardins ; lorsque la forme générale de la localité est allongée. Si elle présente cette forme allongée perpendiculairement au front de l'attaque, celle-ci peut facilement envelopper l'extrémité du village, qu'elle doit aborder d'abord, y prendre pied, puis cheminer à couvert et en tournant tout obstacle sérieux par le terrain extérieur. D'ailleurs dans ce cas, la rue principale (généralement l'unique rue du village) se trouve enfilée par les feux de l'attaque.

Si le village est très-allongé parallèlement à sa ligne de défense, il se trouve complètement au pouvoir de l'ennemi, dès que celui-ci a pris pied sur la lisière.

Les derniers villages dont nous venons de parler, ne présentent donc aucun avantage pour y opposer une résistance prolongée. On peut les occuper utilement dans certains cas pour une défense momentanée avec une arrière-garde. Celle-ci garnira la lisière avec assez de tirailleurs pour que l'ennemi, croyant à une défense énergique, s'arrête et prenne des dispositions d'attaque demandant du temps. Dans ce cas particulier, les soutiens et les réserves seront placés en arrière et sur les flancs, pour parer aux mouvements tournants.

On évacuera le village dès que l'attaque le menacera sérieusement et, au moyen de batteries postées en arrière, et hors de la portée du fusil, on canonnera ensuite les débouchés de la localité et l'on arrêtera la poursuite de l'ennemi. On gagnera ainsi beaucoup de temps, et c'est le but de l'arrière-garde.

102. Mise en état de défense d'un village.

La mise en état de défense d'un village peut se décomposer en trois séries de travaux.

1° Création de l'enceinte.

2° Ouverture des communications en arrière.

3° Création de points d'appui (réduits) dans l'intérieur du village.

Lorsque le temps manquera, on devra toujours commencer les travaux par la création de l'enceinte.

Cette enceinte doit être, en principe, double. Les maisons d'un village sont généralement entourées de jardins bordés de haies, de palissades, de fossés. On organise d'abord la ceinture extérieure comme première ligne de défense ; « *elle est constituée par des murs de clôture, des haies, des palissades, des fossés, qui sont mis en état de défense conformément aux principes de la fortification passagère. La deuxième ligne de défense est constituée par les murs des maisons extérieures ; elle est complétée par des barricades et des tranchées établies sur les routes.* » C. 362.

On sera sobre toutefois des grosses barricades et des tranchées coupant les routes, parce qu'elles paralysent les retours offensifs.

La première ligne de défense a pour but d'occuper des positions présentant devant elles un champ de tir étendu vers la campagne, et de plus de ne pas permettre l'accès immédiat de la deuxième ligne, lorsque les abords de celle-ci sont couverts par des jardins. Elle est difficile à bouleverser par l'artillerie de l'attaque ; elle doit se trouver à au moins 50 mètres des maisons, afin que les troupes qui l'occupent ne soient pas incommodées par les éclats de pierres, les éboulements, les incendies. Le rôle de la première enceinte a tant d'importance qu'il faut, s'il se peut, la créer au moyen de tranchées-abris là où elle n'existe pas, ou bien si son tracé ne se prête pas bien au rôle qu'elle doit jouer (1).

L'organisation de la deuxième ligne doit être telle qu'à

(1) Autrefois la première ligne de défense faisait souvent défaut; dans le combat actuel, elle a pris une importance particulière, parce qu'elle permet de mettre en relief toute l'action de nos fusils à tir rasant et rapide. En second lieu, la nombreuse artillerie qu'amènent les armées actuelles, rend l'occupation de la deuxième ligne (maisons, murs) difficile et même impossible dans certains cas.

un moment donné, elle puisse fournir des feux étagés par-
dessus la tête des défenseurs de la première ligne.

« *On s'attache avant tout à profiter de toutes les parties*
de l'enceinte qui, par leurs dispositions, permettent de se pro-
curer des flanquements et de concentrer des feux sur les
points d'attaque probables. » C. 361.

En mettant les murs en état de défense, on se rappellera
que les créneaux sont longs à faire ; que, prodigués, ils affaiblissent les murs et ne permettent jamais que des feux peu
nourris.

On préférera tirer par-dessus les murs, si c'est possible,
en les écrêtant ou en disposant derrière eux des banquettes,
soit en terre, soit établies sur des tonneaux, des bancs, des
tréteaux, etc.

Les ouvertures de l'enceinte entre les jardins et les maisons seront obstruées par tous les objets qu'on aura sous la
main et par des barricades mobiles, afin de permettre la
retraite aux défenseurs de la première ligne.

L'organisation de la défense des débouchés des rues dans
la campagne mérite une attention particulière. On construira
des barricades dans ces endroits, mais en les reportant un
peu dans l'intérieur de la rue, afin qu'elles ne puissent être
vues et détruites de loin par l'artillerie ennemie.

On ne devra pas, en général, construire les barricades avec
fossé et parapet en terre ; car on s'interdit ainsi à soi-même
de déboucher dans la campagne. Des voitures de paysans
chargées de terre ou de fumier peuvent constituer une bonne
barricade dans une rue de village, surtout si on complète la
fermeture avec des herses placées debout, des palissades,
et même des meubles. On disposera dans deux ou trois maisons en arrière de la barricade des détachements qui auront
pour mission spéciale de fournir des feux rapides sur les
abords de l'obstacle.

En cas de retour offensif, l'obstacle peut être rapidement mis de côté par les défenseurs, puisqu'il est pour ainsi dire sur roues. On fera bien dans ce cas de le disposer à hauteur d'une porte cochère, permettant de le pousser dans une cour, si cela devient nécessaire.

On ne se bornera pas à organiser la défense de la lisière seulement sur la partie qui regarde l'ennemi ; mais encore sur les côtés, et cela parce que nous avons remarqué que les points d'appui doivent fournir des feux croisés sur les intervalles qui les séparent et être à l'abri d'une attaque probable venant de ces côtés.

Sur la face qui regarde la ligne de retraite, on ne fera aucun travail ; la garde de cette partie est confiée aux réserves.

Si le combat dans l'intérieur prend une tournure défavorable pour la défense, les réserves de celle-ci fourniront des détachements pour occuper les maisons qui commandent à droite et à gauche les débouchés par lesquels s'effectuera la retraite.

Il existe parfois en avant de la lisière des bâtiments importants tels que fermes, auberges, fabriques, ou bien des cimetières entourés de murs. On organisera la défense de ces bâtiments ou des cimetières, s'ils se trouvent à petite distance (moins de 400 mètres), de façon à en faire des ouvrages avancés fournissant des feux de flanc en avant de la lisière ; on les reliera, si on a le temps, au village par une communication couverte. — On y mettra le feu avant de les abandonner, si ce sont des bâtiments.

L'artillerie de l'attaque, de son côté, s'efforcera de détruire ou d'incendier ces appuis de la défense extérieure, ou tout au moins, par un feu concentré, de les rendre intenable pour leurs garnisons.

La deuxième série des travaux de défense comprend l'ouverture des communications. En principe, les mouvements des troupes se feront dans les rues; mais, pour rendre la défense des deux enceintes plus facile, « *chaque subdivision doit, dans la zone de défense qui lui est confiée, percer les haies, murs et palissades qui rayonnent du centre vers la circonférence; elle doit de plus s'ouvrir des passages en arrière.* » C. 362.

De même toutes les fois qu'on placera un détachement dans une maison de l'intérieur du village, il devra pratiquer en arrière une communication de retraite, de telle sorte que, si l'évacuation de la maison devient nécessaire, elle puisse s'opérer avec moins de danger pour les défenseurs; la défense de la maison pourra par suite être prolongée.

Certains villages sont bâtis de façon à donner la facilité d'établir dans leur intérieur des lignes de résistances successives.

Tel sera le cas où soit un ravin, soit une rivière, même guéable, traverserait le village, ou bien celui où une grande place servant de marché couperait le village en deux parties distinctes.

S'il y a des ponts sur la rivière ou sur le ravin, on préparera des barricades mobiles (voitures) pour les obstruer rapidement, lorsque la partie antérieure du village aura été évacuée par la défense. On occupera fortement les maisons en arrière des ponts (1).

L'organisation d'une ligne de résistance intérieure sera dirigée comme il a été dit pour la lisière extérieure. Toutefois on remarquera que cette ligne intérieure a peu à redouter du canon; car il sera difficile à l'assaillant d'en amener

(1) A la bataille de la Rothière en 1814, le pont sur l'Aube à Dienville fut obstrué par une barricade mobile construite en y accumulant à la hâte tous les bancs d'une église qui se trouvait à proximité. Les maisons voisines étaient garnies de tirailleurs.

dans les rues, sous le feu rapide de l'infanterie de la défense.

Enfin la troisième série de travaux à exécuter consiste dans la création de points d'appui (réduits) dans l'intérieur du village.

Dans la plupart des traités où il est question de la défense des villages, il est recommandé d'y créer *un seul réduit,* et on désigne de préférence pour cet usage l'église de la localité (1); cependant le plus souvent cet édifice n'est pas propre du tout à être mis en état de défense. Les murs en sont épais; on ne peut donc y percer facilement les créneaux. On ne peut pas non plus tirer par les fenêtres, si ce n'est par celles du clocher. Le cimetière, qui, dans un certain nombre de localités, entoure l'église et lui forme une première enceinte, est dominé par les maisons voisines.

Enfin, sauf lorsqu'il s'agit d'un très-petit village, un seul point d'appui ou réduit est toujours insuffisant pour une bonne défense active.

Celle-ci exige que les réserves agissent sous le feu des points d'appui, dans les rues du village; il faut donc, autant que possible, que toutes les rues soient soumises à ces feux, partant de plusieurs maisons organisées dans ce but. Il ne s'agit pas d'éparpiller la garnison du village dans toutes les maisons; au contraire, on en choisira quelques-unes présentant une construction solide et qui soient faciles à défendre. Elles devront avoir des vues sinon sur tout le réseau des rues, du moins sur une longueur convenable des plus importantes d'entre elles. L'assaillant ne pourra donc se mouvoir

_____

(1) Il est remarquabe, d'autre part, que dans les récits de batailles pendant les guerres de 1792 à 1815, on voit rarement l'emploi d'un seul réduit pour le combat dans l'intérieur du village; la résistance se concentre généralement dans plusieurs maisons. Une bonne défense active impose cette règle. Lire à ce sujet le récit de la bataille de Ligny, 1815.

dans l'intérieur de la localité qu'après avoir enlevé ces points d'appui; tandis que les réserves de la défense se trouveront partout sous la protection de ces mêmes points.

L'idée d'un seul réduit se rattache plus spécialement à la défense passive, et nous ne voulons pas de cette dernière. L'organisation d'un seul réduit se présente aussi fréquemment dans la guerre de guérillas; nous ne nous occuperons pas ici des motifs de cette exception.

Nous avons dit déjà qu'on plaçait aussi du monde dans quelques maisons ayant vue sur les barricades, et nous ajouterons qu'il ne faut pas prodiguer ces dernières, car ce serait précisément s'interdire la défense active.

En principe, ordre doit être donné aux habitants qui peuvent encore se trouver dans le village, de tenir, à partir du moment où l'ennemi attaque, toutes les portes et toutes les fenêtres fermées et de ne pas se montrer, quoi qu'il arrive.

L'assaillant qui pénètre dans le village, ne peut alors se faire ouvrir les portes des maisons en usant d'intimidation envers les habitants, qui lui restent invisibles.

Quant aux maisons qu'occupera la défense, celle-ci en tiendra fermées les portes, ainsi que les fenêtres du rez-de-chaussée. Le feu s'exécutera par les fenêtres des étages et même par les greniers, en retirant des tuiles du toit; on peut également fournir des feux rasants très-dangereux par les soupiraux des caves.

Il sera très-utile de donner un supplément de munitions à la garnison des maisons fortifiées, car elles devront pouvoir résister longtemps. On ouvrira aussi des communications de retraite en arrière de ces maisons et à travers les jardins et les cours; ce qui dans les villages est beaucoup moins difficile que dans les villes.

103. Occupation d'un village.

Comment dispose-t-on les bataillons dans un village? Dans

un grand nombre de batailles on y a employé de prime abord beaucoup trop de monde; ce qui ne rend pas la défense plus énergique, mais augmente les difficultés du commandement, en raison du mélange rapide des compagnies et des bataillons.

Il faut avant tout empêcher l'assaillant de prendre pied sur la lisière. On occupera donc, dès le commencement, très-fortement l'enceinte extérieure. On placera dans le village les renforts, les soutiens et les réserves particulières; mais les troupes formant la réserve générale doivent être tenues en arrière du village. Sur un ordre donné, elles y entrent par telle ou telle rue, et leur action compacte peut alors être appliquée de façon à rendre un retour offensif dans les rues beaucoup plus dangereux pour l'ennemi que si l'on avait fait converger vers un point des éléments épars dans le village.

La ligne de combat sera disposée sur la lisière conformément aux principes tracés pour la défensive, c'est-à-dire avec un fusil par 75 centimètres courants et avec des renforts et soutiens très-rapprochés.

Ce sera un des cas où on pourra mettre trois compagnies en ligne par bataillon et faire occuper à la compagnie sur le pied de guerre moins de cent mètres de front. La résistance se trouvera bien de ce fractionnement, qui aura de plus l'avantage de mieux s'adapter à la disposition des îlots de maisons de la plupart des villages.

Comme dans les bois, les unités tactiques seront disposées à cheval sur les voies de communication, et celles-ci ne serviront pas à limiter le théâtre de l'action de deux unités. Cependant au débouché principal, s'il a une très-grande importance, on pourra disposer une compagnie à droite et une autre à gauche, mais en les prenant dans le même bataillon. Il faut bien se dire que ce ne sont pas les îlots de maisons qu'il s'agit de défendre passivement; mais qu'il faut rester maître du passage dans les rues.

Les renforts, devant se fondre de très-bonne heure dans la chaîne, seront tenus à l'abri très-près d'elle. Les soutiens seront placés généralement dans les rues transversales parallèles à la lisière, et seront appelés à fournir de suite des détachements dans les maisons de la deuxième enceinte ayant vue sur le terrain de l'attaque. Ces détachements ne monteront dans les étages supérieurs des maisons que quand le feu d'artillerie aura cessé et que l'infanterie ennemie s'approchera, mais ils devront en avoir préalablement organisé la défense. Les compagnies de réserve des bataillons seront placées en arrière, aux carrefours, de manière à pouvoir prendre rapidement la place des soutiens.

Les bataillons de réserve de la première ligne seront disposés en principe en arrière du village; toutefois, ils fournissent la garnison du réduit et des autres bâtiments du village où on se propose de faire longue résistance. Le rôle de ces bataillons consiste en outre à agir offensivement à l'arme blanche dans les rues, lorsque l'assaillant y a fait irruption. Ils marchent non par bataillons entiers, mais par détachements d'une à deux compagnies. Enfin ils occupent les maisons commandant la ligne de retraite des défenseurs. Exceptionnellement, si le village présente une grande longueur perpendiculairement au front attaqué, les bataillons de réserve peuvent être disposés sur quelques places dans l'intérieur du village. Si celui-ci est coupé en deux par une rivière, un ravin, la garde et la défense de la coupure appartiennent aux bataillons de réserve.

Une règle importante relative à l'occupation des villages est de ne jamais éparpiller les hommes par petits groupes dans les maisons. Une maison destinée à servir de point d'appui doit être gardée par une demi-section au moins, aux ordres d'un sous-officier, et souvent par une compagnie entière.

Les troupes doivent être surveillées et tenues de faire vigoureusement leur devoir. Pour chaque point d'appui, il faut une
responsabilité unique et effective, fixée d'avance.

Les détachements chargés de défendre les maisons fortifiées dans l'intérieur du village doivent résister, quand bien
même l'assaillant envahirait la rue. Ce n'est qu'ainsi qu'ils
peuvent seconder réellement les retours offensifs des réserves.
(Bazeilles).

L'artillerie n'a rien à faire pendant le combat dans les
rues. Tout au plus une pièce peut-elle être amenée, au besoin à bras, en face de quelque maison fortifiée, pour y ouvrir
une brèche.

L'artillerie de la défense sera surtout disposée en fortes
batteries sur les deux côtés et un peu en arrière du village,
et croisera ses feux sur ses abords. Si on la disposait en
avant de la lisière, sa retraite deviendrait difficile au moment
de l'assaut.

S'il existe en arrière et à peu de distance du village une
hauteur très-dominante, on peut aussi y placer du canon
qui tirera par-dessus la localité et même qui, si l'ennemi
prenait pied dans quelques maisons, pourrait les bombarder
et en faciliter la reprise à la défense.

**104. Combat en avant du village, dans le village et
à la sortie du village.**

Une troupe chargée d'attaquer un village doit d'abord en
reconnaître les abords à l'aide de ses éclaireurs et des patrouilles d'officiers. Les parties saillantes de la lisière, celles
dont il est plus facile de s'approcher en raison de la configuration du terrain ou de la végétation qui le couvre, seront
choisies comme points d'attaque. Généralement les cartes
que l'assaillant aura à sa disposition, lui feront connaître les

12

voies de communication qui aboutissent à la localité ; il en
fera étudier les débouchés par ses éclaireurs.

La préparation de l'attaque consistera dans un feu d'artillerie qui aura le but suivant :

Brûler ou ruiner les maisons qui commandent les débouchés des rues dans la campagne (dans le demi-cercle qui
regarde les batteries) ; faire de même de celles qui sont disposées sur la lisière et forment les points d'appui secondaires
de la ligne de défense, ainsi que des constructions qui se
trouvent en avant et jouent le rôle d'ouvrages avancés.

Prendre pied sur la lisière étant la première des nécessités,
le concours de toute l'artillerie sera demandé pour la préparation de l'attaque, si cela est nécessaire. Si on disposait d'une
très-nombreuse artillerie, on destinera un certain nombre de
pièces à brûler dans l'intérieur du village des bâtiments importants, visibles de loin et où il est probable que les défenseurs chercheront à se fortifier. La préparation de l'attaque
d'un village, d'une ferme par le feu de l'artillerie est de la
plus grande importance ; nous avons éprouvé nombre d'échecs
dans toutes les guerres pour avoir négligé cette préparation.
Qu'il nous suffise de citer les épisodes de la Haie-Sainte et
d'Hougoumont, sur le champ de bataille de Waterloo.

L'attaque par l'infanterie devra être enveloppante, de façon
à débusquer plus facilement les défenseurs de l'enceinte
extérieure ; ce sont eux dont le feu est le plus nourri et le
plus redoutable. Il y a là un motif pour marcher d'abord
contre les saillants.

L'attaque d'un village demandant des efforts puissants,
on devra y employer de suite assez de monde pour ne pas
redouter un échec, c'est-à-dire qu'on emploiera le maximum
fixé pour l'offensive.

Dès que l'attaque a pris pied sur la lisière, la chaîne poursuit vivement les défenseurs, à travers cours et jardins ; mais

les réserves des bataillons de l'attaque, s'il en existe encore, et, à défaut, les bataillons de réserve de la première ligne s'établissent dans les bâtiments conquis et les fortifient contre un retour offensif (1).

Si ces bâtiments se trouvent au débouché des rues dans la campagne, ce sera encore plus avantageux.

Généralement l'attaque n'est point dirigée contre un seul de ces débouchés ; il est même indispensable qu'elle agisse sur plusieurs d'entre eux, et notamment sur quelques-uns de ceux qui conduisent dans la campagne à droite et à gauche de l'attaque, et cela pour faire tomber plus facilement la défense sur l'enceinte extérieure, face à l'attaque (2).

Un point de la lisière étant enlevé, on en profitera pour s'étendre le long de cette lisière et prêter concours aux attaques contre les autres débouchés, qui pourraient ne pas avoir réussi.

Lorsque, pendant les opérations dans le village, des fractions auront à traverser des espaces balayés par des feux nombreux, on massera celles-ci d'abord derrière un abri ; puis les hommes traverseront l'endroit dangereux, un à un ou au moins par petits groupes ; le détachement se reformera avant de partir. Ce mouvement sera protégé au besoin par le feu des tirailleurs disposés à cet effet dans des maisons.

De son côté la défense cherchera avec ses bataillons de réserve à rejeter les assaillants dans la campagne. Si elle ne réussit pas et que ceux-ci restent maîtres d'une partie notable de la lisière, ils en profitent pour se répandre dans les rues, dont ils gardent les débouchés, et font le siège des maisons fortifiées qui appuient la défense intérieure du village.

(1) Voir dans les mémoires de Masséna ce que fit dans ce but le général Claparède dans le village d'Ebersberg, en 1809.

(2) Nos troupes n'enlevèrent le village de Jemmapes que lorsque l'attaque de front fut combinée avec celles des bataillons qui assaillirent le village sur les côtés et même par derrière.

En principe, les attaques contre ces maisons ne se font pas directement et on cherche à les tourner en cheminant par cours et jardins. Toutefois, lorsque cela est impossible, et si l'attitude de la garnison se montre faible, on peut, après avoir garni de nombreux tirailleurs toutes les fenêtres des maisons voisines ayant vue sur celle qu'occupent les défenseurs et avoir ouvert un feu nourri contre eux, tenter d'enfoncer les portes et de pénétrer de haute lutte dans l'intérieur du bâtiment.

Tout en tournant et isolant les points d'appui de la défense, les assaillants s'efforcent de gagner la lisière du village du côté opposé à celui qu'ils ont abordé. S'ils parviennent à en occuper le développement, la défense intérieure se trouvera isolée, sans possibilité de ravitaillement, et tombera rapidement.

De leur côté, si les défenseurs se voient obligés d'évacuer leur village, ils s'efforceront de rester maîtres des débouchés commandant leur ligne de retraite jusqu'à ce que toute la garnison ait pu l'évacuer. Ils établiront, en face des débouchés en question, des batteries destinées à arrêter la poursuite des assaillants au moment de l'évacuation définitive.

L'histoire des guerres faites depuis cent ans nous apprend que le plus souvent la perte d'un village est due à l'échec éprouvé par les troupes qui combattent sur les côtés de ce village. Ces troupes tirent cependant un appui efficace de celui-ci, tant que la lisière n'en a pas été entamée. Mais si l'assaillant a pénétré dans l'intérieur, il combat sur un pied presque d'égalité contre le défenseur. Ce combat a souvent une très-longue durée et, mené sans méthode, il absorbe généralement des forces considérables, sans amener de résultat décisif; mais aussitôt que l'assaillant a forcé les troupes disposées sur les côtés du village à battre en retraite, la défense du village se trouve isolée et finit par succomber.

Pour avoir une idée de la quantité de troupes que peut

absorber un combat dans l'intérieur d'un village, il suffit de rappeler que dans le village de Ligny, en 1815, il se trouvait à la fin 32.000 hommes engagés, soit 16.000 de part et d'autre. Ce village présentait, il est vrai, un front de 1.100 à 1.200 mètres aux attaques des Français. Cependant il ne resta définitivement au pouvoir de ces derniers que parce que les troupes ennemies qui s'y appuyaient, furent battues.

De son côté le défenseur ne peut, dans des rues étroites, employer utilement les forces qu'il a en deuxième ligne ; il ne doit pas attendre que peu à peu il soit obligé d'engager par fractions successives cette deuxième ligne dans le village, où ces fractions se débanderont rapidement ; il est donc naturel qu'il pousse avec sa deuxième ligne réunie une contre-attaque latéralement à la localité, et c'est ainsi que de part et d'autre des forces considérables se trouvent aux prises en dehors de la lisière. L'issue de la lutte qui s'engage sur ce terrain, est toujours décisive en ce qui concerne la possession du village (1).

Ajoutons que lorsqu'on attaque un village isolé dont les flancs ne sont pas gardés, il est élémentaire de le tourner en même temps qu'on l'attaque de front. Par ce moyen, la résistance tombe souvent d'elle-même, lorsque les défenseurs se voient menacés de perdre leur ligne de retraite.

Il arrive aussi que dans une bataille, des villages sont pris et repris plusieurs fois et que pendant la nuit les armées restent à moins de portée de fusil, se proposant de recommencer la lutte le lendemain. Il est rare qu'avant l'arrivée

(1) Voir à ce sujet l'épisode du village de Mœkern a la bataille de Leipzig, en 1813. — Dans la même bataille, lire l'épisode non moins glorieux du village de Probstheyda où quatre compagnies de grenadiers tinrent tête aux masses des alliés ; mais à l'extérieur du village se trouvaient les divisions Vial et Rochambeau et la division Curial, de la garde, qui manœuvrèrent sous la protection de ce point d'appui, ainsi que nous l'indiquons ici.

12.

du jour, le parti qui a perdu le village, ne cherche pas à le reprendre par surprise. En général, il ne se présente alors jamais de front; car il rencontrerait forte résistance. Mais il a grandes chances de réussir, s'il se dirige vers les débouchés du village, sur les flancs ou même à l'arrière. En effet, au milieu de l'obscurité, les troupes qui gardent le village peuvent avoir négligé d'en organiser la défense complète. Or, si celle-ci présente des lacunes, ce ne sera généralement pas sur la face qui regarde directement l'ennemi.

Du reste, de tout temps, presque toutes les surprises de village ont été conduites dans l'ordre d'idées que nous indiquons, et l'on en voit des exemples dans la dernière guerre (1).

XIIIᵉ CONFÉRENCE

COMBATS DE DÉFILÉS

105. Classification des défilés.

« *On entend par défilés des passages resserrés qui ne peuvent être facilement franchis que sur un front restreint.* » C. 344.

Le défenseur peut donc garder le passage avec très-peu de monde; l'assaillant ne pouvant déployer contre lui sa supériorité numérique, cherchera le plus souvent à tourner l'obstacle. Les défilés sont formés principalement soit par des cours d'eau, soit par des chaînes de montagnes. Une forêt et même un village présentent également autant de défilés

---

(1) Reprise du village de Servigny, devant Metz, pendant la nuit du 31 août 1870, par la division Aymard. — Reprise du village d'Origny le 9 décembre 1870, à cinq heures du matin, par la 3ᵉ division du 17ᵉ corps.

qu'il y a de voies de communication les traversant. Mais nous n'avons plus en ce moment à nous occuper de ce dernier genre de défilés, puisqu'une élude spéciale a été consacrée au combat dans les bois et les villages.

106. Défilés formés par les cours d'eau.

Nous commencerons donc par les défilés formés par les cours d'eau.

Il semble rationnel de considérer un cours d'eau comme un obstacle de premier ordre et de disposer le long de la rive à occuper un cordon de détachements, tous placés en face des points les plus favorables au passage de l'ennemi.

Au sujet de ce système de cordon, Napoléon Ier faisait écrire ce qui suit, le 20 janvier 1814, par son major général au général Maison, qui commandait 20.000 hommes en Belgique.

« Sa Majesté n'approuve pas le projet d'une ligne (de détachements) de 20 lieues ; cela est bon pour la contrebande, mais ce système de guerre n'a jamais réussi. »

Voici ce qu'il avait écrit lui-même, le 15 mars 1813, au prince Eugène, qui se proposait de défendre le cours de l'Elbe avec les troupes revenant de Russie.

« Il faut mettre en principe que l'ennemi passera l'Elbe où et comme il voudra. Jamais une rivière n'a été considérée comme un obstacle qui retardât de plus de quelques jours, et le passage n'en peut être défendu qu'en plaçant des troupes en force dans des têtes de pont sur l'autre rive, prêtes à reprendre l'offensive, aussitôt que l'ennemi commencerait son passage.

« Mais voulant se borner à la défensive, il n'y a pas d'autre parti à prendre que de disposer ses troupes de manière à pouvoir les réunir en masse et tomber sur l'ennemi avant que son passage ne soit achevé. Mais il faut que les localités le permettent et que toutes les dispositions soient prises à l'avance.

« Rien n'est plus dangereux que d'essayer de défendre sérieusement une rivière en bordant la rive opposée ; car, une fois que l'ennemi a surpris le passage, et il le surprend toujours, il trouve l'armée dans un ordre défensif très-étendu et l'empêche de se rallier. »

Cette lettre résume toute la théorie de la défense des cours d'eau et des défilés que ceux-ci forment, lorsqu'on réunit leurs rives par des ponts.

Toutes les circonstances probables peuvent donc se réduire à deux cas.

Dans le premier cas, la défense est active et opère au moyen de têtes de pont. Celles-ci doivent, si elles sont attaquées, opposer une défense analogue à celle de tout poste retranché ; mais l'armée de la défense, qui débouche offensivement par les têtes de pont qui ne sont pas bloquées, vient prendre en flanc et à dos l'assaillant occupé soit à bombarder des têtes de pont, soit à passer le fleuve sur les ponts de campagne qu'il a construits.

Dans le second cas, l'armée qui défend le fleuve, après avoir détruit tous les ponts, ne tient sur les rives que des postes d'observation. Ses masses sont disposées à une certaine distance, sur des points favorables pour se porter dans plusieurs directions vers le fleuve. Dès que les postes d'observation annoncent que l'ennemi jette un pont de campagne sur tel point, l'armée de la défense s'y porte en masse et tombe sur son adversaire avant que toutes les troupes de celui-ci n'aient pu passer le fleuve. Obligé de combattre avec infériorité numérique et ayant le fleuve à dos, l'ennemi court grand risque de subir un échec grave.

En résumé, le combat pour le passage d'un cours d'eau ne se présentera donc que sous les deux aspects particuliers suivants.

1º Attaque et défense d'une tête de pont.

2º Combat entre deux armées, dont l'une a entrepris le passage d'un fleuve sans avoir pu l'achever, et luttera en ayant le fleuve à dos.

L'attaque et la défense d'une tête de pont sont spécialement traitées dans les cours de fortification. Mais il y a lieu de présenter ici quelques observations sur l'organisation des têtes de pont.

Vu leur but offensif, les têtes de pont ne doivent généralement pas consister dans une petite lunette ou même dans un simple ouvrage à cornes. Un seul pont est insuffisant pour prendre rapidement l'offensive; avec beaucoup de troupes cela en demande au moins deux ou trois, et nécessite de plus grandes dimensions pour la tête de pont. Il faut aussi mettre ces ponts à l'abri de l'artillerie ennemie et par suite occuper par des forts détachés les hauteurs qui commandent les ponts à portée de canon.

Si le cours du fleuve est sinueux, il faut disposer les ouvrages détachés de façon que l'ennemi ne puisse établir en aval ou en amont, dans un coude de la rivière, des batteries destinées à prendre la tête de pont et les ponts d'écharpe ou de revers.

Enfin, pour qu'une tête de pont donne une sécurité complète au général en chef qui veut manœuvrer, elle doit être double, c'est-à-dire occuper les deux rives. Si l'ennemi surprend le passage en amont ou en aval de la tête de pont, il ne pourra cependant prendre la défense de celle-ci à revers.

Il est extrêmement dangereux de s'établir, de parti pris, en avant d'un pont pour le défendre, sans s'être couvert par de solides ouvrages ae campagne, permettant de combattre pied à pied et de faire passer le pont peu à peu à la garnison, lorsque la défense deviendra inutile ou impossible. On s'expose à voir, comme au pont de Halle en 1806, l'assaillant, protégé par quelque couvert, pousser une pointe hardie vers le pont, s'en emparer, et les troupes de la défense restées en deçà du pont n'ont à opter qu'entre la destruction ou la capitulation.

Examinons maintenant le cas où une des armées est obligée, après avoir commencé le passage, de combattre en ayant le fleuve à dos.

L'armée de la défense a été disposée, comme le veut Napoléon, à une certaine distance du cours d'eau et, dès qu'elle a appris le commencement du passage, elle s'est concentrée et s'est présentée pour combattre avec une certaine supériorité numérique.

Pour franchir le fleuve, l'assaillant a pu tout simplement avoir jeté plusieurs ponts de campagne au moyen de ses équipages.

L'armée de la défense peut aussi, après avoir détruit tous les ponts qui existaient sur une certaine étendue, en avoir conservé un seul intact, dans l'espoir que l'assaillant s'y présentera et dans le dessein de le combattre sur le terrain qu'elle aura choisi et au moment où il n'aura opéré le passage qu'en partie seulement.

Si toutefois les troupes de la défense sont peu nombreuses et ont peu ou point d'artillerie, comme dans la guerre de montagnes, elles feront bien de détruire le tablier du pont presque en entier, afin de forcer les ennemis à ne passer qu'un à un sous leur feu, et de plus elles abattront les parapets, s'ils sont pleins, pour qu'ils ne servent pas d'abri aux assaillants; il faut, en un mot, non interdire absolument le passage, mais le rendre lent et dangereux pour son adversaire.

Comment l'armée de la défense s'établira-t-elle pour combattre l'ennemi, lorsqu'il se trouve encore près du fleuve et ayant celui-ci à dos?

En premier lieu, elle n'établira pas sa ligne de bataille eu appuyant ses deux ailes au fleuve; car celles-ci seraient prises d'enfilade par les troupes de la rive opposée.

A quelle distance s'établira-t-elle du fleuve?

Cela dépendra des forces respectives des combattants. En principe, il faut ne pas laisser à l'assaillant le terrain suffisant pour se déployer. — Un détachement inférieur à une division ne se tiendra pas à plus de 500 mètres du point de passage.

Il est très-important de concentrer sur les ponts le tir des batteries de la défense, non-seulement parce qu'on entravera le passage des colonnes de l'assaillant, mais parce qu'en détruisant les ponts à coups de canon, on peut couper toute retraite aux troupes qui ont passé le fleuve.

Le combat devra être mené selon les règles de l'offensive la plus vigoureuse. Les troupes ennemies seront attaquées au fur et à mesure de leur passage, et on ne leur laissera aucun répit qui leur permettrait de se créer des points d'appui et de s'établir solidement. Les forces chargées de défendre le passage tireront le meilleur parti possible des points d'appui qu'offrira le terrain; le théâtre sur lequel aura lieu leur contre-attaque, leur est connu; on abritera les troupes qui doivent l'exécuter, le plus près possible du point de passage, afin que leur action ait le caractère de soudaineté nécessaire.

Ainsi, pour défendre un pont dans un bourg, on disposera les troupes de contre-attaque dans les rues parallèles au cours d'eau, de façon que, par un simple à-droite ou à-gauche, elles tombent dans le flanc de l'ennemi s'avançant dans la rue qui se trouve dans le prolongement du pont. (Défense du pont de Wavre. (Juin 1815.)

Dans tous les cas, la contre-attaque dirige ses charges non pas de front contre les assaillants venant du pont, mais au contraire dans leur flanc, de façon à menacer leur ligne de retraite et à ébranler leur moral avant de les avoir abordés.

Se rappeler à ce sujet l'effet que produisit à Wagram sur nos soldats le cri : « L'ennemi est aux ponts. » Lire encore dans les Instructions pratiques du maréchal Bugeaud le récit du combat qu'il soutint à la tête de son régiment, le 28 juin 1815, en défendant le passage de l'Arly.

Passons maintenant du côté de l'assaillant.

Le passage de vive force d'un cours d'eau offre de grandes difficultés.

Si le passage ne peut être tenté de toute autre façon, l'action de l'artillerie devra naturellement jouer un grand rôle dans le combat à livrer. Il faut que cette artillerie ait la supériorité sur celle de la défense. Elle reste d'abord en deçà du cours d'eau et s'efforce de faire place nette en avant du point de passage, dans un demi-cercle dont le rayon pourra se mesurer par la portée efficace du canon. Les troupes destinées à passer les premières seront amenées derrière des abris aussi rapprochés que possible du point de passage, afin que l'ennemi soit surpris par le début de leur action. (Passage du pont de Lodi, 1796.)

L'artillerie reste sur ses positions pendant le passage ; elle n'a besoin d'aucune troupe de soutien ; le cours d'eau la protége. Elle ne passe celui-ci à son tour que lorsque le terrain nécessaire à son déploiement a été conquis.

Pour faciliter le passage de vive force, on envoie quelquefois un détachement passer le fleuve en amont ou en aval du point choisi, et on le charge de faire une diversion pendant l'attaque de front. Cette manœuvre demande pour réussir beaucoup de vigueur et de promptitude ; il ne faut pas donner à l'ennemi le temps de se reconnaître. Elle suppose aussi que la défense ne sera pas bien renseignée sur la force du détachement chargé de la diversion et omettra de lui disputer le passage.

Quoiqu'il y ait là bien des conditions laissées au hasard, on ne peut nier que cette méthode n'ait souvent réussi, tant l'audace est un élément de succès à la guerre.

La méthode inverse est plus sûre. L'assaillant ne fait qu'un simulacre de passage, là où le gros des forces ennemies s'est posté pour le lui disputer ; il y prépare l'opération jusqu'au passage exclusivement. — Pendant ce temps, il profite de ce que la défense ne peut, à cause du fleuve, voir clair dans les mouvements de l'attaque, et il dirige la plus grande partie de ses forces en amont ou en aval vers un point où les éclaireurs ont reconnu un gué ou un pont resté intact, ou bien il en jette à la hâte à l'aide des équipages de pont.

Le défenseur, en apprenant que l'ennemi se trouve sur la même rive que lui, avec la plus grande partie de ses forces, et aura peut-être achevé de passer avant qu'on puisse le forcer à combattre, renoncera généralement à défendre le passage du cours d'eau.

C'est pour avoir négligé une pareille manœuvre que Grouchy tenta en vain, le 18 juin 1815, de forcer le passage de la Dyle à Wavre.

Napoléon Ier, dans ses mémoires sur la campagne de 1800 en Allemagne, recommande de ne pas aborder une rivière de front, mais de s'approcher en échelons. « Vos troupes légères borderont la rive, et lorsque vous serez fixé sur le point où vous voulez passer, point qui doit toujours être éloigné de l'échelon de tête pour mieux tromper votre ennemi, vous y porterez et jetterez votre pont. »

En résumé, nous voyons que pour tous les grands généraux du siècle, depuis Napoléon jusqu'à Bugeaud, la meilleure défense des cours d'eau comporte l'offensive.

107. Défilés formés par une chaîne de montagnes.

Passons à l'étude du combat dans les défilés formés par une chaîne de montagnes. On se demande de suite si les principes de la défense des cours d'eau doivent être appliqués à la défense des chaînes de montagnes.

Cette application rencontre ici de grosses difficultés; car les montagnes entravent les mouvements des troupes et ne permettent pas ces concentrations rapides qui, sur les rives d'un fleuve en Europe, sont d'autant plus faciles que les voies de communication d'un pays ont toujours des directions convergentes vers les points de passage principaux des cours d'eau.

D'un autre côté, tout passage à travers une chaîne de montagnes constitue un défilé ; on ne peut aborder ces défilés que sur un front étroit; ce qui est désavantageux pour l'assaillant. Si la chaîne de montagnes présente des obstacles tels qu'une armée, suivie de ses convois, ne puisse la traverser que sur un petit nombre de points, il devient évident que la défense a tout avantage à fortifier et à occuper ces points. Si alors l'assaillant veut, la pioche à la main, s'ouvrir quelque nouveau passage, le travail qu'il entreprendra exigera beaucoup de temps, et la défense aura toute facilité pour s'y opposer. Une rivière, au contraire, offre bien des points favorables à l'établissement d'un pont et où l'assaillant peut surprendre le passage et l'exécuter en peu d'heures.

Dans ses observations sur la campagne de 1799, Napoléon Ier dit : « Le génie de la guerre de montagnes est de ne jamais attaquer; lors même qu'on veut conquérir, on doit s'ouvrir le chemin par des manœuvres de position, qui ne laissent d'autre alternative au corps d'armée chargé de la défense que d'attaquer lui-même ou de reculer. »

Pour forcer le passage d'une chaîne de montagnes, il faut donc contenir l'ennemi de front et, par un mouvement tournant, gagner des positions commandant soit celles de la défense, soit sa ligne de retraite.

Aussi la défense s'établira-t-elle surtout aux points culminants des passages qui relient deux vallées c'est-à-dire dominant les cols. Elle pourra choisir aussi quelque point de la vallée *où le passage s'élargit.* « *On y établit une ligne de défense assez étendue, tandis que l'ennemi est obligé de déboucher par un front étroit et par un chemin difficile.* » (C. 347.)

Dans les deux cas, les ailes de la ligne de défense sont appuyées soit à des rochers, soit à des hauteurs dominant le défilé et qu'il faut également fortifier et occuper. De plus on gardera tous les sentiers, même peu praticables, par lesque la position peut être tournée.

L'attaque et la défense sont dirigées d'après les règles applicables à toute position et sous les réserves suivantes.

L'attaque de front devra toujours être combinée avec un mouvement tournant et ce dernier jouera le rôle décisif ; il aura pour objectif quelque point dominant l'ennemi ou sa ligne de retraite.

L'attaque de front s'avance avec les deux ailes en avant du centre ; ces deux ailes suivent les crêtes qui dominent la route conduisant au défilé à enlever ; on ne donne l'assaut qu'au moment où le mouvement tournant commence à produire son effet.

Lorsque le défenseur veut quitter sa position « *il choisit pour cette opération un temps d'arrêt dans le combat, ou bien le moment qui suit une attaque infructueuse de l'ennemi.* » (C. 348.)

Tandis que la ligne de combat de la défense accélère son feu pour masquer son mouvement de retraite, des détachements de la réserve vont occuper des positions en arrière pour protéger le mouvement.

On commence ensuite la retraite en occupant toujours d'avance sur les hauteurs latérales toutes les positions favorables pour faire face à l'ennemi et exécuter même des retours offensifs. A la sortie du défilé, on opère comme nous l'avons dit pour la sortie d'un bois ou d'un village.

De son côté l'assaillant, après avoir franchi le défilé, « *ne reste pas massé, et se déploie de manière à gagner assez de terrain en avant pour empêcher l'adversaire de le battre de ses feux croisés.* »

« *Des détachements de la réserve des assaillants occupent le défilé et y prennent position, de manière à assurer une retraite éventuelle.* » (C. 349.)

On ne défend guère les défilés d'une chaîne de montagnes en se plaçant en avant d'elle ; d'abord parce que l'ennemi ne serait plus obligé alors de se présenter sur un front étroit, puis parce que les mouvements tournants seraient alors plus faciles pour l'assaillant que pour le défenseur ; le premier manœuvrerait dans la plaine, où les communications sont commodes, tandis que le second serait constamment embarassé par les contre-forts des montagnes dont il défend l'accès. Enfin le défenseur combattrait avec les défilés à dos, circonstance que nous avons reconnue désavantageuse.

Mais les mêmes raisons engagent parfois à défendre les montagnes en se plaçant à la sortie des défilés ; car tout ce qui tout à l'heure était désavantage pour le défenseur, devient désavantage pour l'assaillant.

Il est arrivé même souvent que les armées se sont rangées plutôt à la sortie des montagnes que sur leurs crêtes, surtout si celles-ci sont élevées, ardues, inhospitalières, et cela parce que, ainsi que l'a fait remarquer Napoléon, « on n'y peut pas vivre et que la marche y est difficile et lente. »

Dans ce cas, les défilés où le passage est le plus facile, sont généralement gardés par des forteresses ; les sentiers moins praticables peuvent être défendus avantageusement par des détachements, et l'armée joue le rôle de réserve générale, destinée à faire la contre-attaque, dont la préparation incombe aux détachements de la montagne. Pour mieux remplir ce rôle, elle est divisée en trois ou quatre corps formant chacun une réserve spéciale pour la garde d'une vallée, et l'on réunit de plus une forte réserve centrale destinée à renforcer la réserve spéciale qui sera le plus menacée.

XIVᵉ CONFÉRENCE.

COMBAT D'AVANT-GARDE ET D'ARRIÈRE-GARDE

§ 1. *Combat d'avant-garde.*

108. Rôle de l'avant-garde au point de vue du combat.

Les termes militaires n'ont point toujours une signification bien précise. Il n'est pas rare de voir de nos jours attribuer la dénomination d'avant-garde à un détachement des trois armes poussé à plusieurs heures de marche, et même à plus d'une journée, en avant du corps principal. Or la mission de ce détachement, par rapport au corps principal, est de prévenir ce dernier à temps, non pour qu'il prenne son ordre de combat, mais pour qu'il opère au contraire la concentration de ses éléments et s'engage au besoin dans une nouvelle direction.

Ce détachement est bien une avant-garde, si on donne un sens très-étendu à cette dénomination ; c'est, si l'on veut,

une avant-garde stratégique; mais l'avant-garde, dans le
sens rigoureux du mot, l'avant-garde tactique, est un détachement qu'envoie à peu de distance de lui un corps de troupes en marche, et dont le rôle est de permettre à ce corps,
en cas de rencontre de l'ennemi, de passer facilement de
l'ordre de marche à celui de combat.

L'avant-garde détachée à grande distance en avant, dont
nous parlions d'abord, doit, si elle est forcée de combattre
(et ses instructions doivent être précises sur ce point), mener
le combat comme il sera dit pour celui d'un détachement
composé des trois armes.

L'avant-garde dans le sens rigoureux du mot, dont nous
parlions en deuxième lieu, ne marche qu'à une lieue ou
une lieue et demie en avant de la division. En exposant les
préliminaires du combat offensif, nous avons développé les
règles du combat de cette avant-garde. Mais il convient d'y
ajouter ici quelques mots.

Si la division d'infanterie est l'unité de bataille, c'est-à-
dire la fraction la plus faible pouvant par sa composition se
suffire à tous égards pour le combat, lorsqu'un corps d'armée
s'avance sur une route, dès que la division qui marche en tête
sera déployée, le combat réel sera engagé.

L'avant-garde d'un corps d'armée n'est donc que l'avant-
garde de la division qui marche en tête, bien que la composition de l'avant-garde d'un corps d'armée et celle d'une
division isolée diffèrent d'après le règlement.

Quelle force donnera-t-on à cette avant-garde?

On y fera figurer en première ligne l'élément le plus
mobile de la division et du corps d'armée, c'est-à-dire toute
la cavalerie attachée à la division ou au corps d'armée, moins
ce qui sera nécessaire pour le service des flanqueurs et les
relations à établir entre les colonnes et dans leur intérieur.

Mais à la cavalerie il faut ajouter un élément de résistance, pour arrêter au besoin la marche de l'ennemi pendant le temps nécessaire. Mettre trop d'infanterie à l'avant-garde est une faute; car le combat est un puissant dissolvant des bataillons, et il ne faut pas se dissimuler que le premier engagement de l'avant-garde usera prématurément les forces d'un certain nombre de bataillons, surtout si le commandant de l'avant-garde est porté à « vouloir faire beaucoup » avant l'arrivée du corps principal.

L'artillerie est l'élément dont la force variera le plus à l'avant-garde. Tout ce que nous avons dit du rôle de cette arme pendant les préliminaires du combat, doit le faire penser.

Dans le cas d'un corps d'armée, si un combat est probable, l'artillerie comptera à l'avant-garde deux et trois batteries, tandis qu'habituellement elle n'en a qu'une.

Dans les mêmes conditions et si le corps d'armée marche sur la même route, son avant-garde sera composée d'une brigade entière d'infanterie. Cette disposition est surtout avantageuse, lorsqu'on a des renseignements certains et nombreux sur l'ennemi. Des instructions plus rigoureuses sont alors données au commandant de l'avant-garde, et de son côté celui-ci, avec la force considérable mise à sa disposition, peut remplir plus vigoureusement son rôle pendant les préliminaires du combat.

L'avant-garde d'une division isolée ne comportera qu'un régiment d'infanterie.

Le combat de l'avant-garde ne peut être décisif, puisqu'il n'a pour but que de faire gagner du temps jusqu'à l'arrivée du corps principal. Les troupes ne se forment donc pas sur une grande profondeur. Elles se rangeront sur une seule ligne, comme si elles étaient la première ligne d'une division. Les bataillons déployés pour le combat pourront, pour la même raison, s'engager sur un front plus étendu (500 mètres au lieu de 300 pour le bataillon au complet) et avoir trois compagnies en ligne.

Enfin, si nous nous occupons plus spécialement du rôle de la compagnie qui forme elle-même l'avant-garde du bataillon qui marche en tête, nous rappellerons quelques principes.

Cette compagnie doit agir offensivement contre l'ennemi, tant qu'elle ne se trouve pas devant des forces lui paraissant supérieures.

Lorsqu'elle est obligée de prendre position, elle s'attache à couvrir tout le terrain sur lequel s'étendra le front d'action du bataillon. Elle mettra donc deux et trois sections en chaîne. A l'arrivée du bataillon, celui-ci prend la formation normale de combat avec deux compagnies accolées, si la compagnie d'avant-garde n'est que légèrement engagée, ou bien on envoie une deuxième compagnie pour former les renforts et les soutiens de la première et on garde les deux autres en réserve.

Enfin il sera parfois avantageux pour le bataillon de « *prendre sa position de combat sur un emplacement en arrière de la compagnie d'avant-garde ; dans ce cas, dès qu'il a pris ses dispositions, la compagnie se replie en démasquant le front d'action du bataillon.* »

Profiter de tous les moments de répit pour reprendre une formation normale est le devoir du commandant de l'infanterie de l'avant-garde.

Pour les autres règles du combat offensif, on se rapportera à ce qui a été dit dans les conférences précédentes.

§ 2. *Combats d'arrière-garde.*

109. Rôle de l'arrière-garde et nature des combats qu'elle a à soutenir.

L'arrière-garde est une troupe dont le rôle est de donner

au corps principal, à la suite duquel elle marche, le temps
de s'éloigner sans combattre. Elle ne doit donc attendre,
en principe, aucun secours de ce corps principal.

Combattre, s'il le faut, pour gagner plusieurs heures sur
vingt-quatre, telle est la tâche difficile qui lui incombera
pendant chaque journée de la retraite. Une pareille mission demande de bonnes troupes et un chef énergique et
expérimenté.

En principe l'arrière-garde devrait être aussi forte que
possible. Mais d'un autre côté on sera peut-être limité par
la quantité de troupes restées intactes à la suite d'une affaire
malheureuse ; dans tous les cas, il faut bien que cette arrière-
garde batte elle même en retraite, et le terrain lui permettra
rarement de le faire en masse, si elle est nombreuse.

L'arrière-garde d'une division peut s'élever jusqu'à une
brigade ; mais en tout cas on lui donnera une grande valeur
en y attachant relativement beaucoup d'artillerie (trois ou
quatre batteries pour une brigade). On forcera ainsi l'ennemi
à déployer lui-même beaucoup d'artillerie ; ce qui demandera
du temps, spécialement si son avant-garde n'a pas été intentionnellement très-dotée de cette arme.

L'artillerie est du reste l'arme qu'on retire le plus facilement du combat : ce qui est de première utilité à l'arrière-
garde.

La cavalerie a également un rôle important à l'arrière-
garde ; lorsque l'ennemi n'est pas en vue, elle peut renseigner
à temps sur la force et la direction des colonnes qu'il pousse
en avant. Elle doit éclairer surtout les flancs de l'arrière-
garde, que l'ennemi peut chercher à tourner pour la couper
du corps principal.

A cet effet, lorsque l'arrière-garde combat, la cavalerie
s'étend sur tout le prolongement des ailes de celle-ci.

La forme du combat de l'arrière-garde est évidemment la

13.

défensive, mais la défensive active. Donc, lorsque l'ennemi deviendra pressant et que l'arrière-garde se trouvera tellement rapprochée du corps principal que le temps nécessaire pour permettre à celui-ci de s'éloigner sans combattre, ne pourra être gagné qu'en ayant recours aux armes, l'arrière-garde se déploiera en ordre de combat défensif.

Souvent ce déploiement, auquel l'ennemi est obligé de répondre par un déploiement analogue, s'il veut combattre, suffira pour arrêter celui-ci. Si le temps que doit gagner l'arrière-garde n'est pas très-long, celle-ci peut ne se déployer qu'en partie, mais en prenant un front plus étendu que le front normal (d'après la méthode déjà indiquée), et disposer le reste des forces pour occuper une position plus en arrière, de façon à protéger la retraite du premier échelon; mais, s'il y a un temps assez long à gagner, il faut se préparer à combattre avec vigueur. L'arrière-garde prend donc l'ordre défensif normal et, si l'ennemi se présente, elle engage la lutte. Parfois ce combat se bornera à la canonnade préliminaire, parce que l'ennemi ne voudra pas pousser l'action à fond et n'aura pas son avant-garde organisée pour cela.

Mais il se peut aussi que le combat soit mené jusqu'au bout et prenne une tournure décisive. Peut-être alors l'arrière-garde jugera-t-elle le moment et le terrain tous deux favorables pour infliger un échec à l'avant-garde opposée.

Lorsque l'ennemi sera trop acharné dans sa poursuite, combattre sera ce que l'arrière-garde pourra faire de mieux. Il faudra qu'elle choisisse à cet effet une bonne position pour la défensive active. Elle mènera le combat comme nous l'avons dit pour le combat défensif. Mais, en cas de succès, la poursuite ne pourra être prolongée ; il ne faudra pas vouloir en retirer trop d'avantages et savoir s'arrêter à temps pour couvrir de nouveau la marche du corps principal.

Lorsque le combat d'arrière-garde a lieu entre de faibles détachements, l'arrière-garde cherche un élément de succès dans la surprise et tend une embuscade. Elle cache donc à l'ennemi les troupes qu'elle destine à le combattre, et leur action inattendue double généralement l'effet moral qu'elle produit sur l'adversaire.

Il est évident qu'une embuscade ne doit pas se placer de façon à barrer littéralement le passage ; elle doit se disposer de côté et laisser passer devant elle les petits détachements qui précèdent toujours une avant-garde, pour n'attaquer qu'une force au moins égale à la sienne.

Les troupes qui ont tendu une embuscade, doivent se retirer rapidement après avoir donné ; car elles courent risque, en s'attardant, d'être enveloppées par les autres fractions de l'avant-garde ennemie, attirées par le bruit du combat.

110. Tactique particulière de l'infanterie pendant le combat d'arrière-garde.

Il nous reste à dire quelques mots sur la tactique particulière de l'infanterie dans les combats d'arrière-garde. Plusieurs cas peuvent se présenter.

1º L'arrière-garde quitte une position pour se conformer à la marche du corps principal et avant que l'ennemi, aperçu dans le lointain, ne soit en mesure d'ouvrir le feu contre elle, si ce n'est avec ses éclaireurs de cavalerie ou quelques pièces à très-grande portée. L'infanterie doit alors se retirer avec toutes ses lignes à la fois ; elle conserve toutefois l'ordre de combat jusqu'à ce qu'elle ne soit plus en butte aux projectiles de l'artillerie.

2º L'arrière-garde quitte une position pour se conformer à la marche du corps principal ; mais elle doit opérer son mouvement à portée de l'ennemi déployé en ordre de combat. Il serait imprudent alors de battre en retraite avec toutes les lignes à la fois. Il faut se rappeler qu'une infanterie placée sous le coup d'une attaque imminente, ne doit, sous aucun prétexte, battre en retraite avant d'avoir repoussé cette attaque. Ce n'est qu'après ce choc qu'une partie de la ligne de combat, profitant du répit, va occuper, à une certaine distance en arrière, une nouvelle position.

Lorsqu'elle y est établie, la fraction restée en avant va la rejoindre, mais sans jamais dépasser cette deuxième position. Puis, le feu des deux fractions réunies ayant arrêté la poursuite de l'ennemi, le mouvement recommence vers une troisième position.

Si on permettait aux fractions de se dépasser sans faire demi-tour et halte pendant quelque temps, on s'exposerait, dans le cas où la poursuite de l'ennemi serait trop vive, à voir la retraite dégénérer en débandade.

3º Enfin nous avons à considérer le cas où l'infanterie de l'arrière-garde se retire, parce que l'ennemi la pousse vivement devant lui, soit après avoir envahi la position qu'elle occupait, soit après avoir repoussé sa contre-attaque. Il est resté peut-être quelques bataillons intacts en deuxième ligne ; s'ils tentaient d'agir directement et en sens inverse du mouvement des fuyards, ceux-ci les entraîneraient avec eux. Ce qu'ils auront de mieux à faire, sera de prendre une bonne position défensive en dehors des troupes en retraite, de laisser celles-ci passer devant eux et d'agir ensuite offensivement ou, au pis aller, d'opposer une résistance assez longue pour permettre aux troupes battues de prendre une certaine cohésion sur une position plus en arrière.

XVe CONFÉRENCE

COMBATS SOUTENUS PAR DES DÉTACHEMENTS D'UNE FORCE INFÉRIEURE A CELLE D'UNE DIVISION

111. Traits caractéristiques de ce genre de combat.

Le combat soutenu par un détachement d'une force inférieure à celle d'une division d'infanterie ne comporte pas
les phases multiples du combat entre deux divisions.

Il n'a pas la même durée, toutes autres circonstances étant
identiques d'ailleurs, parce que les troupes se rangent de
part et d'autre sur une moins grande profondeur.

Si l'un des adversaires donnait trop de profondeur à son
ordre de bataille, l'autre, en étendant le sien, pourrait l'ac-
cabler avec sa ligne enveloppante et ses feux croisés; et
cependant cet ordre mince présenterait dans de certaines
limites une grande force, parce que le front de bataille étant
néanmoins restreint d'une manière absolue, tous les feux de
nos armes modernes à longue portée peuvent se croiser en
avant du centre, même ceux qui partent des deux ailes.

Un détachement se rangera donc pour le combat sur une
profondeur d'autant moindre que son effectif sera moindre.

D'après des principes déjà démontrés, puisque le combat
ne peut avoir une longue durée, puisqu'il ne s'agit pas
d'obtenir des efforts répétés, l'assaillant fera sa première
ligne de bataille très-forte.

Si l'effectif du détachement dépasse celui d'un régiment,
cette ligne se décomposera elle-même en ligne de combat
et en compagnies jouant le rôle des bataillons de réserve
dans la division.

Quant à la deuxième ligne, elle est consacrée tout entière

au rôle de réserve. Sa force variera du tiers au quart, cette dernière proportion s'appliquant aux détachements les moins nombreux.

On peut déduire de ce fait qu'avec quatre et même trois hommes de profondeur par mètre courant, un détachement peut soutenir un combat sérieux.

Le combat méthodique d'un détachement doit être dirigé d'après les règles énoncées pour une division, mais avec les modifications suivantes.

L'attaque décisive se fera toujours contre une aile de l'ennemi. Chercher à percer son centre est ici moins opportun que jamais, puisque le front de combat étant restreint, il peut de tous les points croiser des feux efficaces en avant du centre.

L'avant-garde précède le gros des troupes d'une distance moindre que pour une division ; le commandant du détachement peut donc arriver à l'avant-garde dès les premiers instants de la rencontre et décider de suite s'il combattra et comment il combattra.

Supposons qu'il veuille prendre l'offensive : il fera la reconnaissance préliminaire de l'ennemi ; s'il a de l'artillerie à sa disposition, il pourra exécuter également la reconnaissance offensive à coups de canon ; mais celle-ci ne sera pas longue ; car, dans ce cas-ci, il y a peu de chose à apprendre, à l'aide du canon, en dehors de ce que les patrouilles et le commandant du détachement distingueront à la vue.

Du reste, avec un détachement peu nombreux, les dispositions prises d'abord peuvent être changées ensuite avec une rapidité relativement suffisante. On peut donc passer au bout de peu de temps à la préparation de l'attaque. Celle-ci se fera avec tout le canon disponible.

Étant donné le projet d'exécuter une attaque concentrique à l'aide d'un crochet offensif contre une des ailes de l'ennemi, l'artillerie de l'attaque sera réunie de préférence en face de cette aile.

Dans cette position, elle peut canonner directement cette aile, et si l'ennemi forme un crochet défensif en arrière d'elle pour se garantir du mouvement tournant, l'artillerie de l'attaque sera à même de prendre ce crochet d'enfilade et même de revers.

Si l'ennemi oppose au mouvement tournant de l'assaillant une contre-attaque, celle-ci sera prise en flanc encore par l'artillerie de l'attaque, toujours dans la même position, et enfin, même si la contre-attaque triomphe, les troupes qu'elle a vaincues, peuvent encore, à l'abri de la même artillerie, revenir se former en ordre de combat auprès d'elle.

D'ailleurs l'artillerie de l'attaque se trouve placée de cette manière pendant l'action dans un angle rentrant, et par conséquent plus en sûreté contre les entreprises de l'ennemi (1).

Pendant le combat, l'assaillant engagera du monde très-effectivement sur tout le front de la ligne ; nous en avons dit le motif dans la théorie du combat offensif.

Le mouvement pour tourner l'aile objectif de l'attaque sera mené à l'insu de l'ennemi aussi longtemps que possible, afin que ce dernier ne puisse y remédier ; car y remédier lui devient plus facile ici, parce que la réserve n'aura jamais qu'une faible distance à parcourir. Il est bien entendu que les troupes qui exécutent le mouvement tournant doivent entrer en action *exactement* en même temps que celles qui vont à l'assaut de front. Il doit y avoir surprise.

Un faible détachement peut n'avoir pas de canon à sa disposition. Évidemment rien ne peut remplacer l'artillerie

---

(1) Il est évident cependant que si le sommet de l'angle rentrant dont nous parlons, ne satisfait pas aux conditions nécessaires pour un bon emplacement d'artillerie, on devra chercher dans le voisinage une meilleure position.

pour bouleverser ou incendier les obstacles derrière lesquels est établie la défense. Aussi l'absence d'artillerie rend plus que jamais nécessaire le mouvement tournant de l'attaque ; car celui-ci lui permet de diriger des feux d'enfilade et de revers sur les abris de la défense, contre lesquels on n'a pas pu faire agir le canon.

D'un autre côté, l'attaque de front combinée avec l'attaque de flanc produit sur la partie de la position attaquée un croisement de feux, qui augmente beaucoup l'efficacité de ceux-ci et supplée dans une certaine mesure à l'absence d'artillerie.

Si nous passons maintenant du côté de la défense, nous dirons qu'elle doit être plus que jamais *active* ; car si elle était passive, elle permettrait à l'assaillant de l'envelopper et de l'anéantir sous ses feux croisés.

Si le terrain présente un de ces points d'appui étendus que nous avons appelés principaux, ce point servira de pivot à la défense, qui à volonté opérera ses contre-attaques à droite et à gauche du point d'appui et sous la protection du feu de ce dernier.

Il ne faudra pas cependant que ce point d'appui ait une étendue telle qu'il soit impossible à la fois de l'occuper convenablement et de conserver des forces suffisantes pour la contre-attaque ; car il vaudrait mieux alors renoncer absolument à l'occupation de ce point.

Si le terrain, évidemment peu étendu, sur lequel le détachement veut organiser sa défense, ne présente que quelques points d'appui secondaires, ils seront suffisants, vu le petit nombre des combattants, pour appliquer avec succès les règles du combat défensif.

L'emplacement de l'artillerie de la défense dépendra absolument du terrain ; il devra satisfaire à cette condition *sine qua non* : permettre de bien battre les abords de la position. Comme celle-ci aura un front restreint, le point qu'on choisira et qui satisfera à la condition énoncée n'aura pas absolument besoin de se trouver en face de l'aile offensive de l'attaque. Il vaudra évidemment mieux, si la condition peut être remplie par plusieurs points de la position, choisir un de ceux qui la remplissent le mieux ᴅ ar rapport à l'aile qu'on suppose menacée.

L'artillerie sera réunie; nous savons qu'en l'éparpillant nous diminuons sa puissance.

La deuxième ligne de la défense ne devra pas être réduite d'effectif, comme nous l'avons conseillé dans l'offensive pour la deuxième ligne d'un faible détachement.

Cette ligne a ici à jouer un rôle actif très-important. Sa force variera de la moitié au tiers, cette dernière proportion s'appliquant aux détachements les moins nombreux. Ce que la deuxième ligne demande ici de forces en plus, devra être retranché de la première ligne, qui cherchera à rétablir l'équilibre par un emploi judicieux de son feu ainsi que de la fortification adaptée au terrain.

La deuxième ligne sera réunie en réserve derrière le flanc menacé, si l'un d'eux l'est plus spécialement; sinon, sa place sera derrière le centre, et au fur et à mesure que l'attaque se dessinera, la réserve se rapprochera du point qui semblera être l'objectif de l'ennemi; la faible distance qu'elle aura nécessairement à parcourir, lui permettra d'arriver à temps.

Pour le reste, le combat défensif sera mené comme nous l'avons dit pour une division d'infanterie.

En ce qui concerne la retraite et la poursuite, nous ferons remarquer que la retraite devient rapidement générale dans un détachement peu nombreux. S'il reste encore au vaincu quelque fraction intacte, ce que celle-ci pourra faire de mieux sera de prendre sur le côté de la ligne de retraite une bonne position défensive, d'où elle pourra au besoin attaquer en flanc les troupes ennemies trop acharnées à la poursuite.

Telles sont les règles du combat entre détachements; déduites de celles du combat entre divisions, elles gagnent en précision; car la logique démontre facilement quelles modifications il faut faire subir à celles-ci, lorsque le théâtre de la lutte et le nombre des combattants sont restreints.

Leur étude par l'officier initié aux règles du combat entre divisions, a une certaine analogie avec celle de la réduction d'une carte topographique à une échelle cinq ou six fois moindre. Si l'officier sait quels sont les points et les traits importants de sa carte qu'il faudra conserver dans la réduction (car il ne pourra les conserver tous), et si les règles du nivellement réduit à une échelle moindre lui sont familières, il produira sans peine une œuvre exacte et utile.

Si au contraire on demandait à cet officier de déduire d'une carte à petites dimensions, une autre carte cinq ou six fois plus grande, cette copie de la carte à plus grande échelle ne produira, quel que soit le talent du topographe, qu'une ébauche du terrain très-grossière et forcément entachée d'erreurs et d'omissions graves. Ce sera un travail qui sera nuisible à ceux qui le consulteront avec confiance.

Nos conférences démontreront, nous l'espérons, que ce qui est vrai ici pour la carte topographique, est vrai également pour cette science bien plus complexe de la tactique. Il ne faut donc pas hésiter à étudier avec soin les règles du combat d'une division engagée dans une bataille rangée; il deviendra alors facile de conduire avec sûreté, dans la petite guerre, un engagement à la tête d'un détachement de quelques bataillons ou de quelques compagnies. Celui qui

admettra ce principe, pensera que nos conférences sont un complément utile de notre règlement sur les manœuvres.

Les manœuvres de détachement contre détachement développent le coup d'œil, l'initiative et surtout la promptitude de décision beaucoup plus que les manœuvres sur une grande échelle.
C'est à cette école que se sont formés tous les généraux allemands.

Il est desirable qu'en France on consacre comme en Allemagne plusieurs jours à faire manœuvrer l'un contre l'autre
des détachements inférieurs en force à la brigade, mais com-
prenant toujours les trois armes.

C'est un complément d'instruction qu'on ne peut donner
dans les garnisons et qui paraît indispensable.

XVIᵉ CONFÉRENCE

ENSEIGNEMENTS DE LA DERNIÈRE GUERRE D'ORIENT ; LEURS CONSÉQUENCES AU POINT DE VUE DE LA TACTIQUE.

Nous consacrerons une dernière conférence à l'examen des
enseignements qu'offre pour nous la dernière guerre d'Orient,
guerre qui n'était pas terminée lorsque les conférences précédentes ont été rédigées.

Comme premier fait capital, citons l'importance qu'a acquise
la fortification rapide du champ de bataille.

Quelques bataillons accourent de diverses directions à Plewna ;
ils se hâtent de fortifier les hauteurs qui environnent la ville,
et parviennent à infliger un premier échec aux troupes russes.
Celles-ci reviennent à la charge dix jours après, plus nombreuses
que la première fois ; mais la garnison et les fortifications ont
été renforcées par les Turcs ; de là, deuxième échec pour les

Russes. Enfin la petite ville de Plewna, transformée en un camp retranché pour 70,000 hommes, résiste vigoureusement pendant trois mois à tous les efforts de la plus grande partie des forces ennemies et suspend leur marche offensive.

Ces retranchements n'ont cependant pas un profil formidable ; car c'est le profil ordinaire de la fortification de campagne pour les redoutes principales seulement, et les autres travaux consistent en tranchées-abris. Sauf en un point que nous indiquerons plus loin, la fortification adoptée est celle que nous connaissons déjà. Si donc elle a produit des effets nouveaux, il faut en rechercher les causes dans le mode d'emploi ou dans le mode d'attaque, et peut être dans l'un et l'autre, plutôt que dans une étude de profil ou de tracé.

L'armement de l'infanterie turque était supérieur à celui des Russes ; aussi les généraux turcs ne trouvèrent rien de mieux pour leurs troupes de nouvelle levée que de les disposer derrière des retranchements et d'utiliser, aussi bien que possible, la grande portée et la rapidité du tir de leurs armes. Ces deux propriétés principales furent même mises à profit d'une façon nouvelle que nous examinerons plus loin. Constatons de suite que l'assaut de ces retranchements sous une fusillade d'une violence inouïe fut très-meurtrier pour les Russes et aboutit à plus d'un échec.

Dans la 3e affaire de Plewna, l'artillerie bombarde préalablement pendant des journées entières les redoutes turques. Mais ces redoutes ne contiennent que peu ou point d'artillerie ; l'infanterie y est logée sous des blindages ; le feu d'artillerie de l'attaque produit donc des effets relativement restreints. De plus, comme le bombardement ne précède point immédiatement l'assaut, ses effets sont atténués par le répit laissé à la garnison ; l'impression morale que le feu a produit sur les défenseurs est notablement affaiblie.

Quoi qu'il en soit, il est incontestable que les retranchements ainsi défendus ne pourront être enlevés dorénavant qu'au prix de pertes nombreuses.

Bien que 80 pièces eussent bombardé pendant plusieurs heures, le 24 octobre, le village de Gorni-Doubniack et les redoutes qui l'entouraient, la garde perdit cependant 4.000 hommes pendant l'attaque. Cela tient à la puissance nouvelle et plus grande qu'ont acquis les feux d'infanterie, et ce fait constitue le deuxième point capital des enseignements de cette guerre.

Le fusil actuel présente deux avantages d'une importance incontestable, mais qui cependant n'avaient point été suffisamment appréciés jusqu'ici.

Le premier est une grande rapidité de tir. Utiliser cette propriété essentielle du fusil a été qualifié de gaspillage de munitions. Or le feu rapide aux grandes distances sur un ennemi bien défilé ou en mouvement ne peut être efficace surtout si le soldat l'exécute à sa volonté : c'est un gaspillage de munitions. Mais si on l'exécute aux distances où il n'y a qu'à viser avec la ligne de mire naturelle, on utilise de la façon la plus rationnelle la puissance de l'arme, et en objectant la difficulté pour remplacer les munitions brulées on ne convaincra personne. Car la destruction de l'ennemi est le but du combat et ce qui y contribue prime toute autre considération. Ce qu'il y a de mieux à faire sera d'assurer un fort approvisionnement de munitions aux combattants.

Pendant la guerre de 1870, notre infanterie avait cherché aussi instinctivement à utiliser la deuxième propriété de son fusil : à savoir sa grande portée ; elle y était excitée par l'infériorité du fusil prussien sous ce rapport. Mais les méthodes de tir n'avaient pas été étudiées ; le ravitaillement abondant des munitions n'était pas assuré ; aussi ce tir à grande portée ne parvint-il jamais à arrêter l'infanterie prussienne. Mal dirigé, il l'encourageait à précipiter sa marche en avant pour diminuer les distances.

En 1877, les Turcs ouvrirent également le feu à très-grande distance, mais sans regarder à la consommation de munitions. Ils se proposaient, en multipliant dans une proportion inouïe des coups de feu, d'arriver de fait à un grand nombre de touchés, et ils y réussirent.

Les fantassins turcs rangés derrière les parapets avaient auprès d'eux des caisses remplies de cartouches et ils en brûlaient des centaines dans une seule journée.

Même lorsqu'ils prenaient l'offensive, ils étaient suivis d'une bande de chevaux, mulets et ânes portant des cartouches. On dit que parfois des bataillons étaient accompagnés d'un convoi de 60 bêtes de somme chargées chacune de 2.000 à 2.500 cartouches.

Ces feux rapides à grande distance ont été plus meurtriers que les nôtres en 1870 ; mais ils n'ont pu cependant arrêter les Russes, qui parfois, d'un seul bond, sont arrivés jusque dans les fossés des redoutes, comme à Gorni-Doubniack.

Toutefois, mettre un grand nombre d'ennemis hors de combat est déjà par soi-même un très grand avantage ; car ces pertes nombreuses ont eu, en outre, pour conséquence, de ne permettre à l'infanterie russe d'aborder l'ennemi que dans un état de désordre complet ; les compagnies étaient mêlées et souvent privées de tous leurs officiers, de sorte que tout moyen de les diriger était perdu.

Cependant les Turcs n'attendirent pas généralement les Russes de pied ferme en rase campagne ou dans de simples tranchées-abris ; seules les garnisons des redoutes à fort profil et munies de fossés montrèrent plus de ténacité, et l'on dut renforcer beaucoup les lignes russes pour entrer dans ces redoutes, dont les défenseurs, se voyant cernés, opposaient une résistance désespérée.

Mais ce qu'il faut surtout remarquer chez les Turcs, c'est que l'idée que la lutte est terminée par l'envahissement de la position par l'ennemi ne dominait pas leurs troupes. Leurs contre-attaques étaient dirigées avec beaucoup de constance et de vigueur. Ici le feu s'exécutait à 400 ou 500 pas de distance, et même moins, ainsi que cela eut lieu notamment sous Plewna.

Ce qu'on peut surtout reprocher aux Russes, c'est de poursuivre la baïonnette dans les reins les défenseurs expulsés d'une position. Les Turcs dans leurs contre-attaques ne commettaient pas cette faute, et c'est par des feux rapides continués jusqu'à 3.000 pas de distance qu'ils accompagnaient les fuyards.

Les contre-attaques turques ne réussirent que lorsqu'elles furent dirigées immédiatement dans le flanc des troupes russes acharnées à la poursuite. Si ce moment favorable était négligé, la contre-attaque exigeait une véritable préparation préalable par l'artillerie.

C'est ainsi que le combat se prolongeait non seulement pendant des heures, mais pendant des jours entiers, comme cela eut lieu aux Montagnes-Vertes, à la troisième affaire de Plewna, et sur bien d'autres champs de bataille.

Généralement la nuit arrive avant que le combat soit décidé, et souvent l'obscurité est mise à profit pour exécuter des attaques (1). Dans tous les cas les deux partis travaillent toute la nuit à se retrancher, et au jour la bataille recommence.

Aussi en allant au feu, les Russes emportent-ils avec eux non

---

(1) Il y a deux exemples remarquables d'opérations faites de nuit dans le seul but d'éviter des pertes par le feu. Le premier est l'attaque des hauteurs d'Aïaslar dans la nuit du 22 au 23 août. Après une canonnade qui dura toute l'après-midi, sept bataillons russes enlevèrent les hauteurs à dix heures du soir. Les Turcs firent huit attaques successives pendant la nuit pour les reprendre et y employèrent vingt bataillons. Ce n'est qu'au jour que les Russes, épuisés et mourants de soif, évacuèrent les hauteurs. — Le deuxième fait est l'assaut de Kars exécuté avec un plein succès au clair de la lune. Ces deux faits inaugurent de nouveaux procédés d'attaque et méritent à cet égard de fixer l'attention.

seulement de l'eau, mais encore du biscuit et de la viande
cuite. Les soldats, obligés de rester sur les positions, se nour-
rissent de ce qu'ils ont apporté et aussi du maïs qu'ils trouvent
dans les champs et qu'ils font griller dans leurs gamelles indi-
viduelles. Le soldat doit donc être préparé matériellement autant que moralement à l'éventualité d'une lutte acharnée, se
prolongeant jour et nuit pendant quarante et cinquante heures
de suite.

L'infanterie russe paraît peu instruite dans la marche du combat en ordre dispersé. La chaîne, très épaisse, est suivie d'un
seul échelon derrière lequel s'avancent immédiatement les bataillons de réserve.

Les bataillons occupent un front trop étendu, 600 mètres,
c'est-à-dire le double de notre front normal. Cette disposition
affaiblit l'énergie de l'attaque, entraîne le mélange successif des
bataillons et des régiments et engendre le désordre. Dans les
affaires du 7 au 12 septembre, on voit une division d'un effectif
affaibli, et dont on se propose cependant d'exiger des efforts prolongés, occuper un front de 2.000 à 2.500 mètres. C'était l'exposer à un échec certain, malgré toute la vigueur du soldat.

Enfin, devant Plewna surtout, les attaques de l'infanterie ne
sont pas toujours combinées entre elles ; l'attaque de front
n'est pas facilitée par une attaque de flanc simultanée. Cela n'est
pas toujours possible ; mais il semble qu'on a négligé d'y avoir
recours quelquefois, lorsque cela était possible.

Les troupes russes manquaient d'outils de pionnier pour se
creuser des abris sur les positions conquises. Elles n'étaient pas
munies d'une quantité suffisante de cartouches pour des luttes
aussi acharnées, et par la suite ont dû faire emporter des cartouches, même dans les bachlicks (capuchons), faute d'autre ré-
cipient, et de façon que chaque soldat eût au moins 100 cartouches à brûler. Les caissons de bataillons suivaient, d'ailleurs,

difficilement les tirailleurs, et les bêtes de somme des Turcs étaient préférables à cet égard.

En dehors de ces faits, la guerre d'Orient nous a fourni encore d'autres enseignements. Nous citerons les marches audacieuses de la cavalerie, soutenue par quelques bataillons d'infanterie, et l'importance acquise par le combat à pied, qui est comme le corollaire du rôle plus indépendant pris par la cavalerie; mais l'examen de ces derniers faits sort du cadre de nos conférences.

Terminons seulement par quelques mots sur les opérations des Russes en Asie. Ils y ont livré un certain nombre de batailles en rase campagne en prenant l'offensive contre les Turcs immobiles dans des positions retranchées. Le type de ces batailles peut être fourni par la brillante victoire d'Aladja-Dagh, le 15 octobre. — Ces batailles étaient livrées méthodiquement; mais le mouvement enveloppant une des ailes de l'ennemi exigeait non plus quelques heures, mais parfois, comme à Aladja-Dagh, trois jours de marche; c'est-à-dire qu'il était prolongé à grande envergure jusque sur les derrières de l'ennemi. Il se présente ici une difficulté grave dans l'exécution : c'est la nécessité de combiner les deux attaques à une si grande distance l'une de l'autre; mais si l'ennemi ne parvient point à écraser d'abord l'une d'elles pendant qu'il contient l'autre, la défaite est pour lui inévitable et complète comme à Aladja-Dagh, où une partie de l'armée turque enveloppée de toutes parts dût mettre bas les armes sur le champ de bataille.

Résumons maintenant nos observations et tirons-en nos conclusions.

Nous remarquons dans la guerre d'Orient d'abord un fait principal, prédominant les autres : c'est le développement donné à la puissance de portée du fusil d'infanterie. Il ne s'agit plus aujourd'hui que de lui fournir les moyens de se manifester : il n'est plus temps de la contester.

14

L'infanterie n'est point encore dotée d'un moyen vraiment pratique d'apprécier rapidement de grandes distances. L'emploi de télémètres est inadmissible dans les lignes de tirailleurs et ne serait pas exempt d'erreurs dans le tumulte du combat. Mais la solution du problème ne peut tarder à être trouvée : au pis aller, dès maintenant on peut recourir à l'emploi des hausses conjuguées que nous avons développé dans le § 32 de la 3e conférence.

Notre fusil a sa hausse graduée jusqu'à 1.800 mètres; on peut donc dire que la distance de 1.000 mètres, fixée précédemment comme limite des feux d'infanterie, va se trouver, par suite d'un emploi plus complet de la hausse, reportée à 2.000 mètres, à moins qu'on imagine quelque moyen de diriger le tir jusqu'à la portée extrême de notre fusil, c'est-à-dire 3.000 mètres.

C'est donc à 2.000 mètres au moins de nos batteries qu'il faudra maintenir les tirailleurs ennemis, au lieu de 1.000 mètres, comme le fixe notre règlement.

Il faudra évidemment d'abord augmenter les distances entre les échelons, sauf entre le renfort et la chaîne, et les compagnies et bataillons de réserve se trouvant dans une zone de feux devenus efficaces devront être disposés non réunis, mais séparés et abrités. Deux échelons entre la chaîne et les compagnies de réserve seront plus indispensables que jamais à cause de l'augmentation des distances.

L'infanterie de l'attaque prendra sa formation de combat déjà à 2.000 mètres, dans les terrains découverts : elle échappera donc plus tôt à la direction immédiate de ses chefs supérieurs. Il faudra à ceux-ci une plus grande sûreté de vues pour ne point commettre, à une si grande distance, d'erreurs graves dans la répartition des forces ; car il n'y aura plus à revenir sur celle-ci. Dans tous les cas, la marche du combat va être ralentie.

Il faut cependant joindre l'ennemi ; aussi disons-nous que la préparation de l'attaque par l'artillerie sera plus indispensable

que jamais. Or, dans les conditions actuelles elle se fera le plus
généralement à une distance se rapprochant de 3.000 mètres;
elle exigera un fort calibre et beaucoup de temps et de munitions. Cependant, en profitant du terrain, on pourra, après une
première phase, rapprocher l'artillerie des buts qu'elle aura
battu, à condition que préalablement elle soit parvenue à
éteindre en partie les feux de l'ennemi.

Mais si l'infanterie peut avec ses nouvelles armes concourir
dans une certaine mesure à la lutte aux grandes distances, elle
est par ce fait appelée à jouer un rôle plus actif pendant la préparation. Nous ne voulons point dire par là que le feu aux
grandes distances sera laissé à la volonté du soldat. Il doit, au
contraire, être étroitement réglé, c'est-à-dire qu'il consistera en
salves, à l'exclusion même des feux à volonté limités à tant de
cartouches, lesquels, à notre avis, dégénèreraient trop souvent
en tireries difficiles à arrêter.

Aux grandes distances la salve est possible et peut être exécutée par les hommes sur un ou deux rangs, mais coude à
coude, sans s'exposer à des pertes trop nombreuses. L'éloigne-
ment de l'ennemi laissera à la troupe un calme relatif qu'il
serait difficile d'obtenir aux petites distances. Les salves se
feront par section; il serait trop difficile de les commander
à une compagnie de 150 ou 200 fusils. Nous avons donc un feu
entièrement dans la main des officiers et nous n'hésitons pas
à dire que si on ne peut obtenir qu'une troupe exécute des
salves d'une façon convenable, il vaut mieux supprimer absolument le feu aux grandes distances. C'est donc entre 1800 et
800 mètres que nous admettrons les salves, et lorsque la troupe
devra ensuite s'approcher de l'ennemi à moins de 800 mètres,
on devra compléter les munitions de la giberne à l'aide des
caissons de bataillon qu'on pourra, à ces distances, ne pas tenir
trop éloignés de la troupe. On n'aura pas ainsi la crainte d'a-
border l'ennemi avec la cartouchière vide.

Rien ne sera modifié à la marche de la troupe entre 800 et
300 mètres de la position ennemie, sinon qu'on devra tâcher de
ne pas ouvrir le feu dans cette zone ; mais, comme c'est là un
desideratum difficile à obtenir, qu'on ouvre du moins le feu le
plus tard possible. Si chacun était convaincu du peu d'efficacité du tir en marchant et de l'avantage qu'il y aurait à traverser le plus rapidement possible la zone entre 800 et 300 mètres, mieux encore, du peu de probabilités d'éprouver des pertes
si on s'avance avec rapidité sans laisser aux défenseurs le temps
de régler leur tir selon votre propre marche, si chacun était
convaincu de ces faits, le combat de l'infanterie gagnerait beaucoup en puissance. Dans tous les cas, à 300 mètres, on sera dans
la zone du feu rapide et il faudra y arriver avec le plus de cartouches possible.

Cela nous amène à dire comment nous nous représentons le
fantassin de l'avenir.

Il faut le considérer désormais non plus au point de vue de la
guerre en général, mais au point de vue plus restreint du combat.

Si nous *le surchargeons de toutes les choses utiles à la guerre*,
il ne pourra ni courir, ni bondir ; il succombera sous le faix
déjà pendant les marches et arrivera éreinté sur le champ de
bataille. *Ne lui imposons donc*, même pendant les marches et à
plus forte raison sur le champ de bataille, *que les choses nécessaires dans le combat*, et ce sont :

1° Au moins 100 cartouches et, s'il est possible, 120 ;

2° Un outil ordinaire de pionnier avec lequel il puisse faire
bonne et rapide besogne, et non un outil spécial aussi incom-
mode à manier qu'à porter. On ne le donnera, toutefois, qu'au
quart ou à la moitié au plus de l'effectif ;

3° Une marmite individuelle avec de la viande cuite ou de
conserve et du biscuit, de façon que le soldat puisse vivre pendant deux jours sur les positions conquises, sans qu'on fasse de
distribution. Il emportera aussi un demi-litre d'eau, car on n'en

trouve pas toujours sur les positions. Donc, sauf la marmite indi
viduelle et le petit bidon, plus de lourde batterie de cuisine.

4° Sa capote.

On nous démontrera bien qu'il faut au soldat encore autre
chose, à savoir : deux ou trois jours de vivres de plus, du
linge et de la chaussure de rechange, une couverture et une
tente-abri peut-être. Mais tout cela n'est pas nécessaire au combat, et sur le champ de bataille le soldat doit être moins chargé
que jamais.

Or, jusqu'ici il emportait au combat tous ses vivres, une
lourde batterie de cuisine, son linge et sa chaussure de rechange
renfermés dans un sac pesant à lui seul 2 kilos et demi ; il
emportait même une couverture et une tente-abri. En revanche,
les cartouches étaient portées sur des voitures et les outils de
pionnier également, lorsque toutefois ils ne faisaient pas absolument défaut. Or, toutes ces choses utiles à la guerre, mais non
nécessaires pour le combat, nous les placerons sur les voitures
et nous ferons porter au soldat les cartouches et les outils qui
s'y trouvent.

On dira que cela va nécessiter l'usage d'un convoi embarras-
sant ; qu'il y aura des difficultés pour que le soldat puisse rentrer (de temps en temps seulement !) en possession de son linge
et de sa chaussure de rechange ; mais toute question a son côté
difficile, et il ne faut avoir en vue ici que les nécessités du combat, car elles priment tout.

On objectera aussi que le soldat en possession de tant de
cartouches sera disposer à les jeter ; cela est vrai ; et lorsqu'on
le surchargeait de plusieurs jours de vivres, il en jetait aussi.
Avec nos dispositions, il ne jettera pas ses vivres ; quant aux
cartouches, tant qu'il n'y aura pas eu d'engagement, les officiers
veilleront à ce qu'elles existent au complet, et la cour martiale
fera justice sommaire du soldat qui trahira son pays en jetant
ses munitions. Lorsque le soldat aura été une fois sérieusement

èngagé, la surveillance ne sera plus aussi nécessaire ; car il aura compris la nécessité d'avoir la giberne bien garnie.

Nos fantassins marcheront donc à l'assaut avec beaucoup de munitions, un bon outil et des vivres pour subsister, s'il le faut, pendant deux jours sur les positions enlevées.

Passons du côté de la défense. — Elle trouvera de grands avantages aux feux à longue portée, parce qu'elle pourra toujours disposer près des tireurs assez de munitions pour mettre en action toute la puissance de l'arme à feu, tandis que l'assaillant, au moins dans l'état actuel des choses, se trouve, en raison de sa mobilité, embarrassé pour remplacer les munitions brûlées.

La défense fera aussi beaucoup usage de la pioche. Les retranchements sont préférables aux villages, choisis autrefois comme points d'appui et que l'artillerie peut rapidement mettre en feu de loin. Cependant, en présence d'une infanterie sachant exécuter avec calme des salves aux distances comprises entre 800 et 1800 mètres, les tranchées-abris du profil réglementaire sont inefficaces. Tirée à ces distances, la balle retombe vers le sol sous un angle de chute très ouvert et le tir devient en réalité plongeant.

Aussi à 800 mètres nous avons constaté que les résultats du tir sur des troupes debout en rase campagne et ceux du même tir sur des troupes disposées dans la tranchée-abri réglementaire étaient entre eux comme 3 à 2. A partir de 1.200 mètres et au delà les deux résultats sont égaux : la tranchée n'offre donc plus d'abri.

Les Serbes et plus tard les Turcs avaient constaté le même fait et ils avaient imaginé d'établir des blindages sous les parapets des redoutes et contre la contrescarpe des fossés. Ces blindages, qui le plus souvent n'étaient pas à l'épreuve des obus, n'offraient qu'un refuge précaire et tout à fait insuffisant pour la garnison de guerre des redoutes.

Il sera donc utile de ne pas entasser les troupes et l'artillerie dans des retranchements visibles de très loin. On provoquerait certainement l'ennemi à y faire converger les salves de son infanterie qui produiraient de grands ravages parmi les défenseurs dérobés seulement et plus ou moins à la vue de l'ennemi, mais point du tout aux projectiles de sa mousqueterie.

Comme dispositions générales de la marche du combat, citons, du côté de l'attaque, prolongation de la préparation par l'artillerie jusqu'au moment où les deux infanteries sont si rapprochées qu'il y a à craindre de frapper à la fois ennemis et amis, et de façon que les défenseurs n'aient pas le temps de se remettre de l'impression morale causée par le bombardement. Dans tous les cas, bombardement aussi énergique que possible; toutes les pièces disponibles en batterie, et, dès que le tir sera réglé, faire grand usage des obus à balles à fusée fusante éclatant au dessus des retranchements et des plis de terrain où se cachent les réserves. Ces obus sont bien supérieurs aux obus à fusée percutante, lesquels ont des effets restreints dans le tir sous de grands angles, tel qu'il se présentera pendant la période de préparation.

En principe, l'assaillant ne peut espérer réussir qu'en combinant et exécutant simultanément une attaque de flanc et une attaque de front. Telle a été la règle qui a procuré aux Russes tous leurs succès en rase campagne.

Du côté de la défense, citons comme principe la nécessité absolue d'une contre-attaque immédiate après l'envahissement de la position par l'ennemi; il faut trouver celui-ci encore dans le désordre inévitable à ce moment, et ne pas lui donner le temps de reformer ses compagnies, et de retourner avec ses outils portatifs le retranchement qu'il a conquis.

Si le retour offensif est immédiat, il n'est pas nécessaire de le faire précéder d'une préparation par l'artillerie. Car cette préparation serait difficile à cause de la distance relativement réduite à laquelle on se trouve généralement de l'ennemi. Si on peut éviter cette opération périlleuse pour l'artillerie, qu'on le fasse. Pourquoi le retour offensif peut-il être combiné par la défense de façon à être immédiat ? Parce que l'attaque est forcée de s'avancer plus lentement pendant la période de la préparation : la défense peut donc deviner de bonne heure ses intentions et amener des réserves en conséquence. Mais ne nous dissimulons pas que souvent elle aura à les faire venir de loin ; car aujourd'hui rapprocher de prime abord les réserves de la ligne de combat, c'est les exposer à n'entrer ensuite en action qu'affaiblies matériellement et moralement. Mais si le retour offensif ne peut être immédiat, il faut le faire précéder d'une nouvelle préparation par l'infanterie tirant à longue portée aussi bien que par l'artillerie.

Dans tous les cas, le vainqueur ne doit jamais poursuivre à l'arme blanche. Les feux rapides, prolongés tant que l'ennemi est en vue et aussi loin que le permettent les hausses des fusils, devront être exclusivement employés ; ils rendront bien plus difficiles les retours offensifs du parti qui a battu en retraite.

En thèse générale, il semble que nous revenions au système de la *guerre de positions* et qu'il faille se convertir en partisans de la défensive. La conclusion serait singulière pour clore une série de conférences dans lesquelles nous avons exalté surtout l'offensive.

En effet, nous voyons, en Bulgarie, Osman-Pacha venir se placer à portée de la ligne de communication de l'ennemi, sur un terrain favorable à la défensive : il s'y fortifie et y repousse pendant trois mois toutes les attaques.

Or, cette tactique a arrêté, il est vrai, la marche offensive des Russes : mais a-t-elle amené au but final qui est assigné à toute guerre, à savoir l'anéantissement ou tout au moins l'affaiblissement des forces de l'ennemi à un degré tel qu'il renonce à la lutte, et consente à subir les conditions qui lui seront imposées.

Evidemment non. — Osman-Pacha n'a pas créé autre chose qu'une *place du moment* et il a su, avec un talent supérieur, mettre à profit les propriétés des armes à feu modernes pour donner à cette place une très grande valeur. Mais *il s'y est immobilisé*. Dès lors l'attaque l'a investi, et dans la conférence sur les combats autour des forteresses, nous avons exposé quel était le sort inévitable des armées investies. Ce sort sera plus inévitable que jamais ; car l'assiégeant mettra lui aussi à profit les nouvelles propriétés du fusil pour river plus solidement l'anneau de fer et de feu qui étreindra l'assiégé, et les sorties de celui-ci n'aboutiront qu'à une stérile effusion de sang. La faim entrera finalement en jeu et, soit par capitulation, soit après un dernier effort frappé d'avance d'impuissance, les défenseurs n'auront plus qu'à renoncer à la lutte et, après avoir été désarmés, à prendre le chemin de la captivité.

Le système de la guerre de positions n'est donc pas la tactique destinée à nous sauver, en cas d'aggression subite, si ce système a pour devise la défense passive; mais il pourra être utilisé d'une façon heureuse pour gagner du temps et arrêter un instant l'ennemi. On pourra choisir telle position menaçant les communications de ce dernier, et la choisir favorable pour recevoir le choc de l'ennemi avec de grandes chances de succès, s'il l'aborde par le côté le plus difficile, ce côté étant celui qui se présente d'abord à lui. Il sera alors obligé de se renforcer et de manœuvrer, comme le firent les Russes à Plewna, pour tourner cette position, et ce répit permettra soit de concentrer de nouvelles forces pour rétablir la balance, soit de saisir l'adversaire en flagrant délit de division de ses troupes, et d'en battre les fractions séparément. Mais il ne faudra pas se laisser investir. Mieux vaudra, si on ne peut encore prendre l'offensive, créer ailleurs une nouvelle position et abandonner la première. N'oublions pas qu'avec les armes modernes, tout pas fait en avant par l'assaillant peut, en très peu de temps, lui procurer une possession du terrain conquis aussi assurée que celle de la position qu'occupe la défense l'est pour le défenseur. L'assaillant a les mêmes resources que ce dernier pour se maintenir quelque part après y avoir pris pied, pour peu qu'il soit préparé à ce genre de guerre, et qu'il profite du répit qui lui est généralement laissé par la défense, plus préoccupée de garder sa propre position que d'aller batailler sur le terrain en avant, en changeant de tactique. Pied à pied l'attaque s'avance et finit par étreindre la défense dans son armure, si celle-ci, au lieu de la garantir simplement contre les coups, l'empêche d'en porter à son adversaire.

Nous pouvons donc terminer cette dernière conférence comme la première, en répétant les mêmes paroles.

Etudions notre règlement si approprié à la tactique d'offensive. Etudions aussi les faits de la dernière guerre ; car, sans altérer les principes admis précédemment, ils sont venus apporter des éléments d'actions nouveaux dans le combat, éléments dont on tiendra compte évidemment dans les modifications que subira notre règlement toujours perfectible. *Etudions-les et nous reprendrons confiance dans nos vieilles traditions d'offensive. N'oublions pas la formule qui a donné à la France toute sa gloire militaire :*

EN AVANT!

TABLE DES MATIÈRES

Avant-propos.

Iʳᵉ CONFÉRENCE. — Pourquoi devons-nous revenir dans l'armée française a nos vieilles traditions d'offensive.

§ 1. Conséquences funestes pour l'armée française de l'abandon qu'elle fit, après 1866, de ses traditions d'offensive   1

§ 2. La guerre de 1870-71 a prouvé qu'une offensive vigoureuse, mais habile, avait toujours raison de la défensive   2

§ 3. Nécessité de prendre vigoureusement l'offensive pour atteindre avec succès le but final d'une guerre .   3

§ 4. Que doit-on penser des combats traînants survenus dans les dernières guerres.   5

§ 5. Notre règlement sur les manœuvres enseigne surtout comment, dans les circonstances actuelles, on doit combattre offensivement.   7

IIᵉ CONFÉRENCE. — Du combat offensif. — Phases préliminaires de ce combat.

§ 6. Le type du combat à étudier est celui de la division d'infanterie.   7

§ 7. Pourquoi les armées se rangent-elles sur plusieurs lignes pour le combat?   8

§ 8. L'attaque doit être précédée d'une reconnaissance des forces ennemies et d'une préparation suffisante. .   9

§ 9. En cas de rencontre de l'avant-garde avec l'ennemi, qui doit décider s'il faut combattre? 10

§ 10. Reconnaissance préliminaire faite par le général commandant la division tête de colonne. 11

§ 11. Utilité des patrouilles d'officiers pendant cette période de l'action 12

§ 12. Nécessité de se tracer un plan avant d'engager le combat 13

§ 13. Quel point de la ligne ennemie faut-il attaquer ? 15

§ 14. Principes pouvant guider à cet égard. 16

§ 15. Quelle est l'étendue de la ligne ennemie contre laquelle il faut porter les coups décisifs ? 19

§ 16. Règle de conduite de l'avant-garde pendant la reconnaissance préliminaire. 20

§ 17. Passage de la reconnaissance préliminaire à la reconnaissance offensive 25

§ 18. Règle de conduite de la reconnaissance offensive. . 26

§ 19. Règles à observer pour la transmission des ordres et des rapports pendant le combat. 30

IIIᵉ CONFÉRENCE. — TACTIQUE SPÉCIALE DE L'INFANTERIE PENDANT LE COMBAT OFFENSIF.

§ 20. Pour rendre de nos jours l'offensive possible dans le combat, il a fallu adopter l'ordre dispersé 33

§ 21. Combien faudra-t-il mettre de fusils en première ligne ? 34

§ 22. Fixation du nombre et de la force des échelons de la ligne de combat et des distances à maintenir entre eux 35

§ 23. Front normal du bataillon 38

§ 24. Quelles formations le chef de bataillon emploiera-t-il pour mener sa troupe à l'ennemi ? 39

§ 25. Des diverses méthodes pour porter la chaîne en avant 40

§ 26. Emploi des renforts et des soutiens dans le même but 43

§ 27. Des formations à adopter par les fractions qui s'avancent à rangs serrés derrière la chaîne. 44

§ 28. Quelques mots encore sur l'emploi des renforts et des soutiens 46

§ 29. Dangers d'une méthode d'instruction dans laquelle on porte trop l'attention des tirailleurs sur la manière d'utiliser le terrain 48

§ 30. Il ne faut pas faire manœuvrer la ligne de combat dans la zone des feux efficaces de l'ennemi. 51

§ 31. Donner au front de bataillon une étendue exagérée, c'est s'exposer à voir plus tard les bataillons et les régiments se mélanger au détriment de la direction . 52

§ 32. Des règles des feux de l'infanterie pendant l'attaque 54

§ 33. Feux rapides devant précéder l'assaut 58

§ 34. Assaut de la position ennemie 59

§ 35. Ralliement des troupes après l'assaut. 62

§ 36. Rôle des bataillons de réserve derrière la ligne de combat 62

§ 37. Rôle des bataillons de la 2e ligne 65

§ 38. Des diverses dispositions qu'on peut adopter pour ranger une division d'infanterie en vue du combat. . 67

§ 39. Composition de la réserve dans le combat actuel . 69

§ 40. Quelle sera la force de la réserve? 70

§ 41. Emploi de la réserve 71

§ 42. Quelle est la profondeur maximum à donner à l'ordre de bataille de l'infanterie 73

§ 43. Sur quelle profondeur disposera-t-on les troupes dont on n'exigera pas une action puissante et prolongée? 74

IVe CONFÉRENCE. — SUITE DU COMBAT OFFENSIF. — EMPLOI COMBINÉ DE L'INFANTERIE ET DE L'ARTILLERIE PENDANT LA PRÉPARATION DE L'ATTAQUE.

§ 44. La ligne de bataille n'a pas la même épaisseur sur toute son étendue. 77

§ 45. Épaisseur de la partie défensive de la ligne de bataille. 78

§ 46. Rôle des troupes de l'aile défensive de la ligne de bataille 80

§ 47. Épaisseur des troupes à l'aile offensive de la ligne de bataille. Placement de l'artillerie à cette aile . . . 82

§ 48. Placement de l'artillerie à l'aile défensive. 85

§ 49. Passage de la reconnaissance offensive à la préparation de l'attaque. Déploiement de toute l'artillerie. 86

§ 50. Rôle de cette artillerie 87

§ 51. Ordres à donner par l'officier commandant l'infanterie relativement à la coopération de l'artillerie . . . 90

§ 52. Combinaison des attaques de l'infanterie entre elles Rôle des bataillons placés aux ailes. 90

§ 53. Profondeur moyenne de la ligne de bataille dans le combat offensif actuel. 92

Ve CONFÉRENCE. — DU COMBAT DÉFENSIF.

§ 54. Étude de la défense active. 93

§ 55. Elle tire sa force d'un emploi judicieux du feu et de la configuration du terrain 94

§ 56. Conditions auxquelles doit satisfaire le choix d'une bonne position. 95

§ 57. La défense repose sur une solide occupation des points d'appui. Économie de forces qui résulte de ce principe. 100

§ 58. Distance à maintenir entre les points d'appui. . . 104

§ 59. Organisation de la défense des points d'appui. . . 105

§ 60. Ne pas occuper de postes en avant de la ligne de défense. Défense à outrance de la ligne principale. Pour cela, ne pas masser les troupes à une certaine distance en arrière de cette ligne 109

§ 61. La défense subit l'initiative de l'attaque. 111

§ 62. Comment obvier à cet inconvénient? 112

§ 63. De la défense des flancs 113

§ 64. Phase préliminaire du combat défensif. 115

§ 65. Dispositif du bataillon d'infanterie pour le combat défensif. 117

§ 66. Règles des feux de l'artillerie de la défense. . . . 120

§ 67. Règles des feux de l'infanterie de la défense pendant la préparation de l'attaque. 122

§ 68. Rôle des bataillons de réserve de la première ligne 123

§ 69. Contre-attaque exécutée par la deuxième ligne . . 126

§ 70. Importance d'une fixation judicieuse de l'emplacement des troupes chargées de la contre-attaque. . . 128

VIᵉ CONFÉRENCE. — DERNIÈRE PHASE DU COMBAT, SOIT OFFENSIF, SOIT DÉFENSIF. — POURSUITE OU RETRAITE.

§ 71. La défense est vaincue : comment opérera-t-elle sa retraite ? 131

§ 72. Rôle d'une deuxième ligne de défense. 132

§ 73. Observations sur la direction des lignes de retraite 134

§ 74. Comment l'attaque victorieuse opérera-t-elle la poursuite? 135

§ 75. L'attaque est repoussée : comment la retraite des assaillants s'opérera-t-elle? 138

VIIᵉ CONFÉRENCE. — ACTION SPÉCIALE DE L'ARTILLERIE COMBINÉE AVEC CELLE DE L'INFANTERIE OU OPPOSÉE A ELLE PENDANT LE COMBAT.

§ 76. L'officier commandant l'infanterie a des ordres à

donner à l'officier commandant l'artillerie attachée à
cette infanterie. 140

§ 77. Il faut se donner le plus tôt possible la supériorité
d'action en artillerie. 142

§ 78. Ordres à adresser à l'artillerie par l'officier commandant en chef. 143

§ 79. Choix de la position à faire occuper par l'artillerie. 144

§ 80. Indication des points à battre 147

§ 81. Fixation du moment du commencement du feu. . 147

§ 82. Fixation du moment où la préparation par l'artillerie est suffisante. 148

§ 83. Indépendance relative des mouvements de l'artillerie et de ceux de l'infanterie, tandis qu'il doit y avoir
combinaison d'actions. 148

§ 84. Rôle de l'artillerie pendant les dernières phases
du combat. 150

§ 85. Observation relative à l'artillerie de corps. 151

§ 86. Un soutien spécial d'artillerie n'est pas nécessaire
dans la plupart des cas ; toute troupe d'infanterie doit
se considérer éventuellement comme le soutien des
batteries placées dans son voisinage. 151

§ 87. Place du soutien spécial 153

§ 88. Rôle du soutien ; attaque de l'artillerie par l'infanterie. 154

VIIIᵉ CONFÉRENCE. — ACTION SPÉCIALE DE LA CAVALERIE
COMBINÉE AVEC CELLES DES DEUX AUTRES ARMES OU OPPOSÉE
A L'INFANTERIE PENDANT LE COMBAT.

§ 89. Quels sont les ordres que la cavalerie doit recevoir
de l'officier commandant le corps de troupes auquel
elle est attachée. 156

§ 90. Rôle de la cavalerie pendant le combat. 157

§ 91. Comment l'infanterie repoussera-t-elle la cavalerie. 161

IXᵉ CONFÉRENCE. — OBSERVATIONS GÉNÉRALES SUR LES COM-
BATS.

§ 92. Combat provoqué par la rencontre inopinée des
deux partis. 163

§ 93. Le combat tel que le définit la théorie et le combat
tel que l'expose l'histoire militaire. 164

§ 94. Observations sur les combats engagés sans méthode. 168

Xᵉ CONFÉRENCE. — COMBATS DANS LES ENVIRONS DES FOR-
TERESSES.

§ 95. Combat livré par une armée assiégée pour rompre
une ligne de blocus. 171

§ 96. Conditions désavantageuses dans lesquelles ce
combat doit être livré 174

§ 97. Combat livré par une armée non bloquée, mais
s'appuyant à une forteresse 177

XIᵉ CONFÉRENCE. — COMBAT DANS LES BOIS.

§ 98. Avantages et désavantages que présentent l'occupation et la défense des bois. 179

§ 99. Reconnaissance et organisation de la défense d'un
bois. 183

§ 100. Combat dans le bois et à la sortie du bois. . . . 189

XIIᵉ CONFÉRENCE. — COMBAT DANS LES VILLAGES.

§ 101. Avantages et désavantages que présentent l'occupation et la défense des villages. 194

§ 102. Mise en état de défense d'un village 196

§ 103. Occupation d'un village. 202

§ 104. Combat en avant du village, dans le village et à
la sortie du village. 205

XIIIᵉ CONFÉRENCE. — COMBATS DANS LES DÉFILÉS.

§ 105. Classification des défilés. 210

§ 106. Défilés formés par les cours d'eau. 211

§ 107. Défilés formés par une chaîne de montagnes. . . 218

XIVᵉ CONFÉRENCE. — COMBATS D'AVANT-GARDE ET D'ARRIÈRE-
GARDE.

§ 108. Rôle de l'avant-garde au point de vue du combat 221

§ 109. Rôle de l'arrière-garde et nature des combats
qu'elle a à soutenir. 224

§ 110. Tactique particulière de l'infanterie pendant le
combat d'arrière-garde. 227

XVᵉ CONFÉRENCE. — COMBATS SOUTENUS PAR DES DÉTACHE-
MENTS D'UNE FORCE INFÉRIEURE A CELLE D'UNE DIVISION.

§ 111. Traits caractéristiques de ce genre de combats. . 229

XVIᵉ CONFÉRENCE. — ENSEIGNEMENTS DE LA DERNIÈRE
GUERRE D'ORIENT ; LEURS CONSÉQUENCES AU POINT DE VUE
DE LA TACTIQUE. 235

PARIS. — Imprimerie L. BAUDOIN et Cᵉ, rue Christine, 2.